I0721730

MONSTER'S TEMPTATION

DAS MONSTER & ICH

C.R. JANE

MILA YOUNG

INHALT

Für alle, die keinen Märchenprinzen wollen.

*Wir schlafen lieber mit den Monstern, denn sie wissen besser
als jeder andere, wie sie uns zum Schreien bringen können ...*

The Monster

Eminem & Rihanna

Monster

Kanye West & Others

Monsters

All Time Love & Blackbear

Monster

Skillet

I Fell In Love With The Devil

Avril Lavigne

Here Come The Monsters

ADONA

Noise Is Gone

Ludovico Technique

Diabolic Crush

Third Realm

The Sound of Silence

Disturbed

Hören Sie sich die Spotify-Playlist <u>- Monster's Temptation</u>

BEVOR SIE BEGINNEN ...

Trigger Warnung

Bitte lesen!

Die Versuchung des Monsters ist ein paranormaler Liebesroman, in dem die Heldin mit mehr als einem Liebespartner interagiert.
Das Buch kann für manche LeserInnen ein Trigger sein, da es dunklere Themen, sexuelle Szenen, Blutspiele, Gewalt, sexuelle Übergriffe, Folter und die Erwähnung von Nicht-Einwilligung enthält.

MONSTER'S TEMPTATION
DAS MONSTER & ICH

Der Monsterkönig will spielen ...

Es ist 1097 Tage und 14 Stunden her, dass ich an diesem Ort eingesperrt war.

Und sie sind jede Nacht zu mir gekommen.

Die Monster in meinen Träumen beten meinen Körper an.

Und wenn ich aufwache, sehne ich mich nach mehr ...

Aber sie sind nie da, um mich zu erledigen.

Dr. Adams sagt, dass ich die Anstalt verlassen kann, wenn ich anfange, meine Medikamente zu nehmen. Ich habe es immer gehasst, wie ich mich durch sie fühle und ich bin mir nicht sicher, ob ich ihnen zustimme, dass ich tatsächlich verrückt bin.

Weil Träume einen nicht verrückt machen, richtig?

Irgendwann muss ich aber anfangen zu leben. Also wage ich endlich den Schritt und gehorche, damit ich aussteigen kann.

Meine Träume hören auf, und die Monster verschwinden. Ich beginne endlich ein neues Leben.

Und dann kommt er, der Monsterkönig.

Offensichtlich waren meine kleinen Träume nicht nur Träume. Er und seine Dämonenhorde ernährten sich von meiner Lust.

Ihre glühenden Augen, ihre scharfen Zähne und großen ...

Sie sind alle echt.

Der Monsterkönig will mich zurück. Ich bin schließlich sein Lieblingsspielzeug.

Und vielleicht will ich ja auch spielen.

PROLOG
BLAKE

*Ein Mädchen sollte wirklich gewarnt werden, wenn ihr
Leben zur Hölle geht.*

Aber das wurde ich nicht.
*Es gab keine einzige Warnung, dass am Ende dieses Tages
alles vorbei sein würde.*

Der Wecker meines Telefons riss mich aus einem unruhigen Schlaf, und nachdem ich ihn ausgeschaltet hatte, lag ich einfach da und starrte an die Decke. Ein neuer Tag.

Fantastisch.

Von außen betrachtet hätten die meisten Mädchen vielleicht gedacht, dass ich völlig verrückt war, weil ich ständig so unglücklich war. Aber man musste im Bauch der Bestie aufwachsen, um das wirklich zu verstehen.

Das Herrenhaus des Gouverneurs glänzte von außen, aber innen war es am Verrotten.

Zumindest fühlte es sich so an, jeden verdammten Tag. Ich zählte nur noch die Tage, bis ich aufs College ging. Stanford rief meinen Namen. Das College war weit genug weg, aber für meine Eltern immer noch akzeptabel in Bezug auf den Stammbaum.

Ich konnte meine Freiheit fast schmecken.

Widerwillig rollte ich mich aus dem Bett, denn ich wusste, dass Annie, eine der Mitarbeiterinnen, die mir zugeteilt worden war, jeden Moment vorbeikommen würde, um zu überprüfen, ob ich im Zeitplan lag.

Ich wusch mein Gesicht und zog meine frisch gebügelte Uniform in Marineblau und Weinrot an, dann frisierte ich sorgfältig mein Haar und trug eine leichte Schicht Make-up auf.

Als ich in den Spiegel schaute, fragte ich mich, ob ich das Mädchen, das mich anstarrte, irgendwann erkennen würde. Lange, glänzende schwarze Haare, die so lang waren, dass sie mir fast bis zum Hintern gingen ... sehr zum Leidwesen meiner Mutter. Blaue Augen, für die ich immer Komplimente bekam, und Lippen, die zu groß für mein Gesicht waren. Ich sah anständig aus; ich war nie unsicher gewesen. Aber das Mädchen im Spiegel hatte kein Rückgrat. Man sagte ihr, sie solle springen, und sie sprang.

Ich hasste sie.

Mein Magen krampfte sich zusammen, als ein scharfer, stechender Schmerz ihn durchzuckte. Ich beugte mich vor und biss die Zähne zusammen, als mir die Sicht schwamm und eine Welle der Übelkeit über mich hereinbrach. Verdammt.

Ein Klopfen ertönte hinter mir an der Tür, und ich atmete tief durch, denn ich wusste, dass es keine Option war, sich krankschreiben zu lassen, nicht, wenn ich heute einen Test hatte, von dem meine Eltern wussten.

Ich richtete mich auf und atmete ein paar Mal tief durch. Noch zwei Monate, dann würde ich frei sein.

"Komm rein", rief ich, als ich mich so weit gefasst hatte, dass meine Stimme normal klang.

"Du bist zehn Minuten im Verzug", schimpfte Annie sanft, als sie durch die Tür spähte.

Ich nickte und zwang mich zu einem Lächeln.

"Lege etwas mehr Rouge auf. Du siehst ein bisschen blass aus", wies sie mich an, während ihr Blick über mich wanderte, um sicherzustellen, dass ich perfekt aussah. Wie jeden Morgen, bevor der Gouverneur mich sah.

Ich tat, worum sie mich bat, und folgte ihr in den Flur, wobei meine Absätze in den karmesinroten Plüschteppich eintauchten. Es war irgendwie unheimlich, in einem so perfekt erhaltenen Stück Geschichte zu leben. Manchmal schwor ich mir, dass die Menschen auf den Schwarz-Weiß-Fotos an den Wänden mich beobachteten, während ich vorbeiging. Seit ich in diesem dekadenten Mausoleum lebte, war ich fest entschlossen, dass jeder Ort, den ich in Zukunft mein Zuhause nennen würde, brandneu und modern aussehen sollte. Ich hatte genug davon, in der Vergangenheit zu leben.

Ich hörte das leise Klirren von Gläsern, als wir uns dem Esszimmer näherten. Da unsere Familie immer vornehm sein wollte, konnten wir nicht in der Küche an dem kleinen, runden Tisch sitzen. Stattdessen mussten wir an dem langen, reich verzierten Tisch essen, an dem dreißig Personen Platz fanden. Das machte jeden Morgen so gemütlich.

Meine Eltern saßen wie immer bereits am Tisch. Mein Vater las seine Tagesberichte, während meine Mutter über die Frau eines Politikers tratschte. Ich konnte verstehen, warum ihr Haar immer so voluminös aussah; sie kannte Geheimnisse über so ziemlich jeden verdammten Menschen in diesem Staat. Irgendwo mussten die Geheimnisse ja bleiben.

Keiner der beiden schenkte mir Beachtung, als ich den Raum betrat, aber daran war ich gewohnt. Ich ließ mich auf dem polierten Holzstuhl nieder, der ungefähr so bequem war wie ein Nadelkissen, und legte meine Serviette in meinen Schoß. Wie eine gut geölte Maschine kam einer der Küchenangestellten praktisch in dem Moment, in dem ich die Serviette bewegte, mit meinem Teller nach vorne geeilt.

"Kayla, bring das Gebäck sofort zurück in die Küche", schnauzte meine Mutter, nachdem der Deckel von meinem Teller abgenommen worden war und ein köstlich duftendes Omelett und ein Croissant zum Vorschein gekommen waren. "Und ist da Käse auf dem Omelett? Ich glaube, ich habe euch allen ausdrücklich gesagt, dass sie auf ihr Gewicht achten muss. Es ist, als hätte keiner von euch eine Gehirnzelle."

"Miranda", sagte mein Vater sanft, ohne den Blick

von dem Papier abzuwenden, das er in der Hand hielt. Meine Mutter rutschte in ihrem Sitz hin und her und holte tief Luft, während sie versuchte, ihre Wut zu zügeln.

"Sie". Das war so ziemlich alles, was ich für meine Mutter war. Ich glaube, ich habe sie die Namen der Bediensteten zehnmal öfter sagen hören als meinen. Oder "das Mädchen". Das war ein weiterer Titel, mit dem meine Mutter gerne um sich warf, wenn sie sich auf mich bezog.

"Mach dir keine Sorgen, Mutter. Ich werde um den Käse herum essen", sagte ich frech, und sie kniff die Lippen zusammen. Ich wusste, dass sie mir für meinen Tonfall eine Ohrfeige verpassen wollte, aber vor dem Personal und vor der Schule würde sie nichts tun.

Wieder schoss der Schmerz durch meinen Magen, und die Gabel, die ich in der Hand hielt, klapperte auf meinen Teller.

Das erregte die Aufmerksamkeit meines Vaters. "Was zum Teufel ist los mit dir?", bellte er.

"Nichts", antwortete ich mit zusammengebissenen Zähnen, während ich die Gabel mit zitternder Hand wieder aufhob. Mein Vater beäugte mich genauer, als wollte er mich herausfordern, etwas anderes zu tun, aber als ich mir einen Bissen Ei in den Mund steckte, ohne etwas Ungewöhnliches zu tun, kehrte seine Aufmerksamkeit zu seinem Bericht zurück.

Das war der einzige Bissen, den ich vom Frühstück herunterbekam. Die nächsten fünfzehn Minuten verbrachte ich damit, mein Essen in kleine Stücke zu schneiden und so zu tun, als würde ich etwas in den

Mund stecken, damit es so aussah, als würde ein Teil des Essens verschwinden. Man sollte meinen, meine Mutter würde sich freuen, wenn ich nicht aß, aber sie war die Art Frau, die nie zufrieden sein konnte. Entweder aß ich zu viel, oder ich hatte eine Essstörung. Es gab kein dazwischen.

Mein Vater legte schließlich seine Gabel weg und stand auf, meine Mutter folgte ihm schnell. Sie verließen den Raum, ohne ein Wort zu mir zu sagen, und ich atmete erleichtert auf, als ich meine eigene Gabel ablegte und mich bemühte, mich nicht zu übergeben.

Ich muss nur meinen Test schaffen, dachte ich mir, als ich zittrig aufstand. Ich verließ den Raum und ging auf die Eingangstür zu, wo einer der Angestellten stand, der meine Büchertasche und das Mittagessen, das für mich vorbereitet worden war, in der Hand hielt. Der Himmel verhinderte, dass die Tochter des Gouverneurs in der Essensschlange gesehen wurde.

Tony, unser Hauptfahrer, stand vor einem der vielen schwarzen Stadtautos unserer Familie in der kreisförmigen Einfahrt, die sich vor dem Haus erstreckte. Ich stieg in das Auto und ertrug meine übliche schweigende Fahrt zur Schule.

Es sagte viel über mein Leben zu Hause aus, dass die Winthrop Academy eine Erleichterung war. Denn die Leute dort waren furchtbar. Wenn man einen Haufen verwöhnter Superstars an einem Ort zusammentrommelte, konnte man sich schnell sicher sein, dass die Mitschüler Arschlöcher waren.

Wir fuhren vor der Schule vor, und die dunkelroten

Backsteine und die mit Efeu bewachsenen korinthischen Säulen verrieten sofort, dass es sich um eine Eliteeinrichtung handelte. Alles an Winthrop war darauf ausgerichtet, dich für den Erfolg vorzubereiten. Es war sogar eines der Prinzipien der Schule, dass man sich ständig auf den Erfolg vorbereiten sollte. Das bedeutete, dass alles an Winthrop so gestaltet war, dass es die Ivy-League-Institutionen, die wir in Zukunft besuchen würden, nachahmte.

Oder Stanford, wenn es nach mir ginge.

Ich machte mir nicht die Mühe, mich von Tony zu verabschieden. Er hatte von meinen Eltern die Anweisung erhalten, nur mit mir zu sprechen, wenn es unbedingt nötig war, aber er zwinkerte mir leicht zu, als ich ging. Es hätte auch ein Blinzeln sein können, oder ein Tick. Manchmal stellte ich mir einfach gerne vor, dass das Personal mich mochte.

Ich ging den Weg, der aus goldenen Pflastersteinen angelegt war, hinauf. Er führte zu den imposanten Holztüren des Eingangs, die gerade geöffnet waren, um den Schülern den Durchgang zu ermöglichen. In der Mitte der Türen waren riesige Löwenköpfe eingeschnitzt, an denen Messingösen hingen. Allerdings waren sie so weit oben an der Tür, dass man schon ein Riese sein musste, um sie als Türklopfer benutzen zu können. Ich war mir sicher, dass die Türen als eine Art Symbol gedacht waren, aber ich habe mich nie genug dafür interessiert, um es herauszufinden.

Ich schwitzte, als ich den Gang entlangging, auf dem es von uniformierten Schülerinnen und Schülern wimmelte. Keiner sprach mit mir, aber ich wusste, dass jeder meine Anwesenheit sehr wohl wahrnahm.

Man sollte meinen, dass mir hier jeder in den Arsch kriechen würde, denn mein Vater war der mächtigste Mann im Staat und ein sicherer Anwärter auf die Präsidentschaft, nachdem seine Amtszeit als Gouverneur vorbei war. Aber statt arschkriechende Verehrer hervorzubringen, hatte der Ruhm meines Vaters Arschlöcher hervorgebracht.

Was meine Klassenkameraden taten, um mich zu quälen, geschah immer heimlich, schließlich wollten sie nicht riskieren, Ärger zu bekommen. Aber das machte nichts, sie waren scheinbar alle Experten im unauffällig sein. Man stellte mir das Bein, als ich zwischen den Tischen hindurchlief, und alle taten so, als wären sie unschuldig. Meine Uniform wurde aus meinem Spind gestohlen und in tausend Stücke zerschnitten, sodass ich mir die ausrangierten Sachen der Schule ausleihen musste. Ich musste alles stillschweigend erdulden, denn der Himmel verbot es mir, meinen Eltern zu sagen, dass ich ein Problem in der Schule hatte. Sie würden es als persönlichen Angriff auf sie betrachten, dass ich es nicht schaffte, die Schafe zu bezirzen, die sie so leicht an der Stange hielten.

Letzte Woche in der Cafeteria war einer der Stipendiaten gestolpert, als er an mir vorbeiging, und hatte seine Nudeln über meinen Kopf gekippt.

So ging es die letzten vier Jahre immerzu, aber trotzdem war es nicht so schlimm wie zu Hause.

Normalerweise würde ich versuchen, hocherhobenen Hauptes durch die Gänge zu eilen, als ob mich nichts von dem, was sie taten, betraf. Aber heute war ich zu krank, um etwas anderes zu tun, als zu stapfen. Alles drehte sich ein wenig um mich herum, und meine Magenschmerzen waren über den Punkt der Übelkeit hinausgegangen und hatten sich zu einem regelrechten "Ich könnte sterben"-Schmerz entwickelt.

Zu meinem Glück fand mein Test in der zweiten Stunde statt. Und obwohl ich mir nicht sicher war, ob ich überhaupt in der Lage sein würde, die Matheaufgaben in meinem Test zu lesen, konnte ich wenigstens gleich danach zur Krankenschwester gehen.

Ich hatte es fast bis zu meinem Klassenzimmer geschafft, als ich plötzlich an die harte Brust von jemandem gezogen wurde und vertraute, kalte Fischlippen sich auf meine legten.

Ich würgte, als eine schleimige Zunge in meinen Mund glitt und versuchte, sich mit meiner zu verheddern. Ich riss meinen Kopf nach hinten, aber nicht mit der Kraft, die ich normalerweise aufbrachte, wenn ich mit Adam Simmons' Possen konfrontiert wurde. Adam, der Sohn eines Senators, hielt sich für ein Geschenk Gottes, und meine Eltern hatten mich bei jeder Gelegenheit mit Nachdruck in seine Richtung gedrängt. Adam hatte den Eindruck gewonnen, ich wäre seine Freundin, obwohl ich ihn täglich darauf hinwies, wie sehr er sich irrte.

Irgendwie schien er das jeden Tag zu vergessen. Ein Beispiel: Seine Hände waren immer noch um meine Taille geschlungen.

Für den Rest der Welt wäre Adam ein guter Fang gewesen. Lockiges blondes Haar und braune funkelnde

Augen, er war der Kapitän des Football-Teams und eine Million Mädchen wollten ihn unbedingt in ihre Höschen lassen. Und sie ließen ihn auch in ihre Höschen. Er hatte fast jedes Mädchen in dieser Schule gefickt.

Ich fand es immer erstaunlich, dass Adam kein Problem damit hatte, mir zu sagen, dass er in mich verliebt war, und dann am Ende des Tages eine Cheerleaderin in den Football-Umkleideräumen fickte.

Manchmal hatte ich ein wenig Geduld mit ihm, denn wenn er neben mir stand, benahmen sich die Leute wenigstens. Es war schön, nicht befürchten zu müssen, dass man mir die Haare abschnitt, meinen BH zerriss oder mir Ketchup über die Kleidung schüttete.

Aber heute war ich zu krank, um Geduld zu haben. Ich befreite mich aus seinem Griff und fiel dabei fast zu Boden. Dann flüchtete ich schnell in mein Klassenzimmer und versuchte, nicht in Ohnmacht zu fallen.

***

Wie ich vermutet hatte, hätten die Zahlen auf meinem Prüfungsbogen genauso gut eine Fremdsprache sein können, als ich mich in der zweiten Stunde zum Test hinsetzte.

Zu diesem Zeitpunkt war ich schon so krank, dass es mir egal war.

Ich hatte erst die Hälfte des Tests hinter mich gebracht, da wusste ich, dass ich nicht länger warten konnte. Ich sprang von meinem Schreibtisch auf und taumelte zur Tür, wobei ich die Rufe des Lehrers hinter mir ignorierte. Irgendwie schaffte ich es den Flur hinunter ins Bad, und dann übergab ich mich, immer und immer wieder, bis meine Nase und mein Rachen brannten und meine Augen tränten.

"Igitt", stöhnte ich, als ich auf den Boden rutschte, zu krank, um mir darüber Gedanken zu machen, wie eklig das wahrscheinlich war. Ich lag dort eine gute halbe Stunde lang, bevor ich mich auf die Beine kämpfte und den Flur hinunter zum Büro der Krankenschwester ging.

"Oh je", sagte die Krankenschwester, als ich durch die Tür kam. "Komm, leg dich hin."

Ich stöhnte, als ich zur Liege ging und zusammensackte.

Die Krankenschwester kam mit einem Thermometer zu mir und hielt es an meine Stirn. Sie schnalzte mit der Zunge, als sie die Temperatur ablas. "40. Sie müssen sofort nach Hause gehen, junge Dame. Soll ich Ihren ..." Sie zögerte, denn man konnte ja nicht einfach den Gouverneur anrufen und darum bitten, mit ihm zu sprechen, oder?

"Ich lasse einfach unseren Fahrer kommen und mich abholen", murmelte ich schwach, bevor ich mich mit dem Kopf über die Bettkante lehnte und den Boden vollkotzte, wobei Spritzer von Erbrochenem im ganzen Raum verteilt wurden.

Tony musste die Dringlichkeit in meiner SMS mitbekommen haben, denn er stellte keine Fragen, als ich ihn bat, mich abzuholen, oder vielleicht merkte er auch nur an den ganzen falsch geschriebenen Wörtern, wie krank ich war. Als ich die Nachricht erhielt, dass er angekommen war, stolperte ich aus dem Büro der Krankenschwester und machte mich auf den Weg nach draußen, wobei ich es irgendwie schaffte, zum Auto zu kommen, ohne zu sterben.

"Deine Eltern werden ausflippen", grimassierte Tony, als ich auf dem Ledersitz zusammensackte. Oh, gut. Er dachte, dass jetzt der beste Zeitpunkt wäre, um endlich ein Gespräch zu führen. Ich winkte ihm nur kraftlos mit der Hand zu, ohne zu wissen, was ich damit ausdrücken wollte, und er fuhr ohne ein weiteres Wort los.

Als wir uns dem Eingangstor näherten, das auf das Gelände des Anwesens führte, bat ich ihn, in die Garage zu fahren. Es wäre schön, wenn ich niemandem erklären musste, warum ich zu Hause war, auch wenn keiner meiner Eltern da sein würde. Sie waren beide maschinenartig in ihrer Hingabe an Zeitpläne und Gewohnheiten. Meine Mutter würde im Club sein, Cocktails trinken und vor ihrer Tennisstunde mit ihren Freundinnen plaudern, während mein Vater im Capitol Building wäre und seine Geschäfte abwickelte, wie er es so gerne tat.

Und ja, ich fand es seltsam, dass meine Mutter vor dem Tennisspielen einen Cocktail bekam.

Tony seufzte und schüttelte den Kopf, aber er hörte auf meine Bitte, und bald waren wir in der riesigen Garage mit neun Autos, in der sich die wertvollsten Besitztümer meines Vaters befanden - seine dekadente Autosammlung.

Ich wartete nicht darauf, dass Tony kam und die Tür öffnete, ich wollte unbedingt hinein und mich hinlegen, bevor ich in Ohnmacht fiel. Das Haus war still, als ich eintrat, aber ich bemühte mich, so leise wie möglich über den Marmorboden zu gehen, während ich den Flur hinunterging. Das größte Hindernis auf meinem Weg war, dass ich auf dem Weg zu meinem Schlafzimmer am Arbeitszimmer meines Vaters vorbeigehen musste. Auch, wenn er nicht zu Hause war, so gingen doch immer wieder Mitglieder seines Personals in unserem Haus ein und aus, und ich war sicher, dass sie sich freuen würden, mich verraten zu können.

Ich hatte schon früh gelernt, dass mein Vater nur schwächere Versionen von sich selbst beschäftigte, wenn es um seine Arbeit als Gouverneur ging.

Und schwache Männer waren Spitzel.

Ich war nur ein paar Meter vom Büro meines Vaters entfernt, als ich seltsame Geräusche hörte.

Sie klangen wie ... schaute jemand Pornos im Büro meines Vaters? Und warum zum Teufel sollten sie die Tür offenlassen, wenn sie es täten?

Stirnrunzelnd schlich ich zur Tür, spähte hinein und sah eine abgefuckte Szene, die ich mir in meinen kühnsten Träumen nicht hätte vorstellen können.

Mein Vater auf allen Vieren auf dem Boden neben seinem Schreibtisch, sein Stabschef Ryan - ein Mann - fickte ihn in den Arsch, während unser Gärtner, Dale, seinen Schwanz von unten lutschte.

Oh, und vergessen wir nicht, dass seine Sekretärin Stacey sich vor ihm ausbreitete und stöhnte, wie ein Pornostar, während er sie verschlang. Ich schaute entsetzt auf die Orgie, die ich da sah, und mir lief die Galle im Mund zusammen.

Mein Vater stöhnte laut auf, als Dale seine Lippen von seinem Schwanz löste. Gerade noch rechtzeitig, um Dales Gesicht mit weißen Strömen von Sperma zu bedecken, und ich sprang auf, wobei eines meiner Bücher auf den Boden fiel.

Alle erstarrten, und ich wich entsetzt von der Tür zurück.

"Schau mal, wer da draußen ist", hörte ich meinen Vater bellen. Ich hob das Buch auf, stopfte es in meine Tasche und rannte, so schnell ich konnte, in die Richtung zurück, aus der ich gekommen war. Ich wollte sie nicht zu meinem Zimmer führen, wo sie sofort wissen würden, dass ich es war. Wenn ich mich nur irgendwo im Haus verstecken könnte ... oder draußen ...

Natürlich gab es eine Million Lücken in meinem Plan - wie die Tatsache, dass Tony wahrscheinlich eine SMS geschickt hatte, um meine Eltern zu benachrichtigen, dass ich zu Hause war, damit er später nicht verprügelt wurde. Aber das war egal, ich musste versuchen, nicht aufzufallen.

Es spielte keine Rolle, dass ich das Gefühl hatte, ich würde sterben. Ich war mir ziemlich sicher, dass ich buchstäblich sterben würde, wenn man mich erwischte. Denn er würde mich umbringen.

Mein Vater hatte mir an seinem besten Tag nicht getraut, und mit einem Geheimnis wie diesem, einem Geheimnis, das ihn ruinieren würde, ...

Scheiße.

Ich bog um die Ecke und stieß direkt mit etwas - oder sollte ich sagen: mit jemandem - zusammen.

Es war Ryan. Scheiße.

Das bestätigte nur, dass es einen verdammten Geheimgang im Büro meines Vaters gab.

Ich versuchte, mich von ihm loszureißen, aber seine Finger schlossen sich um meine Arme und drückten so fest zu, dass ich vor Schmerz zusammenzuckte.

Ryan hatte eilig seine Anzughose wieder hochgezogen, aber sie war nicht zugeknöpft und er war immer noch hart, und als er mich an sich zog, rieb sein Schwanz an mir.

"Sieht aus, als wäre jemand ein böses kleines Mädchen gewesen", flüsterte er grausam, und ich versuchte, die Tränen zu unterdrücken, aber ich konnte nicht anders, als ich die langsamen, gleichmäßigen Schritte hörte, die ich immer mit meinem Vater verband.

Ryan grinste mich an, bevor er mich herumwirbelte, wobei er darauf achtete, sich an meinen Hintern zu drücken, während er mich festhielt und wir meinem Vater beim Näherkommen zusahen.

Mein Vater war wieder in seinem Anzug, die Röte auf seinen Wangen und sein zerzaustes Haar waren die einzigen Anzeichen dessen, was er gerade erlebt hatte.

"Ich werde nichts sagen", stieß ich hervor, da ich wusste, dass es sinnlos war, so zu tun, als hätte ich ihn nicht gesehen.

Mein Vater sagte nichts, er ging einfach weiter auf mich zu, in seinem langsamen, methodischen Tempo. Als er näherkam, bemerkte ich einen weißen Fleck unter seiner Nase.

Oh, gut, er hatte vor seinem kleinen Fickfest etwas Koks probiert.

"Blake, ich wollte nie, dass das passiert."

"Was wolltest du, was passiert?", fragte ich heiser.

"Aber ich fürchte, du hast mich dazu gezwungen", fuhr er fort, als ob ich nichts gesagt hätte.

"Ich schwöre. Ich werde nichts sagen!"

"Ich habe nicht die Absicht, dass eine kleine Schlampe wie du jemals etwas gegen mich in der Hand hat", sagte er ruhig. "Aber was sollen wir mit dir machen?"

Ich versuchte, mich aus Ryans Griff zu befreien, aber er hielt mich zu sehr fest.

Stattdessen übergab ich mich ... mal wieder.

Ryan fluchte, und ich versuchte, nach vorne zu stürmen, als sich sein Griff kurzzeitig lockerte, aber Dale tauchte aus dem Nichts auf und packte mich an den Haaren, bevor ich weiter als ein paar Schritte gekommen war. Weißglühende Schmerzen durchzuckten meine Kopfhaut, als er mich nach hinten riss.

Meine Schultern sackten zusammen, als mein Vater vor mich hintrat.

"Ich habe dich immer davor gewarnt, aus der Reihe zu tanzen, Blake", sagte er ruhig, während mir die Tränen über die Wangen liefen.

Ich machte mir nicht die Mühe, ihm zu sagen, wie krank ich war. Ich machte mir nicht mehr die Mühe, ihn anzuflehen.

Ich war am Arsch, egal was ich tat.

In meinem peripheren Blickfeld sah ich, wie Ryan seine Hand auf mich richtete, und dann stach mir etwas in den Nacken.

"Was ...", kreischte ich, aber das Wort kam komisch

heraus. Und wann war mein Vater blau geworden? Waren das schwarze Krähen, die von den Fenstern hereinflogen?

Ich schrie, als schwarzer Schleim aus seinen Augäpfeln zu sickern begann.

Die Welt begann sich um mich herumzudrehen, grässliche Gestalten und Kreaturen füllten mein Blickfeld, bis ich sicher war, dass die ganze Welt gerade untergegangen war.

Und bei all dem war das dunkle Kichern meines Vaters wie ein gewalttätiger Soundtrack, der das Ende meiner Welt ankündigte.

Es stellte sich heraus, dass es mit der richtigen Dosis nicht nachweisbarer Halluzinogene sehr einfach war, die Ärzte davon zu überzeugen, dass man verrückt geworden war. Und es stellte sich heraus, dass es als Gouverneur des Staates kein Problem war, einen Richter davon zu überzeugen, eine Vormundschaft zu erteilen, sodass man völlig unter der Kontrolle des Vaters stand, egal wie alt man war. Es stellte sich auch heraus, dass der beste Ort, um sicherzustellen, dass eine Person verschwand, ohne sie zu töten, ein Irrenhaus war.

So wurde ich der neueste Bewohner des Bright Meadows Asylum.

Und so wurde ich tatsächlich wahnsinnig.

1

———

BLAKE

3 Jahre später

"Wage es nicht, dich zu bedecken, Pet", knurrte er, während er an meinem Kleid zog. Mein Atem ging stoßweise, als mein Blick über seine muskulöse Brust wanderte. Er trug eine enge schwarze Hose, und ich sah zu, wie er sie langsam über seine wohlgeformten Oberschenkel schob und dabei einen riesigen roten Schwanz mit zwei Köpfen zum Vorschein brachte, die mir so viel Freude wie möglich bereiten sollten. Während ich zusah, umkreiste seine krallenbewehrte Hand seinen dicken Schwanzansatz, und er biss sich mit halb geschlossenen Augen auf die Unterlippe, wobei seine scharfen Reißzähne über seine vollen Lippen ragten. Er sah größtenteils menschlich aus, bis auf ein paar wichtige Teile ... Und ich hatte noch nie etwas Schärferes gesehen.

"Zieh dein Höschen runter, damit ich dich kommen lassen kann."

Ich hatte keine andere Wahl, als zu gehorchen. Wie

immer war ich durchnässt und bereit, obwohl er meine Haut noch nicht einmal berührt hatte. Gehorsam streifte ich mein Höschen ab, und er packte mich, zog mich auf seinen Schoß und rieb meinen klatschnassen Kern über seinen harten Schaft.

"Scheiße bist du sexy." Er zog mich nach vorne, und meine Hände wanderten automatisch zu seinen breiten Schultern, um das Gleichgewicht zu halten, während er mich in Position brachte. Mit weit gespreizten Beinen saß ich auf ihm, meine Brüste rieben an seiner Brust, und sein riesiger Schwanz war unter mir.

Trotz der Tatsache, dass er mich überragte, waren wir in dieser Position Auge in Auge. Er war wunderschön, mein Ungeheuer. Seine glühend roten, mit goldenen Funken gesprenkelten Augen, seine gemeißelte Nase, sein geformter Mund, der Michelangelo zum Weinen gebracht hätte. Ich liebte den Hunger in seinem Blick. Nach einem ganzen Leben, in dem ich nie begehrt wurde, konnte ich nicht genug von ihm bekommen ... und von seinen Freunden.

Seine Lippen trafen in einem tiefen Kuss auf meine, und ich öffnete instinktiv meinen Mund und ließ zu, dass seine gespaltene Zunge hineinrutschte und sich mit meiner ein Duell lieferte. Er verschlang mich. Sein Lecken war aggressiv und schmutzig, und ich konnte es bis in mein Innerstes spüren.

Ich fühlte eine Sehnsucht in mir, von der ich wusste, dass nur er sie erfüllen konnte. Ich stöhnte, als ich seinen Kuss begierig erwiderte. Meine Hände wanderten von seinen Schultern über sein Gesicht, bis ich seine beiden langen schwarzen Hörner umklammerte. Ich hielt sie fest, während ich mich bewegte und versuchte, Reibung an meiner schmerzenden Klitoris zu erzeugen. Ich war beinahe ohnmächtig vor Verlangen.

Aber mein König hatte es nicht eilig, und anstatt mir zu geben, was ich wollte, vertiefte er einfach den Kuss und fuhr mit den Fingern durch mein Haar, um mich festzuhalten, während er weiter über meinen heißen, feuchten Mund leckte. Seine andere Hand strich sanft über meinen unteren Rücken, die scharfen Spitzen seiner Krallen kitzelten meine Haut.

Die Spannung in mir stieg, und ich wusste aus Erfahrung, dass ich allein dadurch kommen konnte. Seine Hände auf meinem Rücken glitten nach unten, und er drückte meinen Arsch, bevor er seinen Schwanz packte und ihn genau dort positionierte, wo ich ihn wollte.

"Gibst du mir, was ich will?", knurrte er, und ich konnte nur wimmern, als er mich anhob und in mich stieß. Ich keuchte bei der Dehnung. Er war so groß, die beiden Köpfe seiner Krone massierten verschiedene Stellen in mir.

„Scheiße" stöhnte er, ein gutturales Knurren lag in seinen Worten. "Entspann dich, Pet. Du wirst mein geiles Mädchen sein, nicht wahr?", säuselte er.

Ein leiser Schrei entrang sich mir, als sich meine Schenkel gegen seine pressten und er ganz in mich eindrang. Mein Atem kam keuchend heraus, als ich versuchte, mich zu beherrschen. Ich war so gefüllt, dass es schwer war, außerhalb der Empfindungen zu denken.

"Gutes verdammtes Mädchen", grummelte er, während er beide Hände auf meine Hüften legte und mich leicht anhob, bevor er hart zustieß.

Ich wimmerte wieder, und sein Griff wurde fester bei diesem Geräusch. Er fing an, mich verzweifelt zu ficken, seine Bewegungen waren rau und kraftvoll, und alles, was ich tun konnte, war, mich darauf einzulassen.

Sein Bauch krampfte sich zusammen, als er seine Hüften bewegte, und sein Blick war hungrig und entschlossen, als er mich genau beobachtete.

Eine seiner Hände löste sich von meiner Hüfte, und er schlitzte mit seinen Krallen die Mitte meines Kleides auf, sodass meine prallen Brüste zum Vorschein kamen.

Er begann, an einer meiner Brustwarzen zu saugen, und ich keuchte, als sich mein Körper nach hinten wölbte.

"Ja", hauchte ich, gefangen in dem Gefühl, dass sein Mund meine Brustwarze quälte und sein langer, dicker Schwanz in mich eindrang und aus mir heraussprang. Ich hielt mich weiterhin an seinen langen Hörnern fest, während wir uns verzweifelt zusammen bewegten. Seine scharfen Reißzähne stachen gegen meine Haut und versetzten mich in einen quälend guten Orgasmus, der mich zu zerstören drohte.

Etwas glitt sanft gegen meinen Hintern, und ich keuchte, als ich nach hinten blickte, um dort nichts zu sehen. Aber etwas glitt zwischen meine Backen entlang und strei-chelte sanft meine Rosenknospe.

"Die engste verdammte Muschi, die ich je gefühlt habe", knurrte er, während er sich zu meiner anderen Brustwarze bewegte und seine Hüften verzweifelt gegen meine stießen.

"Ich werde dich für immer behalten, Pet. Mein gutes Mädchen", hauchte er, während er mich dehnte.

Und dann ...

Ich erwachte keuchend, schweißgebadet und mit schmerzendem Herzen, da mein Atem mich in Schnapp-patmung verließ. Mein ganzer Körper stand unter

Strom, und ich war kurz vor einem Orgasmus; eine Berührung und ich würde kommen.

Wie jeden Morgen musste ich mich konzentrieren und mein Gehirn zwingen, nach einer Nacht voller … Träume, wieder zu arbeiten.

Keine Albträume. Offensichtlich. Dafür fühlte ich mich viel zu gut, als dass es das sein konnte.

Obwohl es immer ein Monster war, das meinen Körper verwüstete.

Ich warf einen Blick auf die Kamera in der Wand vor mir, deren rotes Licht mir signalisierte, dass mich jemand am anderen Ende beobachtete. Immer beobachtete er mich.

Ich war mir sicher, dass sie sich an meinem Anblick ergötzten, wie ich im Schlaf keuchte und meine Brustwarzen sich unter meinem dünnen Schlafanzug abzeichneten. Wenigstens war ich nicht aufgewacht, als meine Hände wütend mein Inneres rieben. Das passierte ziemlich oft.

Obwohl, wenigstens hatte mein Körper damals schon abgespritzt, bevor ich aufgewacht war. Jetzt, wo ich wach war, würde es Stunden dauern, bis sich mein Körper beruhigt hatte und ich nicht mehr verzweifelt nach einem Schwanz verlangte.

Ich fiel zurück in mein Kissen und wollte schreien. Es war dieser Ort. Er war es, der mich verrückt werden ließ.

Es hatte langsam angefangen. Ein paar Träume hier und da von erotischen Szenen mit … na ja, eigentlich dem Psychiater hier, aber dann, eines Nachts, hatte es sich entwickelt.

Und *sie* hatten begonnen, meine Träume zu erfüllen.

Jede Nacht wurde ich in eine erotische Traumwelt gesogen, ganz gleich, was ich versuchte, oder wie sehr ich mich bemühte, wach zu bleiben. Eine Traumwelt, in der Monster meinen Körper immer und immer wieder verwüsteten.

Es waren die gleichen vier Monster. Zu diesem Zeitpunkt fühlten sie sich wirklich wie meine Liebhaber an, denn ich konnte dir jedes ihrer Merkmale beschreiben. Ich konnte auch alle ihre seltsamen Schwänze im Detail beschreiben. Und alle Arten, wie sie gerne spielten.

Wenn man bedachte, dass ich definitiv noch Jungfrau war, waren diese Träume ziemlich beunruhigend und unangenehm, und sie wurden im Laufe der Monate und Jahre immer intensiver. Der Traum von letzter Nacht war relativ zahm; in der Nacht zuvor war ich von einer Gruppe vergewaltigt worden. Ein menschlich aussehendes Monster in meinem Arsch und eines in meiner Muschi, während ich den anderen beiden abwechselnd einen blies.

Ich bewegte mich unbehaglich in meinem Bett, als sich mein Inneres wieder zusammenzog und darum bettelte, etwas verdammte Erleichterung zu bekommen.

Wenn die Kameras nicht gewesen wären, hätte ich es getan. Aber wenn immer jemand zuschaute ...

Mein Vater hatte alle davon überzeugt, dass ich verrückt war, und die Sexträume, in denen mein Stöhnen und meine Lustschreie so laut waren, dass sie den ganzen Flur erschütterten ... sie waren es, die das zementierten.

Ich konnte nicht verbergen, wovon ich jede Nacht träumte.

Ich hatte die Schlaftabletten ausprobiert, die mir die Ärzte verschrieben hatten, aber die hatten mich nur noch länger in meinen Träumen gefangen gehalten, sehr zur Freude der anderen Bewohner von Bright Meadows. Wer brauchte schon Pornos, wenn man einen Soundtrack mit mir in der Hauptrolle hatte, oder?

Also hatte ich die Schlaftabletten nicht mehr genommen.

Die anderen Medikamente, die sie mir geben wollten, hatten mich zombifiziert. Das eine Mal, als ich sie genommen hatte, war ein ganzer Tag vergangen, und ich war von einem anderen der Patienten hier zerfleischt worden, unfähig, etwas zu tun. Ich erwachte in meinem Zimmer zum Leben, der Mond spähte durch das winzige Fenster über meinem Kopf, und ich erschrak, als ich mich an nichts mehr erinnern konnte.

Danach hatte ich mich geweigert, die Tabletten zu nehmen. Ich wollte auf keinen Fall an einem Ort wie Bright Meadows im Koma liegen, wo einem alles passieren konnte.

Und wenigstens waren meine Schreie nicht von der gruseligen Sorte. Nicht wie all die anderen Schreie, die man nachts an diesem Ort hörte.

Die Schreie der anderen Bewohner waren nachts immer schlimmer. Bevor ich unweigerlich in meine Träume hineingezogen wurde, lag ich auf meiner winzigen Pritsche, von der ich ziemlich sicher wusste, dass sie aus Pappe war, und starrte an die Decke, und dann begannen die Schreie. Tagsüber war es viel ruhiger, aber nachts war es eine grausame Sinfonie. Vielleicht war es für alle Patienten hier auch unmöglich, nachts mit ihren Gedanken allein zu sein.

Es war ja nicht so, dass wir von den Aktivitäten des Tages müde waren. Die Mahlzeiten, die Medikamentenzeit, die Gruppentherapie und die Kunsttherapie - all das waren nicht gerade Aktivitäten, die viel Energie erforderten. Vielleicht wäre es für manche Leute anstrengend gewesen, ihre Gefühle mitzuteilen, aber ich hatte in der ersten Woche aufgehört, meine wirklichen Gefühle mitzuteilen.

Da mein Vater mir gedroht hatte, mich umzubringen, wenn ich jemals den Mund aufmachte, gab es nicht viel, was ich sagen konnte, außer dass ich nicht verrückt war. Und offenbar war so etwas in dieser Einrichtung verpönt. Wer hätte das gedacht?

Im Gegensatz zu den Anstalten, die man aus Filmen kannte, waren die Zimmer hier nicht vollkommen weiß. Sie waren schwarz, was sich erdrückend anfühlte, wenn man den Raum mit zwei Schritten durchqueren konnte und das Fenster nur so groß war wie der eigene Kopf. Der Morgen begann mit einer Glocke, die eher wie eine schrille Sirene klang. Sie weckte uns jeden Morgen um sieben Uhr. Offensichtlich glaubten sie fest an das Sprichwort "Früh aufstehen und früh schlafen gehen", denn ich hatte jetzt den Schlafrythmus einer 80-jährigen Frau.

In diesem Moment läutete die Glocke, und seufzend schleppte ich mich aus dem Bett und ging zum Umziehen. Es wurde erwartet, dass man in den Minuten nach dem Klingeln von der spülwassergrauen Schlafuniform zur spülwassergrauen Tagesuniform wechselte. In dem Raum gab es keine Spiegel, und die Bürsten, die man bekam, waren weich und völlig wirkungslos, damit man nicht versuchte, sich mit ihnen etwas anzutun, und so sahen alle den ganzen Tag lang wie ein Häufchen Elend aus.

Wenn man nicht innerhalb von zehn Minuten aus dem Zimmer war, stürmte einer der Angestellten herein und zwang einen hinaus. Das war mir schon einmal passiert, und ich würde es nie wieder zulassen. Andrew, eines der ansässigen Arschlöcher der Anstalt, hatte dafür gesorgt, dass er mir an die Brüste und den Arsch fassen konnte, als er mich aus dem Zimmer zerrte, also hatte ich schnell gelernt.

Nachdem ich mich angezogen hatte, machte ich mich auf den Weg aus dem Wohnzimmer, zusammen mit den meisten anderen, die ihr Zimmer um mich herum hatten. Wir gingen alle langsam zum Essbereich, der mit kreisförmigen Tischen gefüllt war, um das Gefühl der "Gemeinschaft" zu fördern, wo uns ein zuckerfreies, glutenfreies, milchfreies Frühstück serviert wurde, das im Grunde nach Sägemehl und Farbverdünner schmeckte, aber offenbar gut für unser Gehirn war.

Es gab einen Gefangenen - ich meinte Patient - der mir jeden Tag gegenübersaß, und heute war es nicht anders. Ihm muss es mit dem Frühstück genauso gegangen sein wie mir, denn jeden Tag schmierte er es sich mit den Fingern über das ganze Gesicht. Es war egal, was sie ihm gaben. Es war eine besonders interessante Erfahrung zu sehen, wie er versuchte, sich mit veganem Speck einzuschmieren.

Hut ab vor ihm, dass er den Ort belebt hatte. Auch wenn ihm dabei der Sabber aus dem Mund tropfte.

Nach dem Frühstück wurden wir zur Krankenschwesterstation geleitet, wo sie uns Pillen in den Hals drückten und uns die Finger in den Mund steckten, um sicherzugehen, dass die Pillen weg waren. Zum Glück bekam ich nur einen Stimmungsstabilisator, nachdem ich die andere Pille verweigert hatte - nicht, dass ich etwas gegen die Einnahme von Medikamenten für die psychische Gesundheit hätte. Aber wenn man bedachte, dass ich keine der Störungen hatte, die bei mir diagnostiziert worden waren, als ich unter dem Einfluss der Droge stand, die mir an jenem schicksalhaften Tag injiziert worden war, wäre die Einnahme von etwas Stärkerem wahrscheinlich nicht gut.

Offensichtlich hatte mein Vater Angst vor den Auswirkungen, die stärkere Medikamente auf mich haben könnten, und hatte angeordnet, mir keine zu geben. Er erkannte, dass stärkere Medikamente die nachteilige Wirkung haben könnten, meine Zunge zu "lockern", und das wollte er nicht.

Nicht, dass mir jemals jemand meine Geschichte glauben würde. Sie war so abwegig, dass ich für jeden, der sie hörte, verrückt klingen würde. Das war das Schöne an dem Plan meines Vaters. Jeder sollte nach außen hin an meinem Verstand zweifeln, und jeder im Innern auch. Nie wieder würde mir jemand glauben.

Wir hatten einen "A"- und einen "B"-Stundenplan, genau wie in der Schule, und unsere Routine wurde strikt eingehalten. Nur dass wir, anstelle von Mathematik und Englisch lernten, unsere Gefühle zu malen und Blockflöten zu benutzen, um unsere Gefühle "auszuspielen", und in kleinen Gruppen zu sprechen.

Das war eines der schlimmsten Dinge an meiner neuen Realität. Man hatte mich nicht nur vor Ende der Schulzeit hier reingeworfen, sondern ich durfte nicht einmal Prüfungen für mein Diplom oder gar einen GED ablegen, obwohl ich Zweitbeste meiner ganzen Klasse gewesen war. Stanford erschien mir zu diesem Zeitpunkt wie ein Hirngespinst, das ich mir ausgedacht hatte.

Die meisten der Therapeuten waren völlig unerträglich. Sie behandelten uns eher wie Kleinkinder als wie Erwachsene, und ich erschauderte jedes Mal, wenn sie mit ihren langsamen, mitfühlenden Stimmen mit mir sprachen.

Da ich wusste, dass ich keine Chance hatte, rauszukommen, und die Therapeuten kein Interesse daran hatten, von meiner Unschuld zu hören, begann ich, während der Gruppentherapie Märchen zu erzählen. Aber ich machte sie so verworren, dass die Therapeuten mindestens zehn Minuten brauchten, um herauszufinden, welche Geschichte ich erzählte. Es war ein Spiel, das ich nur mit mir selbst spielte, um zu sehen, wie lange ich es schaffen würde, bevor sie es herausfanden.

Alles, damit der Tag schneller verging.

Es gab nur einen Lichtblick im Bright Meadows Asylum. Steele Adams.

Dr. Steele Adams, sollte ich sagen.

Ihn zweimal in der Woche zu sehen, war wahrscheinlich das Einzige, was mich davor bewahrte, ins Bodenlose zu fallen und so verrückt zu werden, wie meine Eltern behaupteten.

Dr. Adams war der schönste Mann, den ich je gesehen hatte. Er sah aus, als käme er gerade vom Laufsteg, und er war völlig fehl am Platz in der tristen, ekelhaften Atmosphäre, in der ich jetzt lebte. Während unserer Sitzungen war ich mir ehrlich gesagt nicht einmal sicher, worüber wir sprachen, weil ich mich verlor, wenn ich ihn nur ansah und dem Rhythmus seiner Stimme lauschte. Es war, als hätte jemand da draußen alle Fantasien von männlicher Attraktivität, die in meinem Gehirn lauerten, ausgeschöpft und ihn nur für mich erschaffen.

Als ich in der sechsten Klasse war, war ich in Island gewesen und wir hatten die Blaue Lagune besucht. Daran erinnerten mich seine Augen - sie hatten eine leuchtend blaue Farbe, die ich noch nie bei einem anderen Menschen gesehen hatte. In Kombination mit seinem rabenschwarzen Haar war der Effekt atemberaubend. Es war kein Wunder, dass ich von ihm geträumt hatte.

Heute war Donnerstag, was bedeutete, dass ich ihn nach dem Frühstück sehen würde.

Ich wurde aus meinem lustvollen Tagtraum gerissen, als in der Nähe ein Tablett auf den Boden klapperte. Ich schaute hinüber und sah, dass Candace ihren

Löffel auf ein Mädchen richtete, das ich noch nie gesehen hatte. Das arme Mädchen war mit den Süßkartoffeln bedeckt, die das Küchenpersonal als Frühstück auszugeben versuchte, und es liefen ihr dicke Tränen über die Wangen.

In einem anderen Leben wäre ich vielleicht aufgestanden, um sie zu verteidigen, da ich mir ziemlich sicher war, dass Candace eine der ansässigen Mörderinnen an diesem Ort war. Aber Apathie ... und Selbsterhaltung war alles, was ich im Moment fühlen konnte. Außerdem hatte ich eine Narbe an meinem Bein, wo Candace vor einem Jahr einen Löffel zu einem Messer umfunktioniert und mir ins Bein gestochen hatte. Ich hatte so stark geblutet, dass ich ohnmächtig geworden war.

Deshalb musste sich jemand anderes um Candace kümmern.

Candace begann wild zu gackern, als die Pfleger hereinstürmten. Sobald sie bei ihr waren, begann sie mit den Armen zu fuchteln und schlug und kratzte jede Person, die sie erreichen konnte. "Ich bringe euch alle um, ihr verdammten Trucker", kreischte sie, wobei das Wort Trucker viel bedrohlicher klang, als man denken würde. Aus irgendeinem Grund hatte Candace eine Abneigung gegen das Fluchen. Es machte ihr nichts aus, Menschen zu ermorden und zu verstümmeln, aber das Fluchen überschritt die Grenze ihres moralischen Kompasses. "Lasst mich los, ihr Hinternkriecher!"

Es gelang ihr, der Krankenschwester mit ihrem Löffel in die Wange zu schneiden, bevor ihr jemand eine Nadel in den Hals stach.

Fast augenblicklich nahmen ihre Augen den glasigen, entrückten Blick an, den ich hier zu sehen gewohnt war, und sie hörte auf, sich zu wehren. Zwei der Pfleger führten sie aus dem Raum, und dann wurden wir alle angewiesen, weiter zu essen, als wäre nichts geschehen. Ein typischer Tag in Bright Meadows.

Ich wünschte, ich könnte sagen, dass Candace die schlimmste Bewohnerin an diesem Ort war, aber es gab weitaus unheimlichere Menschen als sie. Und zwar eine ganze Reihe von ihnen. Ich tat mein Bestes, um mich von ihnen fernzuhalten. Aber alle paar Monate unterlief mir ein Fehler, und ich wurde irgendwo erwischt, wo das Personal nicht anwesend war. Gegen die Wand geknallt, ein Stück meines Haares abgerissen, mit einem Feuerzeug verbrannt, das sie gefunden hatten, ... sie waren immer sehr erfinderisch.

Der einzige Zeitpunkt, an dem ich meine Wachsamkeit fallen lassen konnte, stand unmittelbar bevor. Meine Sitzung mit Steele.

Ich stellte mein Tablett ab und hielt den Kopf gesenkt, für den Fall, dass einer der Verrückten dachte, ich würde ihn schief ansehen, und eilte dann aus dem Essbereich in Richtung seines Büros.

Je näher ich seiner Tür kam, desto mehr Schmetterlinge krochen durch meine Adern.

Ich hatte zwar von ihm geträumt, aber er hatte mir nie zu verstehen gegeben, dass er ähnlich empfand.

Aber andererseits, warum sollte er das tun? Hier war ich, eine 21-Jährige, die in einer Irrenanstalt eingesperrt war, während er ein erfolgreicher Arzt war und sein Leben in der realen Welt leben konnte. Ich fragte mich, ob er da draußen eine Freundin hatte. Ich glaubte nicht, dass er eine Frau hatte. Er trug keinen Ring; nicht, dass das Fehlen eines Rings wirklich etwas bedeutet hätte.

Ich klopfte an die Tür seines Büros, und eine Minute später öffnete er sie mit einem warmen Lächeln auf den schönen, heißen Lippen.

"Hallo", murmelte ich und zuckte innerlich zusammen, als ich merkte, wie atemlos meine Stimme klang.

"Blake", sagte er mit einem Nicken, wobei ihm eine Strähne seines Haares ins Gesicht fiel. Ich biss mir auf die Lippe, um nicht komisch zu sein und ihm die Locke aus dem Gesicht zu streichen. Ich bin sicher, das würde nicht gut ankommen.

Er trug seine typische Uniform - ein perfekt gebügeltes, zugeknöpftes weißes Hemd mit Kragen und eine marineblaue Anzughose - und sah aus, als würde er gleich einen Sitzungssaal erobern, anstatt mich eine Stunde lang zu fragen, wie es mir ging.

Ich schritt mit einem Nicken an ihm vorbei und betrat den Raum, und er folgte mir hinein. In meinen Tagträumen - nicht in meinen Nachtträumen, denn die waren ausschließlich mit Kreaturen gefüllt - begutachtete er meinen Hintern, während ich ging. Aber unsere Uniformhosen waren unförmig, also würde das wahrscheinlich nicht passieren, selbst wenn er an mir interessiert wäre.

Das Zimmer war gemütlich. Er hatte offensichtlich sein Bestes getan, um es einladend zu gestalten. Er musste den Raum eingerichtet haben, denn niemand sonst in Bright Meadows würde sich um so etwas wie Gemütlichkeit kümmern. An jeder Wand befanden sich hohe Regale, die mit Büchern vollgestopft waren. Die meisten davon waren langweilige Psychologiebücher, aber es gab auch ein paar Klassiker darunter. Er ließ seine Patienten auf einer bequemen Ledercouch Platz nehmen, die mit einer Auswahl an weichen Kissen und Decken ausgestattet war, die er mir jedes Mal ans Herz legte. Auf dem Boden lag ein rotschwarzer Orientteppich, hier und da standen Topfpflanzen, und an der gegenüberliegenden Wand befand sich ein großer Kamin, den er an den meisten Tagen befeuerte. Das war himmlisch, denn Bright Meadows war der Meinung, dass sich seine Bewohner wie Eis am Stiel fühlen sollten, wenn man die eisigen Temperaturen bedachte, bei denen wir gehalten wurden.

Ich ließ mich auf der Couch nieder, nahm sofort eine kuschelige Decke und wickelte sie um mich. Dr. Adams ging zum Kamin hinüber und warf ein weiteres Holzscheit hinein, bevor er seinen kleinen Kühlschrank öffnete, der danebenstand, und eine Dose meiner Lieblingslimonade mit Orangengeschmack herausholte.

Mir lief schon beim Anblick das Wasser im Mund zusammen, und ich konnte mich nur schwer beherrschen, nicht aufzuspringen und sie ihm aus der Hand zu reißen, als wäre ich Gollum aus Herr der Ringe. *Mein Schatz*, gurrte meine innere Stimme.

Das war unheimlich.

"Du hast offensichtlich letzte Woche zugehört", sagte ich und errötete, als er mir das Getränk reichte.

Er lächelte mich an, und die Schmetterlinge in meinem Bauch fingen an, verrückte Radschläge und Saltos zu machen, als hätten sie es zur Olympiade geschafft.

"Ich höre dir immer zu", murmelte er, als er sich in den warmen Sessel gegenüber der Couch niederließ. "Ich habe nur eine Minute gebraucht, um sie zu finden. Offensichtlich haben sie die Produktion letztes Jahr eingestellt."

Ich war zwar definitiv begeistert und daran interessiert, dass er die Limonade aufgetrieben hatte, die ich als mein Lieblingsgetränk bezeichnet hatte. Aber ich dachte auch daran, dass ich schon so lange hier gefangen war, dass sie mein Lieblingsgetränk inzwischen nicht mehr herstellten. Ich meinte, ich war vielleicht der einzige Mensch auf der Welt, der es getrunken hatte, also war das wahrscheinlich der Grund, aber es stand immer noch für den krassen Lauf der Zeit und alles, was ich verloren hatte.

"Ich habe dich verärgert", kommentierte er und beugte sich bestürzt vor. Ich warf ihm ein zittriges Lächeln zu und öffnete die Lasche meines Getränks, bevor ich einen großen Schluck nahm und ein wenig stöhnte, als das kohlensäurehaltige Orangengetränk meine Geschmacksnerven traf.

"Endlich mal etwas, das nicht nach altem Leder schmeckt", sagte ich, als ich ihn ansah, und spuckte fast meinen Drink aus, als ich seinen Gesichtsausdruck sah.

Er sah - fast - hungrig aus. Gierig, um genau zu sein.

Nach mir.

Dr. Adams blinzelte und der Blick verschwand. Sein Gesicht war wieder leer, nur der freundliche, fürsorgliche Psychiater war zu sehen.

Aber ich würde schwören, dass ich es gesehen hatte.

Es sei denn, die Träume trieben mich an, überall sexuelles Verlangen zu sehen.

Ich hätte nicht gedacht, dass das passierte. Ich hätte nicht gedacht, dass Mr. Sabberlutscher vom Mittagessen auf mich stand.

Konzentriere dich, schimpfte ich, während ich einen weiteren Schluck meines Getränks nahm.

"Hast du über das nachgedacht, worüber wir in der letzten Sitzung gesprochen haben?", fragte er und seine strahlend blauen Augen bohrten sich in mich.

Ich rutschte in meinem Sitz hin und her. "Ich habe dir doch gesagt, dass es keinen Unterschied machen wird."

Er hatte das Medikament, das ich ausprobieren sollte, schon seit Wochen erwähnt. Eines der Hauptthemen in unseren Sitzungen waren meine intensiven Träume. Er wusste nur ganz allgemein, dass sie sexuell waren - das Personal hatte ihm das gesagt. Aber er hatte mich nie zu spezifischen Details ausgefragt - Gott sei Dank. Dr. Adams schien den Eindruck zu haben, dass ich nicht für den Rest meines Lebens an diesem Ort gefangen sein würde, wenn ich meine Träume in den Griff bekommen könnte.

Er schien zu glauben, dass dies die Hauptsorge war

und nicht die Tatsache, dass ich hier wegen meines Vaters als Geisel festgehalten wurde.

Dr. Adams beugte sich vor. "Wenn du nur eine Weile dranbleiben könntest, um sie davon zu überzeugen, dass du bereit bist, entlassen zu werden ..."

Ich drückte meine Dose so fest zusammen, dass die Orangenlimonade überall hinfloss.

„Scheiße" keuchte ich und versuchte, mit meinem Hemd die Limonade abzuwischen, die nun überall auf der Ledercouch verteilt war. Frustrierte Tränen stiegen mir in die Augen, während ich wischte. Ich wusste, was passieren würde - ich würde diese Pillen nehmen, aber natürlich immer noch hier gefangen sein, und ich würde noch mehr verlieren, wenn ich anfing, wie betäubt herumzulaufen.

Plötzlich lag seine Hand auf meiner, und ich sah, dass er vor mir hockte. So nah bei ihm zu sein, war fast unerträglich. Er war so verdammt schön.

"Blake", murmelte er, sein Blick suchte mein Gesicht ab. "Es tut mir leid. Du kannst mir sagen, ob noch etwas anderes vor sich geht."

Meine Lippen zitterten, und ich war mir sehr wohl bewusst, dass seine Finger sanft meine Hand streichelten. Ich wollte ihm von meinem Vater erzählen und wie ich hierhergekommen war. Ich wollte es so verdammt dringend.

Ich öffnete den Mund, die Geschichte lag mir auf der Zunge, aber dann erinnerte ich mich an die Warnung meines Vaters an dem Tag, an dem ich hier abgesetzt worden war. Ich erinnerte mich an die Art und Weise, wie das Personal reagiert hatte, als ich es sogar gewagt hatte, zu sagen, dass ich nicht verrückt war.

Dr. Adams war mein einziger sicherer Ort hier. Den wollte ich nicht wegen eines Hirngespinstes ruinieren.

"Es geht mir gut, Dr. Adams. Es tut mir so leid, dass ich so ein Durcheinander angerichtet habe", sagte ich schließlich steif und beobachtete, wie sich Enttäuschung in seine Gesichtszüge einschlich.

"Steele", sagte er, während er seine Hand wegzog und aufstand.

"Steele?", fragte ich verwirrt und hasste es, dass ich seine Berührung vermisste.

"Du sollst mich Steele nennen." Ich sah zu, wie er ein paar Papiertücher aus einem Regal in der hinteren Ecke des Raumes holte, dann zurückkam und methodisch den Rest meines verschütteten Getränks aufwischte.

"Oh. Okay." Ich musste zusammengebrochen sein. Das war die einzige Möglichkeit, zu erklären, was passiert war. Ich meinte, für ein normales Mädchen wäre es vielleicht nicht viel gewesen - der besondere Drink, die Berührung mit der Hand, der Vorname. Aber für mich war es eine Menge. Eine ganze Menge.

Nachdem er die Tücher weggeworfen hatte, setzte er sich wieder auf seinen Stuhl und stellte seine üblichen Fragen.

Ich antwortete mit meinen üblichen Antworten, aber alles fühlte sich anders an. Ich konnte es in der Luft spüren. Ich konnte es in seinen Augen sehen. Etwas hatte sich verändert.

Und als seine Hand über meinen Rücken strich, als

er am Ende unserer Sitzung die Tür öffnete, fragte ich mich, was ich getan hatte, dass das Universum mich so sehr hasste.

Denn in diesem Leben konnte ich weder Steele noch irgendetwas anderes haben, das ich wollte. Selbst wenn er mich wollte.

Ich ging den Flur entlang, weg von ihm, und spürte, wie die Hitze seines Blicks meinen Rücken streichelte, aber ich schaute nicht in seine Richtung.

Der einzige Trost, den ich an diesem verlassenen Ort jemals finden würde, war in meinen Träumen.

Mit meinen Monstern.

Damit musste ich leben.

D rei brutale Jahre im Bright Meadows Asylum. Und kein einziger Besucher.

Bis heute ...

Ich versuchte, das seltsame, bedrohliche Gefühl abzuschütteln, das sich auf meiner Haut breitgemacht hatte, seit einer der Angestellten gekommen war, um mich in Dr. Adams' Büro zu bringen, wo offenbar meine Gäste warteten.

Obwohl Andrew, das Arschloch, mir nicht sagen wollte, wer der Besucher war, wusste ich, dass es meine Eltern sein mussten ... was mir Angst machte. Ich hatte sonst niemanden in meinem Leben, der außer ihnen aufgetaucht wäre.

Ich blieb vor der Bürotür von Dr. Adams stehen und konnte mich nur schwer dazu durchringen, zu klopfen. Ich biss mir auf die Lippe, während ich versuchte, mich vorzubereiten. War ich bereit, ihnen gegenüberzutreten?

Du schaffst das, Blake. Tief durchatmen. Und wenn es

deine Eltern sind, versuche, ihnen keine scharfen Gegen-
stände an den Kopf zu werfen.

Der Gedanke brachte mich zum Lächeln. Wenn sie
wollten, dass ich verrückt war, konnte ich ihnen zeigen,
wie verrückt ich sein konnte. Ich hatte hier viel Zeit
gehabt, das zu perfektionieren.

Ich schüttelte den Kopf und seufzte, denn ich
wusste, dass das nur dazu führen würde, dass ich in
den Isolationsräumen landete, wo die wirklich
Verrückten untergebracht waren. Räume mit gepols-
terten Wänden.

Ich war bei meiner Ankunft in einer solchen eingesperrt worden ... und das hatte mich noch wochenlang
verwirrt.

Mit zittrigem Atem klopfte ich an die Tür und
versuchte, mir keine Hoffnungen zu machen, dass sie
vielleicht hier waren, um mich endlich rauszulassen.
Ich könnte wegziehen, weit weg, und sie müssten mich
nie wiedersehen oder sich Sorgen machen, was ich tun
würde.

"Herein", antwortete Dr. Adams mit dieser tiefen
Stimme, die mich in ihren Bann zog.

Ich stieß die Tür ein Stück auf und nahm sofort
Mutters heisere Stimme wahr, die sich mit dem Arzt
unterhielt, bevor sie sich umdrehte und mich mit
einem gezwungenen Lächeln ansah. Aber es
verschwand so schnell, wie es gekommen war. Ihre
Lippen verzogen sich zu einem Ausdruck der Enttäuschung, den sie perfekt beherrschte.

Sie hatte mich seit drei Jahren nicht mehr gesehen

und konnte sich kaum ein Lächeln abringen. Ich hätte nichts anderes erwarten sollen.

Ich ignorierte den kleinen Stich in meiner Brust, öffnete die Tür ganz und machte mich auf den Weg zu dem leeren Stuhl neben ihr.

"Hallo, Mutter", sagte ich mit fester Stimme und weigerte mich, sie sehen zu lassen, wie ich mich duckte. Diese Genugtuung würde ich ihr nicht gönnen.

"Meine geliebte Tochter", antwortete sie mit einer kränklich-süßen Stimme, die mich zum Kotzen brachte. Ich sah keinen Beweis für ihre Zuneigung, der zu ihren Worten gepasst hätte.

Sie war ein Chamäleon und wusste, wie sie sich in einem Raum perfekt zurechtfand, wie sie die richtigen Dinge sagte, auch wenn es Lügen waren. "Blake, du siehst blass aus." Sie beäugte mein graues T-Shirt und die dazu passende Hose mit Bindegürtel. "Und Grau ist nicht deine Farbe, Schatz."

"Ich glaube eher, dass es meine blauen Augen betont", antwortete ich und nahm Platz, wobei ich das kleine Grinsen bemerkte, das sich um Steeles Mund-winkel zog.

Er saß uns in seinem weißen, bis zum Hals zuge-knöpften Hemd gegenüber, die angewinkelten Arme auf den Tisch gestützt, und studierte uns. Er war die Art von Mann, in den man sich stundenlang verlieren konnte, indem man ihn einfach nur anstarrte und seine Gesichtszüge bewunderte. Er war so heiß, dass er einen gut von seinen Problemen ablenken konnte. Der Arzt strahlte Zuversicht und eine Aura aus, die mich immer beruhigt hatte. Allein seine Anwesenheit machte diese

Visite erträglich. Er war das Einzige, was mich in dieser verrückten Anstalt bei Verstand gehalten hatte.

Zum Glück war von Vater keine Spur zu sehen, was mir das Atmen erleichterte. Vielleicht sollte ich erfahren, dass sie sich getrennt hatten, und irgendwie hatte sie in ihrer kaltherzigen Seele genug Mitgefühl gefunden, um mir zu helfen.

Sie saß steif auf dem Stuhl, die Beine gekreuzt. Sie trug ihr rosafarbenes Wickelkleid und die dazu passenden Absätze und wirkte in dem warm dekorierten Raum völlig deplatziert. Ihr Haar wurde mit Klemmen aus dem Gesicht gehalten, die dunklen Locken fielen ihr über die Schultern. Wie immer sah sie tadellos aus. Nichts war bei ihr jemals fehl am Platz.

Sie wandte sich an Steele und fragte: "Mir wurde versprochen, dass man sich um sie kümmert. Isst sie genug und bekommt sie genug Sonne? Das Mädchen sieht todkrank aus."

Ich blinzelte sie an. Sie sprach über mich, als würde sie ihren Pudel in der Hundetagesstätte lassen. Meine Hände rollten sich an meiner Seite zu Fäusten zusammen, und ich erinnerte mich an meine Therapiestunden zur Wutbewältigung, in denen es darum ging, tief zu atmen und Emotionen loszulassen.

In Mutters Gesellschaft konnten sie nicht viel ausrichten.

Ich betrachtete den Tacker auf dem Schreibtisch und überlegte, wie gut es sich anfühlen würde, ihn nach ihr zu werfen. Seit ich hier eingezogen war, hatte ich eine Vorliebe für das Werfen von Dingen entwickelt, was mein einziges Ventil war und meistens in

Form der Zerstörung meines Kissens geschah. Ich hatte bereits mein Viertes. Steele ermutigte mich, meine Wut auf diese Weise loszuwerden, und sagte, es wäre besser, das in meinem Zimmer zu tun, wenn es niemand sah.

Er wusste offensichtlich nichts von der Kamera, die mich ständig beobachtete.

"Ma'am, ich versichere Ihnen, dass Blake im Bright Meadows Asylum die bestmögliche Pflege erhält. Gemäß den Vorschriften werde ich während Ihres Besuchs im Zimmer bleiben. Normalerweise finden diese Besuche im Hauptbesucherraum statt, aber da dies eine einzigartige Situation ist, werde ich eine Ausnahme machen."

"Welche Situation?", fragte ich, und mir lief es eiskalt den Rücken hinunter.

Mutter seufzte, und ich beobachtete, wie sich ihr besorgtes Gesicht in etwas Trauriges verwandelte, wie die Schatten hinter ihren Augen aufflackerten und sich nun verdunkelten. Sie wäre eine fantastische Schauspielerin gewesen, die ihre Emotionen in einem Wimpernschlag ändern konnte. Aber ich nahm an, diese Fähigkeit kam ihr als Frau eines Politikers zugute.

"Dein Vater ist gestorben", murmelte sie ohne Schwierigkeiten, ohne Tränen. "Ich weiß, dass es schwer für dich sein wird, Blake, deinen Vater zu verlieren. Vielleicht tröstet es dich, zu wissen, dass er sich wirklich um dich kümmerte und nur das Beste für dich wollte, indem er dich hier unterbrachte."

Meine Brust zog sich zusammen, und das hatte nichts mit dem Tod meines Vaters zu tun. Das war mir scheißegal, und ich hatte mir oft gewünscht, er wäre schon längst gestorben. Aber dass sie vor Steele unverhohlene Lügen verbreitete, machte mich wütend. Es brannte in meiner Brust und überkam mich in so heftigen Wellen, dass ein scharfer Schmerz in meinem Magen aufstieg.

Drei Jahre lang hatte sie geschwiegen, und jetzt das.

Ich konnte es nicht mehr zurückhalten, und meine Worte sprudelten heraus. "Er hat sich nie für mich interessiert, Mutter. Also lass uns nicht solche Lügen verbreiten."

Wenn man in einem Haus der Täuschung und des Hasses lebte, gab es keinen Funken der Trauer für diejenigen, die einem das Leben zur Hölle machten. Nur Erleichterung.

"Sei nicht so unsensibel", fuhr sie mich an. "Dein Vater liegt gerade kalt geworden im Grab und du wagst es, so hart über ihn zu sprechen."

"Warte, du hast ihn schon begraben? Hattet ihr eine Beerdigung?" Ich hasste es, dass es mich überhaupt interessierte, aber es hätte mir eine Chance gegeben, von hier wegzukommen. Wenigstens für eine kurze Zeit.

Mutter ärgerte sich. "Ich dachte, es wäre nicht gut für deinen geistigen Zustand, daran teilzunehmen, Liebes."

Ich bäumte mich in meinem Sitz auf und verlor augenblicklich die Fähigkeit, mich an meine Lektionen über das Ruhigbleiben zu erinnern.

"Willst du mich verarschen? Ich bin nur hier, weil ich Vater dabei erwischt habe, wie er Ryan, Dale und Stacey gevögelt hat ... gleichzeitig. Mit mir ist alles in

Ordnung, aber wenn er tot ist, hat er es verdient. Und du solltest die Wahrheit wissen."

Alles platzte aus mir heraus, Worte, die ich in den letzten Jahren bewusst in meinem Kopf behalten hatte, die ich aber unbedingt aussprechen wollte. Mein Vater hatte mir gedroht, ich sollte nicht über das Gesehene sprechen, aber jetzt, wo er tot war, konnte ich mich nicht mehr zurückhalten.

Und ich wollte unbedingt, dass Steele die Wahrheit erfuhr.

Mutter hielt inne, die Farbe wich aus ihrem Gesicht, und sie musterte mich, als hätte sie sich in den Sensenmann verwandelt, der meine Seele holen wollte. "Blake, du bist krank, und nur eine Verrückte würde sich solch schreckliche Geschichten ausdenken."

"Ma'am, wir bezeichnen hier niemanden als krank oder verrückt", warf Steele ein, der trotz meines Ausbruchs ruhig klang.

Sie wandte sich ihm mit Hass in den Augen zu. "Ich entschuldige mich dafür, dass Sie sich ihre schmutzigen Lügen anhören müssen. Der Druck, den sie auf unsere Familie ausübt, ist unerträglich."

"Unerträglich?", sagte ich, balancierte auf der Kante meines Stuhls, bevor Steele etwas sagen konnte.

"Blake", warnte er in dem dunkleren Ton, den er benutzte, um mich daran zu erinnern, tief durchzuatmen. Um meine Wut wieder zu zügeln.

Meine Worte sprudelten nur so aus mir heraus, während die Wut mich verschluckte. "Ich bin seit über drei verdammten Jahren hier eingesperrt, wegen seiner Lügen."

Ohne ein Wort zu sagen, stand Mutter auf, richtete ihr Kleid und sammelte die rosa Jacke ein, die an der Rückenlehne ihres Stuhls hing. Sie hielt ihren Kopf hoch, ihre Wangen waren gerötet von der Verlegenheit, die ich ihr bereitet hatte. Es war schwer zu sagen, ob sie von Vaters Betrug wusste oder ob dies ein echter Schock für sie war.

"Du bist krank, Blake, und dies ist der beste Ort, um dich wieder gesundzumachen. Du weißt es jetzt vielleicht noch nicht, aber eines Tages wirst du deinem Vater und mir dankbar sein." Sie schaute den Arzt an, während sie sprach, denn alles, was sie tat, war nur Show.

Ich biss mir auf die Zunge, bis es weh tat, bis ich das Blut in meinem Mund schmeckte und den donnernden Schmerz in meiner Brust nicht mehr spürte. So lange hatte ich die stille Tochter gespielt und sie über mich hinweggehen lassen.

"Bitte mach keine Szene", fuhr Mutter fort. "Ich bin gekommen, um dir die tragische Nachricht von deinem Vater mitzuteilen. Lassen wir es dabei bewenden." Sie sah aus, als wollte sie gehen, und ich richtete mich auf, woraufhin Steele dasselbe tat.

"Bitte warte."

Sie drehte sich wütend zu mir um und zog ihre perfekt gezupften Augenbrauen zusammen. Das war ein Kunststück, wenn man bedachte, wie viel Botox sie alle paar Monate bekam.

"Wenn Vater weg ist, kannst du die Vormundschaft auflösen und mich hier rausholen. Ich habe lange genug hier verbracht. Bitte." Die Freiheit schwankte am

Rande meines Verstandes, so nah, dass ich sie fast schmecken konnte, während ich mich innerlich dafür verfluchte, dass ich sie so hart angepackt hatte. Meine Mutter war ein rachsüchtiger Mensch.

Ich spürte, wie Steele sich neben mir bewegte. "Blake, deine Mutter und ich haben das vorhin besprochen."

"Und?" Ich starrte von ihm zu ihr und ihr Grinsen war schadenfroh. Meine Gedanken überschlugen sich mit wilden Szenarien und Ausreden, die sie mir geben würden, um mir die Freiheit zu stehlen, bis mir der Atem stockte.

"Ich ziehe aus dem Bundesstaat weg, meine Liebe, und ich habe heute die Papiere unterschrieben, um meine Vormundschaft über dich aufzulösen. Du bist also frei." Sie grinste. "Aber leider leidest du offenbar immer noch an Anfällen, sodass deine Entlassung aus der Anstalt von der Ärztekammer beschlossen wird, sobald du geheilt bist."

Ich starrte sie an, und in meinem Kopf drehte sich alles. Ich konnte mich nicht bewegen, sondern starrte sie an und saugte jedes ihrer Worte in mich auf.

Zwischen uns herrschte Schweigen, und mir liefen die Tränen über die Wangen. Ich hatte keinerlei Kontrolle über mein Leben, und ich hasste es verdammt noch mal.

"Das kannst du nicht tun", stieß ich hervor, und mein Körper zitterte unkontrolliert. "Ich gehöre nicht hierher!"

Steele durchquerte den Raum und öffnete die Tür zu seinem Büro, damit meine Mutter gehen konnte, während ich wünschte, die Welt würde aufbrechen und mich verschlucken. Das konnte doch nicht wahr sein.

Panik machte sich in mir breit, und bevor ich klar denken konnte, griff ich nach meiner Mutter, packte ihren Arm, und meine Fingernägel gruben sich in ihr Fleisch, aus reiner Verzweiflung meinerseits.

Sie stieß einen Schrei aus, ihre Augen weiteten sich und sie riss ihren Arm von mir los.

"Mama, bitte!" Ich sah sie an und hoffte auf Mitleid, auf etwas anderes als ihren eisigen Blick. Ich trat näher an sie heran, und sie wich zurück. Diese kleine Reaktion versetzte mir einen Stich mitten ins Herz.

Steele war plötzlich neben mir, sein Arm schlang sich mit seiner warmen Berührung um meinen und er hielt mich fest an sich gedrückt. "Blake, du musst dich für mich beruhigen."

Wut durchströmte mich, als die Welt um mich herum kippte und sich zu schnell drehte.

Mutter untersuchte ihr Handgelenk, wo ich blutige Abdrücke hinterlassen hatte, und wischte sie mit der Daumenkuppe weg. Sie hob den Blick und schaute finster drein. Sie schaute den Arzt an und bellte: "Sie braucht Disziplin, und vielleicht sind Sie nicht die richtige Person. Sie hat mich gerade angegriffen. Ich hoffe, Sie haben vor, sie für ein solches Verbrechen zu bestrafen, sonst werde ich die Sache auf die Spitze treiben."

Ich keuchte laut auf und mein Magen krampfte sich zusammen. Ich starrte sie ungläubig an und wollte sie für all die schrecklichen Dinge, die sie und Vater mir angetan hatten, verprügeln.

"Dies ist eine emotionale Situation, ein Moment der

Trauer", erklärte er. "Ich werde dafür sorgen, dass sie bestraft wird."

Ich starrte meine Mutter an, ich war so wütend, so verzweifelt, dass ich sie erdrosseln wollte, um sie zu zwingen, mich zur Abwechslung mal wie ihre Tochter zu behandeln. Aber ich schätzte, das war zu viel verlangt.

Sie ließ ihren Blick in meine Richtung schweifen. "Wir alle müssen mit unseren eigenen Dämonen leben, meine Liebe. Viel Spaß mit deinen." Dann schlenderte sie aus meinem Leben. Und ich wusste, dass ich sie das letzte Mal gesehen hatte.

Diese Schlampe.

Ich wehrte mich gegen Steeles Griff und wollte ihr hinterher, aber er hielt mich am Arm fest und schlug die Tür zu seinem Zimmer zu, damit wir allein waren. Dann drehte er mich an den Schultern herum, sodass ich ihm gegenüberstand.

"Lass mich gehen", sagte ich, als die erste Träne über meine Wange kullerte.

"Blake, du kannst hier keine Menschen angreifen. Ich kann nur wenig tun, um dich zu beschützen", erklärte er mit leiser, beruhigender Stimme, die mich fast in einen falschen Zustand der Ruhe zu wiegen schien. "Ich möchte nicht, dass sie mich zwingen, dich zu betäuben, während du deinen Kummer verarbeitest."

"Das ist keine Trauer für mein Monster von einem Vater." Ich ballte meine Hände zu Fäusten und wollte schreien. "Das kommt von den Jahren, in denen sie mich geistig und emotional missbraucht haben. Man hat mich hier hineingeworfen, damit ich zum Schweigen gebracht werde, und jetzt sagt man mir, ich müsse hierbleiben, weil ich Stressträume habe? Zum Teufel, das soll fair sein?" Tränen stiegen mir in die Augen und verwischten das Gesicht des Arztes, während mich die Realität meiner beschissenen Lage kalt erwischte.

"Es hat sich nichts geändert", versuchte Steele zu erklären. "Du machst gute Fortschritte, und darauf konzentrieren wir uns."

Aber er hatte Unrecht. "Ich. Gehöre. Nicht. Hierher", rief ich und zitterte. "Meine Mutter hätte mich rausholen können, weil sie weiß, warum ich wirklich hier bin. Ich bin unschuldig."

Steele streckte die Hand nach mir aus, aber ich wich vor ihm zurück, weil niemand helfen wollte. Es interessierte niemanden. Zu diesem Zeitpunkt weinte ich hysterisch und umarmte mich, und plötzlich drehte sich der Raum mit mir, kippte in einem Winkel, während die Dunkelheit an den Rändern meiner Augen federte.

Und die letzten Worte, die ich von Steele hörte, waren: "Du musst nur deine Pillen nehmen, damit die Albträume aufhören, und ich werde alles tun, was ich kann, um dich zu befreien."

"Sie sollten sie nehmen. Sie werden sich besser fühlen", beharrte die Krankenschwester in ihrem weißen Kleid, als sie mir einen kleinen Plastikbecher mit einer blauen Pille darin über den Ausgabetresen reichte. "Das sollte Sie beruhigen."

Das vertraute Gefühl der Hilflosigkeit überkam mich

wie schon zuvor. Sie hatten mir noch nie diese Art von Tabletten angeboten, meistens auf Vaters Anweisung hin, aber Schwester Rose war neu hier und hatte meinen Schlaf überwacht. Sie war nett, und ich sah das Mitleid in ihrem Gesicht an diesem Morgen.

"Kann ich damit schlafen?", flüsterte ich über den Tresen hinweg.

Sie nickte. "Das solltest du."

Meine Finger umklammerten den winzigen Becher mit zittriger Hand und starrten auf diese verrückte kleine Pille. Die Versuchung, sie zu nehmen, war groß, ebenso wie die Angst davor, was sie mit mir machen würde.

Was wäre, wenn sie recht hatte und ich endlich durchschlafen konnte?

"Bist du mal fertig?", knurrte ein Mädchen, das sich hinter mir aufstellte, und stieß mich mit der Schulter an, sodass ich stolperte und fast meinen Becher verlor. Wie durch ein Wunder schaffte ich es, ihn zu fangen und nicht fallen zu lassen.

Ich drehte mich wütend um und sah mich Madison gegenüber - dem Mädchen, das sich selbst und andere gerne schnitt, wenn sich die Gelegenheit bot. Sie war mir unheimlich, denn wenn man ihr in die Augen sah, war da nichts. Hatte sie überhaupt eine Seele?

Irgendwie wurden alle Verrückten an diesem Ort von mir angezogen.

Ich stolperte ihr schnell aus dem Weg, bevor sie sich zu sehr für mich interessieren konnte.

Ich blickte zu dem Pfleger auf, der mich beobachtete. "Ich muss sehen, dass Sie die Pille nehmen, bevor Sie gehen, sonst verabreiche ich sie Ihnen selbst", sagte er barsch und sein

Blick wanderte zu der Reihe von Mädchen, die auf ihre morgendliche Dosis warteten.

Eine lähmende Panik durchströmte mich, dass ich für immer in diesem Irrenhaus gefangen sein würde, und vielleicht hatte die Krankenschwester recht, dass die blaue Pille die Träume wegnehmen würde.

Ohne weiter darüber nachzudenken, steckte ich sie mir in den Mund und schluckte sie ohne Wasser hinunter.

"Mach den Mund auf", sagte der Pfleger, und ich streckte ihm die Zunge heraus. Mit seiner Zustimmung machte ich mich auf den Weg in den Fernsehraum.

Ich weiß nicht mehr, wie lange ich auf der Couch saß, und ich wusste nicht, was ich mir ansah - ich hing leblos in meinem Sitz. Es war seltsam, seinen Körper nicht zu spüren, während der Geist schwebte. Meinen Erinnerungen zu entfliehen war jedoch fast befreiend, und ich hoffte nur, dass dieses Gefühl mir half, heute Nacht ruhig zu schlafen.

Vielleicht war es gar nicht so schlecht, völlig betäubt zu sein ...

Ein Funke von etwas Scharfem stach in meinen Arm. Etwas, das ich auf Anhieb nicht verstand. Ich neigte den Kopf zu meinem Arm, wo das Mädchen, das mich vorhin aus der Schlange geschubst hatte, meinen Arm packte, ihre Fingernägel in meine Haut bohrte und nach unten drückte.

"Autsch", brachte ich nur wenige Augenblicke später heraus, weil sich mein Mund nicht bewegen wollte. Ich war mir des Schmerzes teilweise bewusst, während die Gedanken in meinem Kopf hin und her flackerten. Aber sich zu bewegen, um von ihr wegzukommen, schien ein Ding der Unmöglichkeit zu sein.

"Drängle nie wieder vor mir rum, du Schlampe. Das

nächste Mal schneide ich dich, bis du verblutest", knurrte sie mir ins Ohr und fuhr mit ihren Nägeln über meine Arme, bis die Haut aufbrach.

Diesmal schrie ich auf, und sie schreckte aus dem Sitz, bevor sie davonraste. Eine Sekunde später saß ich da und starrte auf die Blutstropfen, die meinen Arm hinunterliefen. Und ein Anflug von Sorge durchfuhr mich, weil ich mich in diesem Moment so verletzlich fühlte. Ich schien vergessen zu haben, wie ich überhaupt von dieser Couch aufstehen sollte.

Ich schloss meine Augen und drückte meinen zerschnittenen Arm gegen meine Mitte in meinem drogengefüllten Dunst. Und ich hatte das Gefühl, dass es etwas Wichtiges gab, das ich tun sollte, ...

Das Licht war aus, und der Sturm draußen verdunkelte den Kunstraum. Der Regen prasselte auf die Fensterscheiben, während über mir der Donner in einer Melodie grollte, die mir normaler- weise gefiel.

Heute ging es mir auf die Nerven, das Geräusch wiederholte sich ständig und wurde nerviger. Der Besuch meiner Mutter war schon eine Woche her, und nicht einmal das Wetter konnte meine Stimmung heben.

Es war der erste Tag, an dem ich nicht geweint hatte.

Heute Morgen bestand Steele darauf, dass dies ein Zeichen für meine Genesung war. In Wahrheit waren mir die Tränen ausgegangen. Denn innerlich fühlte ich mich immer noch so kaputt und zerstört wie in dem Moment, als Mutter mein Schicksal an diesem Ort besiegelte.

Wenn du die Tablette nimmst, wirst du dich schneller erholen, Blake. Die Träume werden nachlassen, und du wirst beweisen können, dass es dir besser geht und du gehen kannst.

Gott segne Steele. Er hatte sich wirklich um mich gekümmert. So sehr ich auch seinem Charme verfiel und überall brannte, wenn er mir zu nahekam, wenn ich sein holziges Eau de Cologne einatmete, wenn ich mir vorstellte, wie es sich anfühlen würde, seine Hände auf mir zu haben, so sehr konnte ich nicht vergessen, wie die blaue Tablette mich fühlen ließ. Betäubt und nutzlos. Sie machte mich verletzlich an einem Ort, der mit echten Verrückten gefüllt war, die sofort ausrasteten.

Und die Probleme würden damit nicht enden. In Bright Meadows gab es Systeme, die dafür sorgten, dass man auch nach der Entlassung weiterhin Medikamente bekam.

Mein Blick wanderte zu Madison. Sie saß mir jetzt in unserem zwölfköpfigen Teamkreis gegenüber. Ihr früheres Lächeln verwandelte sich bei meinem Erscheinen in einen drohenden, finsteren Blick.

Das Mädchen hasste mich, und mir stockte der Atem bis in die Lungen, wenn sie in meine Nähe kam. Aus irgendeinem Grund hasste sie mich seit meiner ersten Begegnung mit ihr vor drei Jahren. Wie einige andere Insassen, ich meine Patienten. Seitdem war sie mir bei jeder Gelegenheit auf die Pelle gerückt.

Dr. Jamison sollte sich besser beeilen. Ich blickte zurück zur offenen Tür und wünschte mir, sie würde einfach erscheinen.

Rumms.

Einige der Patienten in der Klasse zuckten zusammen und schrien auf, als der Blitz einschlug.

Ich ließ mich auf einen Stuhl neben Ed fallen, dem Typen, der sich gerne sein Essen ins Gesicht schmierte. Er war harmlos und ließ mich in Ruhe. Das gefiel mir.

Madison saß mir gegenüber.

Alle im Kreis waren still geworden.

Sie murmelte etwas vor sich hin und schnauzte irgendwann laut: "Denkst du, ich weiß das nicht?"

Ihre Schultern waren hochgezogen, und sie wirkte furchterregend. Ich hatte einmal gehört, wie die Krankenschwestern sagten, Madison habe eine dissoziative Identitätsstörung. Sie litt offenbar unter wechselnden Persönlichkeiten und hörte Stimmen, die zu ihr sprachen. Deshalb nahm sie starke Medikamente, die ihr helfen sollten. Angesichts des verstörten Blicks in ihren Augen bezweifelte ich jedoch, dass sie heute ihre Medikamente genommen hatte.

Wie bei jedem bösartigen Hund, der einen anstarrte, schaute ich sie nicht direkt an und wünschte mir innerlich, dass die Therapeutin endlich kam. Es sah ihr wirklich nicht ähnlich, nicht vor uns hier zu sein.

Madison stand auf und hielt etwas in ihrer geschlossenen Faust, ihre toten Augen auf mich gerichtet. Der einzige Grund, warum ich das wusste, war, weil jemand laut keuchte und ich meinen Kopf hochriss.

Ihre Freundin, das einzige Mädchen, das verrückt genug war, Zeit mit Madison zu verbringen, packte sie am Hemd. "Mads, setz dich hin. Du bringst uns noch alle in Schwierigkeiten."

"Blockier die Tür, Jen!", befahl sie daraufhin.

"Mads", wimmerte sie und ihr Gesicht wurde bleich.

"Mach jetzt, verdammt!"

Jen zog die Schultern nach vorne, aber sie eilte trotzdem zur Tür, nahm ihren Stuhl und klemmte die Lehne unter die Klinke.

Mein Herz machte einen Purzelbaum und ich sprang auf, stellte mich hinter meinen Stuhl und umklammerte ihn, weil mir jedes Haar am Körper zu Berge stand. Natürlich war sie hinter mir her. Das tat sie immer, bei jeder sich bietenden Gelegenheit. Aber heute war irgendetwas anders an ihr.

Ich fragte mich, auf welche Persönlichkeit ich treffen würde, bestimmt auf die eines Serienmörders.

Denn sie sah wirklich so aus, als wollte sie mich umbringen.

Ohne Dr. Jamison war niemand da, der diese verrückte Schlampe davon abhalten könnte, mich umzubringen.

"Madison, mach keine Dummheiten", sagte ich.

"Du nennst mich dumm?", bellte sie, wobei sich ihre Lippen über einer Reihe gelb verfärbter Zähne schälten.

"N-nein. Wenn du irgendetwas tust, kommst du für sehr lange Zeit in die Isolation." Ich sprach schnell, wenn ich nervös war, meine Hände umklammerten den Stuhl, meine Knöchel wurden weiß.

Ein Mädchen in der Nähe fing an zu weinen, ein

anderes rannte in die Ecke und versteckte sich hinter den Vorhängen.

Die anderen sahen mit großen Augen zu und waren bereit, sich zu amüsieren. In der Anstalt passierte nichts Aufregendes, und wenn zwei Patientinnen in einen Streit gerieten, jubelten alle. Niemand wollte mir helfen, weil sie zu viel Angst vor Madison hatten. Zu sehr fürchteten sie, in der Isolation zu landen.

Madisons Augen zuckten wieder, und sie sah besessen aus, als wäre ihr Gesicht nicht ihr eigenes.

"Du sitzt auf meinem Platz", bellte sie mich an.

"Es gehört dir. Nimm ihn", antwortete ich.

Sie nickte nur und grinste, als sie mir den Stuhl entriss und ihn zur Seite schob.

Okay, vielleicht war es keine so gute Idee, meine einzige Barrikade vor ihren verrückten Augen freiwillig aufzugeben.

"Madison, bitte", begann ich, aber ich kam nicht dazu, meinen Satz zu beenden. Die Schlampe schlug mir mit ihrer Faust ins Gesicht.

Ich wich zurück, aber nicht schnell genug. Ein scharfer Stich fuhr mir über die Wange und durch die halbe Nase.

Ich schrie auf, strampelte zurück und griff nach meinem Gesicht. Meine Finger kamen blutig von der Stelle zurück, an der sie mich geschnitten hatte. Es stach wie verrückt.

Ein Glitzern von etwas lenkte meine Aufmerksamkeit auf die Rasierklinge, die sie zwischen ihren Fingern eingeklemmt hatte.

Wollte sie mich verarschen? Sie hätte mich mit diesem einen Schlag töten können. Mich blind machen.

Der Schrecken packte mich, während alle anderen im Raum in einen explosiven Jubel ausbrachen.

Aber es gab keine Pause. Madison stürmte wieder auf mich zu und bewegte sich zu schnell. Da ich keine Waffe hatte, weil alle Malutensilien unter Verschluss gehalten wurden, bis der Therapeut eintraf, ging ich zur alten Schule über.

Ich schlug mit der Faust zurück und traf sie genau auf die Nase. Ein dumpfer, pochender Schmerz schoss meinen Arm hinauf und tat sehr weh, aber zu sehen, wie Madison aufstöhnte und nach hinten stolperte, war die Pause, die ich brauchte. Blut spritzte aus ihrer Nase, und ich rannte zur Tür.

Jen war da, und ich knurrte: "Geh mir verdammt noch mal aus dem Weg."

Etwas Schweres prallte gegen meine Hinterbeine, und ich schrie auf, als meine Knie unter mir einknick-ten. Ich fiel nach vorne und schlug mit einem lauten Knall auf den gefliesten Boden.

Ich bäumte mich auf, um aufzustehen, als Madison auf meinem Rücken landete, sich auf mich setzte, in meine Haare fasste und meinen Kopf nach hinten riss. "Augen oder Kehle", knurrte sie. "Was soll ich zuerst rausschneiden?"

Das ekelerregende Geräusch ihres feuchten Atems ließ mich meinen eigenen schnellen Atem einziehen. Die dürre Schlampe war stark, und ich wagte nicht, mich zu bewegen, als sie mir die Rasierklinge vor das Gesicht hielt.

Jemand hämmerte gegen die Zimmertür und rief, sie zu öffnen. Aber ich konnte nichts anderes hören als Madison und das Pochen meines Pulses in meinen Ohren.

Ich starrte auf mein Spiegelbild in der metallenen Rasierklinge, darauf, wie erschrocken und blass ich aussah. Auf das Blut, das meine Wange bedeckte. Auf den gequälten Blick, der sich in meinen Augen spiegelte. Je länger ich in der Anstalt blieb, desto schneller würde ich wie der Rest von ihnen enden.

Wild.

Verloren.

Psychotisch.

Ich starrte mich so lange an, bis sich in mein Gedächtnis eingebrannt hatte, wie es war, dem Tod ins Auge zu sehen.

Das Echo der Schreie aller Anwesenden hallte im Raum wider, und ich schüttelte mich fürchterlich.

"Komm schon, du Schlampe, oder willst du, dass ich wähle?" Madison schnitt mir plötzlich in die andere Wange, und ich schrie auf. "Mir geht es um Symmetrie. Ich muss sicherstellen, dass es passt, das heißt, beide Augen kommen raus."

Der Schweiß lief mir den Rücken hinunter, und als sie sich meinen Augen näherte, wusste ich, dass ich mich wehren musste, sonst würde ich blind werden.

Mit flachen Händen und in den Boden gepressten Zehen stieß ich sie mit aller Kraft, die ich besaß, von mir runter.

Sie flog schreiend von mir weg.

Genau in diesem Moment zerbrach die Tür und zerschellte in mehrere Teile. Alle schrien wie verrückt, als der Stuhl, der die Tür festhielt, direkt auf mich zu flog.

Ich warf mich mit dem Rücken zu Boden und schlug mit der Wange auf die kalten Fliesen, als der Stuhl über mich hinwegflog. Er schrammte an meinem Rücken entlang und überschlug sich noch einige Male.

Dröhnende Stimmen umgaben mich, und mein Herz hämmerte gegen meinen Brustkorb und versuchte, sich zu befreien und zu entkommen. Ich bewegte mich nicht sofort, fassungslos über das, was gerade passiert war. Meine Finger pressten sich an die Fliesen und bekämpften die Panik, die mich überflutete.

"Ich bin nicht tot. Nicht tot. Nicht tot", murmelte ich vor mich hin.

Plötzlich schob jemand seine Arme unter meine Achseln, und ein Schreckensschauer durchfuhr mich.

Ich zuckte zurück und kroch von ihnen weg. "Fass mich nicht an", schrie ich.

Schmerz flammte auf meinen geschundenen Wangen auf, mein Herz hämmerte in meiner Brust.

Steele hockte vor mir, und seine herrlichen Gesichtszüge waren von Sorge umspielt. "Du bist jetzt in Sicherheit, Blake." Er streckte die Hand nach mir aus. "Kann ich dich auf die Krankenstation bringen? Du bist übel zugerichtet."

Ich bin nicht tot.

Ich schluckte schwer und kämpfte gegen den Schrei

an, der sich in meiner Brust festsetzte und herauskommen wollte. Andere Pfleger und Therapeuten stürmten in den Raum, drei von ihnen mussten sich um Madison kümmern, die sich gerade die Arme aufschlitzte.

Ich zitterte stark, und Fragmente ihres Angriffs blieben in meinem Gedächtnis haften, als ich ihn durchspielte. Andere Patienten brüllten auf, und einige rannten aus dem Raum.

Chaos. Es folgte mir überall hin.

"Blake", sagte Steele und brachte mich mit seiner Hand, die meine streichelte, zurück zu ihm. Seine Berührung war beruhigend, ablenkend.

Ich beugte mich sanft zu ihm. "Bitte bring mich weg von hier."

"Ich habe dich", sagte er leise, und in meinem Magen kribbelte es angesichts der Zärtlichkeit in seiner Stimme und des aufrichtigen Ausdrucks in seinem Gesicht. Seine Augen hatten heute etwas Tiefes an sich, wie die eines wilden Tieres. Hinter ihnen brodelt Wut. Er war wütend auf mich, nicht wahr?

Er hob mich in seine Arme, und ich schmiegte mich an seine Brust. Steele war ein starker Mann; ich konnte spüren, wie sich seine Muskeln gegen mich pressten. Im Vergleich zu ihm war ich winzig.

Meine Muskeln bebten, meine Hände zitterten, und ich legte meinen Kopf an seinen Hals und atmete tief sein Parfüm ein. Es durchdrang jeden Zentimeter meines Körpers, und das Verlangen schoss durch mich hindurch, trotz der schlimmen Umstände, in denen ich mich befand.

Dutzende Male hatte ich davon geträumt, dass er mich von hier wegbrachte ... mein Ritter in glänzender Rüstung, der mich rettete. Ich leckte mir über die Lippen und starrte zu diesem Mann auf, der in den letzten drei Jahren mein Fels in der Brandung gewesen war.

"Du bist jetzt in Sicherheit", erinnerte er mich und streichelte meinen Rücken.

Er trug mich aus dem Kunstraum und ich blickte zurück auf Madison, die in eine Zwangsjacke gesteckt wurde. Nach diesem Vorfall würde sie für eine lange Zeit in Isolation sein. Die lebhafte Erinnerung daran, dass ich in der Anstalt nicht sicher war, milderte den Schrecken in meiner Brust nicht.

Sie schrie immer wieder wütend meinen Namen.

Das nächste Mal würde sie mich umbringen. Ich hörte es in ihrer Stimme, und ich zuckte zusammen und rollte mich fester in Steeles Armen zusammen.

Gedanken schwirrten mir durch den Kopf, vom Tod meines Vaters über Mutter, die mich verlassen hatte, bis hin zu Madison, die nun versuchte, mich zu ermorden.

Erinnerungen, die mich für immer verfolgen würden.

Zu lange hatte ich zugelassen, dass andere über mich bestimmten. Ich hatte mit der Angst gelebt.

Ich wollte nicht länger als nötig in dieser Anstalt bleiben, und da ich keine andere Wahl mehr hatte, beschloss ich, für meine Freiheit zu kämpfen. Auch wenn mir dabei schlecht wurde und ich mich betäuben lassen musste, war nichts schlimmer, als mit einer

Mörderin unter einem Dach zu schlafen, die es auf mein Blut abgesehen hatte.

"Ich will die Tabletten nehmen", flüsterte ich in Steeles Ohr. "Bitte hilf mir, meine Albträume zu beenden."

4

———————

BLAKE

Der Regen prasselte auf meine Haut, als ich den Block hinunter in Richtung meiner Wohnung eilte. Ständig warf ich einen Blick hinter mich, nur für den Fall, dass sich jemand von hinten anschleichen wollte.

Der Start in ein Leben nach der Anstalt ... war schwierig gewesen. Wenn man bedachte, dass mir die Zeit in Bright Meadows den Highschool-Abschluss und alles andere geraubt hatte und ich weder Familie noch Freunde hatte, auf die ich mich verlassen konnte, blieben mir nicht viele Möglichkeiten.

Bright Meadows verfügte über ein staatlich gefördertes Programm, das den "Bewohnern" helfen sollte, sich wieder in die Gesellschaft einzugliedern.

Dieses "Programm" bedeutete, dass ich in einer beschissenen Wohnung im schlimmsten Teil der Stadt untergebracht war. Auf dem Flur vor meinem Zimmer wurde mit Drogen gedealt, und draußen fielen ständig Schüsse, weil die Gangs der Stadt um ihr Revier kämpften. Erst letzte Woche, als ich von der Arbeit nach Hause kam, hatte eine Kugel die dünne Wand durchschlagen, und ich hatte fast einen Herzinfarkt bekommen.

Unnötig zu sagen, dass der Ort nicht toll war.

Der einzige Job, den ich finden konnte, war in der zehn Blocks entfernten Stadtbibliothek, wo ich in der Nachtschicht arbeitete. Die Bibliothek war aus irgendeinem Grund vierundzwanzig Stunden geöffnet, aber die einzigen Besucher, die nachts zwischen den Bücherregalen zu finden waren, waren Obdachlose. Ich verbrachte meine Stunden damit, Bücher einzuräumen und aufzuräumen, da die Stadt beschlossen hatte, dass das Bibliothekspersonal für die Reinigung zuständig war und nicht eine Hausmeistercrew.

Das Aufsammeln von gebrauchten Nadeln in den Toiletten war nicht ideal, aber ich konnte viel lesen, was ich in Bright Meadows nie tun konnte. Und ich hatte einfach Glück, dass Ms. Juniper, die mürrische Chefbibliothekarin, die etwa hundert Jahre alt aussah, mir eine Chance gegeben hatte.

So dankbar ich auch für den Job war, die Arbeit in der Nachtschicht war doch ein wenig beängstigend. Um vier Uhr morgens im schlimmsten Teil der Stadt nach Hause laufen zu müssen und dann den Rest des Tages kaum überstehen zu können, dank der Medikamente, die ich immer noch nehmen musste, war nicht ideal.

In einer perfekten Welt hätte ich die Medikamente sofort nach meiner Entlassung abgesetzt, aber ich wusste immer, dass das nicht möglich sein würde. Um sicherzugehen, dass ich die Pillen weiter nahm, hatte der Staat sogar eingeführt, dass ich wöchentliche Drogentests machen musste, bei denen der Medikamentenspiegel in meinem Körper überwacht wurde. Ich musste die Pille nehmen, sobald ich nach Hause kam, und dann würde ich den ganzen Tag an meinen Gehirnnebel verlieren. Etwa zwei Stunden vor meiner Schicht ließ die Wirkung etwas nach, aber ich war immer noch schläfrig und musste die ganze Nacht mit einem Kopf arbeiten, der sich anfühlte, als wäre er voller Watte. Ich hatte gehofft, dass sich mein Körper mit der Zeit an das Medikament gewöhnen würde, aber bis jetzt hatte ich jeden Tag die gleiche schreckliche Reaktion.

Obwohl die meisten Menschen mein Leben als miserabel bezeichnen würden, fühlte es sich besser an, als in Bright Meadows zu leben.

Ich erreichte meinen Wohnkomplex und drückte auf das wertlose Tor, das die Bewohner schützen sollte, aber seit meinem Einzug noch nie ein funktionierendes Schloss hatte. Ich ging die Treppe hinauf, erschöpft und mit dem Gefühl, gleich zusammenzubrechen, und brach dann fast in Tränen aus, als ich sah, dass die Tür zu meiner Wohnung weit offenstand.

Genau das, worauf ich mich heute gefreut hatte - mein erster Einbruch.

Mein Herz hämmerte in meiner Brust, als ich vor der offenen Tür stand. Ich konnte feststellen, dass der Täter nicht mehr da war, da ich von der Tür aus jeden Zentimeter der Wohnung sehen konnte. Meine Wohnung bestand aus einem einzigen Zimmer. Das

Sofa an der Wand mir gegenüber mit seinen ausgeleierten Federn diente als mein Bett und der abgeplatzte Couchtisch davor als mein Esstisch. Ich war erleichtert, dass beide noch da waren, obwohl die meisten Leute sie schon vor Jahren weggeworfen hätten. In der linken Ecke des Zimmers befanden sich eine Toilette und eine kleine Dusche, aber um beides herum gab es weder eine Wand noch einen Sichtschutzvorhang. Mir drehte sich der Magen um, als ich sah, dass die Tür des Kühlschranks und des Gefrierschranks weit offengelassen worden war und das leere Innere zeigte. Ich hatte erst am Vortag eingekauft und sollte erst in einer Woche meinen Lohn bekommen. Alles, was ich von meinem letzten Gehaltsscheck übrighatte, musste für meine Stromrechnung reichen.

Ich schätzte, dass ich eine Zeit lang ohne Strom leben musste, denn der Gedanke, eine Woche ohne Essen zu überleben, erschien mir etwas entmutigend.

Ich ging hinüber, um die Türen der Geräte zu schließen, und zuckte zusammen, als ich feststellte, wie kalt der Gefrierschrank war. Das bedeutete, dass der Einbruch buchstäblich gerade erst stattgefunden hatte, denn das Eis war noch gar nicht abgetaut, und auch der Kühlschrank war noch kalt. In meinem Zimmer war es selbst an den besten Tagen zu heiß, sodass alles schon geschmolzen wäre, wenn schon länger niemand mehr hier gewesen wäre.

Was, wenn ich hier gewesen wäre? Was, wenn ich meine Pille schon genommen und einfach nur auf der Couch gelegen hätte, völlig verloren für meine Umgebung?

Ich zitterte und biss mir auf die Lippe, während ich weiter darum kämpfte, nicht in Tränen auszubrechen.

Das war's. Ich würde keine dieser Pillen mehr nehmen. In zwei Tagen hatte ich einen Drogentest, und sie würden wissen, was ich getan hatte, aber ich musste es einfach herausfinden. Ich wollte nicht zurück nach Bright Meadows, und auch wenn sie mich bestimmt aus meiner Wohnung werfen und versuchen würden, mich wieder in die Anstalt zu zwingen, würde ich nie wieder eine dieser Pillen nehmen.

Sofort fühlte ich mich wohl mit meiner Entscheidung. Ich ertappte mich sogar dabei, dass ich pfiff, als ich den Couchtisch gegen die Tür schob und die Sicherheitskette in die Vorrichtung an der Wand einhängte, damit ich wenigstens gewarnt war, falls wieder jemand einbrechen wollte. Ich schnappte mir den Rockstar-Roman, den ich mir aus der Bibliothek ausgeliehen hatte, ließ mich auf der Couch nieder und versuchte, meine rasenden Gedanken zu ignorieren. Trotz der Verletzung, die ich durch die Anwesenheit von jemandem in meiner Wohnung empfand, und der Ungewissheit über meine Zukunft, fiel ich schließlich in einen tiefen, traumlosen Schlaf.

Ich hatte vergessen, wie es sich anfühlte, Energie zu haben. Aber selbst, wenn ich nur eine Dosis des Medikaments ausließ, fühlte ich mich wie ein neuer Mensch, als ich durch die Bibliothek eilte und die Liste der Aufgaben abarbeitete, die

Frau Juniper mir gegeben hatte. Die Bibliothekstür läutete, was mir signalisierte, dass jemand hereinkam, und ich schaute automatisch auf und ließ den Bücherstapel, den ich trug, fast fallen, als ich sah, wer es war.

Es war Steele. Intensive Sehnsucht durchfuhr mich, als wir uns in die Augen sahen. Er sah so verdammt gut aus. Im Gegensatz zu dem steifen Business-Outfit, das er in Bright Meadows trug, war er in eine abgewetzte Jeans und ein enges schwarzes Hemd gekleidet, das jeden einzelnen Muskel seines Körpers zur Schau stellte. An einem Tisch in der Nähe blätterten ein paar betrunkene Prostituierte in Zeitschriften, und sie beäugten ihn gierig wie Frischfleisch.

Ich hatte Steele alle zwei Wochen zu staatlich vorgeschriebenen Terminen gesehen, und wir hatten darüber gesprochen, wo ich arbeitete, aber ich hatte nicht erwartet, dass er hierherkommen würde. Mein Magen krampfte sich zusammen, als mir die schlimmsten Möglichkeiten durch den Kopf gingen. Er war hier, um mir zu sagen, dass ich nach Bright Meadows zurückkehren musste. Der Staat wusste schon, dass ich meine Medikamente nicht mehr nahm. Bestimmt. Ich hatte eine lange Liste von möglichen schlimmen Dingen, die passieren konnten.

Ich kehrte zu meiner Aufgabe zurück, die zurückgegebenen Bücher auf meinem Wagen zu sortieren, wobei ich mir seines Blickes auf meinem Rücken sehr bewusst war, aber ich war entschlossen, jede schlechte Nachricht so lange hinauszuzögern, wie er mich lassen würde. Als ich mit dieser Aufgabe fertig war, ging ich zum Schreibtisch des Bibliothekars und tat so, als sei ich beschäftigt.

Weil ich offensichtlich so unbeholfen war.

Steele schlenderte zu meinem Schreibtisch, mit einem kleinen Lächeln auf den Lippen, das ich am liebsten weggeküsst hätte. Er lehnte sich über den Tresen und tippte mit den Fingern leicht auf das Holz, und ich musste daran denken, was für sexy Hände er hatte. War das preisverdächtig? Denn wenn es so wäre, würde Steele alle Preise gewinnen.

Schließlich sah ich zu ihm auf, und mir stockte der Atem, als sein Blick über mein Gesicht tanzte, so viel Sehnsucht in den eisblauen Tiefen seiner Augen, dass mir plötzlich ganz heiß wurde.

"Was machst du hier?", fragte ich und tat so, als würde ich etwas auf einen Notizblock kritzeln, nur für den Fall, dass Frau Juniper ihren Kopf aus ihrem Büro steckte und mich anschrie.

"Wir haben in letzter Zeit nicht viel Zeit zum Reden gehabt. Du hast mir gefehlt", antwortete er mit einer seidigen, höschenschmelzenden Stimme.

Mit dieser Antwort verlor ich die Fähigkeit zu sprechen. Seit ich aus Bright Meadows herausgekommen war, war er zwar höflich, aber er hatte keine Bemerkungen mehr gemacht, die mir verrieten, dass er interessiert war.

Ich dachte schon, ich hatte mir das alles eingebildet.

"Hat sich etwas verändert, das ich wissen sollte?", fragte ich leise. Er streckte seine Hand aus und nahm eine meiner Hände, sein Daumen glitt auf eine Weise über meine Haut, die mir Schauer über den Rücken laufen ließ.

"Ich konnte nicht mehr warten", sagte er leise. "Ich dachte, ich gebe dir Zeit, dich einzuleben, bevor ich dir sage, was ich fühle, aber es bringt mich um, dich nicht zu berühren, nicht jeden Tag mit dir reden zu können, nicht für dich da zu sein."

Eine Sekunde lang saugte ich seine netten Worte und die Wärme seiner Berührung in mich auf. Die Erste, die ich erhielt, seit er das letzte Mal meine Hand berührt hatte, nachdem ich mich zum Narren gemacht und überall Limonade verschüttet hatte.

"Ich muss zurück an die Arbeit", sagte ich und zog meine Hand sanft zurück.

"Ich gehe nirgendwo hin, Baby", murmelte er, und ich versteifte mich und öffnete ungläubig den Mund. Er zuckte verlegen mit den Schultern. "So nenne ich dich schon lange in meinem Kopf."

Ich schloss meinen Mund und huschte davon wie eine verängstigte Maus, hob Bücher auf, die auf den Tischen lagen, und warf Müll weg, den ich auf dem Boden fand. Ich musste doppelt so schnell gearbeitet haben wie damals, bevor ich meine Medikamente abgesetzt hatte, denn schneller als mir lieb war, fiel mir nichts mehr ein, was ich hätte tun können, und Steele war immer noch hier.

Schließlich ging ich zurück zu dem Tisch, an dem er saß, und setzte mich ihm gegenüber.

"Du bist wütend auf mich", sagte er, ohne eine Frage in seiner Stimme.

Ich dachte einen Moment lang darüber nach. Ich

wusste nicht, was ich war. Ich war nicht wütend, sondern hatte das Gefühl, dass dies etwas war, das nirgendwo hinführen konnte. Auch wenn ich es verzweifelt wollte.

Da er der Arzt war, der mir die Medikamente verschrieben hatte, und da ich bereits beschlossen hatte, das Zeug nie wieder zu nehmen, schien mir das ein wenig wie ein großer Interessenkonflikt.

Ich rieb mir mit beiden Händen die Schläfen, da sich direkt hinter meinen Augen Kopfschmerzen bildeten.

"Ich dachte, du wärst vielleicht auch an mir interessiert?", fragte er zaghaft, und sein Gesicht war so verletzlich, wie ich es noch nie gesehen hatte.

Ich biss mir auf die Lippe und studierte die kleine Ritze im Tisch vor mir, während ich überlegte, was ich sagen sollte.

"Du weißt, dass ich es bin", antwortete ich schließlich leise, unfähig zu lügen, dass ich seit dem Moment, in dem ich ihn gesehen hatte, verrückt nach ihm war.

"Blake", rief eine tiefe Stimme hinter mir.

Ich drehte mich um und fiel fast vom Stuhl, als ich sah, wer mich gerufen hatte. Der Mann, der am Eingang des Speisesaals stand, war ein Gott, anders kann man nicht erklären, wie umwerfend er war. Ich hatte in meinem ganzen Leben noch nie jemanden gesehen, der so gut aussah wie er.

Seine Augen weiteten sich, als er mich sah, und ich versuchte, mir nonchalant über das Gesicht zu wischen, nur für den Fall, dass etwas Essen an meinem Kinn hängen geblieben war.

"Sind Sie bereit für unsere Sitzung?"

Sitzung. Richtig. Mein Inneres zog sich zusammen, als mir klar wurde, dass er der Psychiater sein musste, von dem alle immer sprachen. Und jetzt verstand ich auch, warum.

Ich stand von meinem Stuhl auf und ging auf ihn zu, wobei ich versuchte, nicht zu eifrig auszusehen. Er war wahrscheinlich genauso sadistisch wie alle anderen hier. Als ich in seine Nähe kam, streckte er seine Hand aus, damit ich sie schütteln konnte. Ich zuckte zusammen, als sich unsere Finger berührten und ein elektrischer Schlag durch meinen Körper fuhr.

"Ich bin Steele Adams", murmelte er, und sein überirdischer Blick starrte mich so intensiv an, dass ich sicher war, dass er direkt in meine Seele sehen konnte.

In diesem Moment rief Frau Juniper meinen Namen, und ich wurde aus meiner Reise in die Vergangenheit gerissen. Ich sprang von meinem Sitz auf und stürzte auf sie zu. Erst letzte Woche hatte sie zwei Angestellte entlassen, weil sie der Meinung war, dass sie mit Kunden flirteten, anstatt zu arbeiten, und ich wollte nicht ihr nächstes Opfer sein.

Ich wusste, dass ich nicht in der Nähe von Bibliotheksbesuchern sitzen sollte. Steele hatte mich offensichtlich für einen Moment den Kopf verlieren lassen.

Ihre Lippen waren missbilligend zusammengepresst, als ich zu ihr kam. "Der Laden ist tot. Ich lasse Elizabeth die nächste Stunde übernehmen und Sie können nach Hause gehen", schnauzte sie und drehte sich um, um in ihr Büro zurückzukehren.

"Aber ich kann doch morgen zu meiner Schicht

kommen?", fragte ich und versuchte, ihre Stimmung zu ergründen. Sie nickte und sah mich seltsam an.

"Okay, danke", murmelte ich, denn ich wusste, dass es ihr egal sein würde, selbst wenn ich versuchte, ihr zu erklären, wie sehr es mich traf, auch nur eine Stunde meines Gehaltsschecks zu verlieren.

Steele stand schon, als ich mich umdrehte.

"Ich bin gleich wieder da", murmelte ich, und er nickte, während ich in Richtung des Hinterzimmers schritt, in dem ich meine spärlichen Habseligkeiten aufbewahrte.

Steele war immer noch da, als ich herauskam, obwohl ich absichtlich langsam war.

"Darf ich dich auf eine Tasse Kaffee einladen?", fragte er, wobei er nervös klang. Ich nickte zögernd. Ich war mir nicht sicher, was ich von ihm wollte.

Wir gingen gemeinsam zum Ausgang, seine Hand strich über meinen unteren Rücken, als er die Tür nach draußen aufhielt und mich durch die Türen geleitete.

Nach den letzten drei Tagen voller Stürme hatte es aufgehört zu regnen, und die Luft roch vorerst frisch und sauber, als wir in die Dunkelheit hinausgingen.

Wir gingen auf den Bürgersteig hinaus, und Steele blieb stehen, ein Laut des Entsetzens entglitt seinen schönen Lippen.

"Was ist los?", fragte ich.

"Ich bin mir eigentlich nicht sicher, was um diese Zeit geöffnet hat", antwortete er mit einem Stirnrunzeln.

"Zwei Straßen weiter gibt es ein Diner", bot ich an. "Es ist relativ unauffällig."

„Perfekt" sagte er und ergriff meine Hand, als wir losgingen.

Ich starrte fasziniert auf unsere ineinander verschränkten Hände, und mein Herz raste, als ich fast über einen Riss im Bürgersteig stolperte. Was wäre, wenn ich ihn jeden Tag so haben könnte?

Kaum war mir dieser Gedanke in den Sinn gekommen, ließen mich all die Gründe, warum ich nie mit ihm zusammen sein konnte, innehalten.

"Ich glaube nicht, dass das eine gute Idee ist", sagte ich leise und fühlte mich niedergeschlagen, als mir die Worte aus dem Mund kamen.

Er sah hinreißend verwirrt aus. "Ich finde, das ist die beste Idee überhaupt. Eigentlich habe ich nur über diese Idee nachgedacht, seit ich dich getroffen habe."

"Du erinnerst dich doch daran, dass du mich in einem Irrenhaus kennengelernt hast, oder?" Ich lallte. "Und ich bin mir ziemlich sicher, dass es gegen die ethischen Regeln verstößt, wenn du mit den eigenen Patienten ausgehst. Ich weiß, dass ich das irgendwo gelesen habe."

"So etwas interessiert mich nicht", sagte er.

"Du gehst also regelmäßig mit deinen Patienten aus?", fragte ich kühl.

Er errötete. "Nein, niemals. Aber die Alternative wäre, dass ich als dein Arzt zurücktrete und der Staat dich zu Dr. Riggins schickt, und das werde ich nicht zulassen."

"Ich werde diese Pillen nicht mehr nehmen", platzte ich heraus.

Er reagierte panisch auf meine Aussage. "Blake, du

musst sie nehmen. Es ist unglaublich wichtig, vor allem jetzt, wo du draußen bist", begann er.

Ich entzog ihm meine Hand und trat einen Schritt zurück.

"Wirst du mich anzeigen?", schnappte ich, Verrat schnitt durch mein Herz.

Steele wirkte schockiert über meine Frage. "Was? Natürlich nicht, aber sie testen dich trotzdem ..."

"Das ist mir egal. Ich werde mir etwas einfallen lassen. Aber ich kann es nicht mehr tun. Das ist kein Leben", sagte ich ruhig.

Steeles Panik nahm zu, er machte einen Schritt auf mich zu und hob flehend die Hände. "Blake", begann er. "Selbst wenn du nicht mehr überwacht würdest, musst du diese Träume beenden. Du darfst sie nicht hereinlassen." Er schloss die Augen und fluchte.

"Wen hereinlassen?", fragte ich, sehr verwirrt.

"Hör mir einfach zu, bitte. Nimm weiter deine Pillen."

Ich schüttelte den Kopf und begann, mich weiter zu entfernen. "Ich habe bereits Jahre meines Lebens verloren, Steele. Ich werde nicht noch mehr verlieren", sagte ich leise, bevor ich mich umdrehte und wegging. Er folgte mir nicht, und das war offensichtlich auch besser so.

Aber das hielt die Tränen nicht davon ab, während des gesamten Heimwegs über mein Gesicht zu fließen. Mir war bis jetzt nicht klar, wie sehr ich ihn hereingelassen hatte.

Ich fragte mich, ob es auf dieser Welt jemals

jemanden für mich geben würde, oder ob ich dazu verdammt wäre, für immer allein zu sein.

***

Als ich nach Hause kam, war meine Wohnungstür glücklicherweise verschlossen, und ich seufzte erleichtert auf, als ich sie aufschloss und mich in meiner kleinen Hütte umsah. Home sweet home.

Nachdem ich mir das Gesicht gewaschen hatte, rollte ich mich auf der Couch zusammen und dachte an all die Dinge, die ich herausfinden musste. Aber schließlich holten mich das Weinen und die Arbeit der Nacht ein, und ich fiel in einen tiefen Schlaf.

Und als ich das tat, wartete er zum ersten Mal seit Monaten auf mich ...

Mein Ungeheuer.

Er hatte meine Beine gespreizt und starrte mit einem dunklen, besitzergreifenden Blick auf mich herab.

"Ich habe auf dich gewartet, Pet. Hast du mich vermisst?", fragte er, während er sanft mit der scharfen Spitze seiner Klaue meinen Kitzler umkreiste.

"Ja", stöhnte ich. "Du bist verschwunden. Ich war ganz allein."

"Ich habe an nichts anderes gedacht, als diese süße Muschi zu lecken. Du wirst nie wieder allein sein." Er schob meine Beine noch weiter auseinander, und eine Sekunde später war sein Mund an meiner pulsierenden Klitoris, leckte und saugte daran und gab dabei so erotische Geräu-sche von sich, dass ich innerhalb von Sekunden kurz davor

war zu kommen. Er saugte noch ein paar Minuten an meinem Kitzler, bevor er anfing, meinen Schlitz mit seinem Mund zu ficken, wobei seine Zunge in mich hinein und wieder herausstieß, und ich wusste, dass ich über sein ganzes Gesicht sprudelte.

"Du schmeckst so verdammt gut, meine Süße", knurrte er, während seine feuchte Zunge zwischen meine Falten glitt, erneut meinen Kitzler umkreiste und dann wieder in meine Öffnung eintauchte, sodass er jeden Tropfen meiner Erregung verschlang. Ich stöhnte peinlich laut, aber ich konnte meine Augen nicht von ihm zwischen meinen Beinen abwenden. Mein Inneres krampfte sich zusammen, als sich mein Orgasmus näherte und dann ...

"Ja", schrie ich, als meine Augen aufflogen.

Nur um festzustellen, dass ich hellwach war und immer noch jemand zwischen meinen Beinen saß, und meine pralle Muschi verschlang, und sie leckte.

5

———

BLAKE

$\mathcal{I}$ch schrie auf, als ich die langen schwarzen Hörner sah, die aus seinem Kopf ragten, und das Monster aus meinen Träumen blickte bei diesem Geräusch auf und schenkte mir ein scharfzüngiges Lächeln. "Hallo, Pet", sagte er amüsiert, und seine gespaltene Zunge fuhr aus, um die Erregung abzulecken, die seine Lippen bedeckte.

Ich schrie noch lauter und versuchte, mich wegzuschieben, aber seine Klauen waren um meine Beine gewickelt und hielten sie auseinander. Bevor ich blinzeln konnte, setzte er sich auf, schob seine Schenkel zwischen meine Beine und spießte mich mit seinem zweiköpfigen Schwanz auf, der mir aus meinen Träumen sehr vertraut war.

Ich kam sofort, mein Rücken wölbte sich und mein Stöhnen erfüllte den kleinen Raum. Seine Bauchmuskeln spannten sich an, als er begann, sich in mir zu bewegen und wieder herauszukommen.

"Braves Mädchen", stöhnte er, als er mit seiner

harten Länge brutal in mich stieß. Ein Rausch der Lust überflutete mich und ich vergaß die Tatsache, dass mich gerade ein buchstäbliches Monster fickte. Ich musste noch schlafen, das war die einzige Möglichkeit, wie das möglich sein konnte. Und da ich schlief, konnte ich auch den besten Sex genießen, den ich mir vorstellen konnte.

"Du bist perfekt für uns", murmelte er, bevor er stöhnte. "Scheiße, du drückst meinen Schwanz so fest zusammen. Du liebst das, Pet. Du kannst nicht genug davon bekommen, nicht wahr?"

Als ich ihm nicht antwortete, weil ich wieder kurz vor dem Orgasmus stand, packte er mein Kinn und zwang mich, ihn anzusehen, wobei sich die Spitzen seiner Krallen sanft in meine Haut gruben.

Seine roten Augen glühten intensiv, als er mich anstarrte, und ich konnte den Blick nicht abwenden. "Antworte mir", befahl er, während er begann, mit noch brutalerem Tempo in mich zu stoßen.

"Ja, ja, ja! Ich liebe es", schrie ich, als sich mein ganzer Körper zusammenzog und ich von der Klippe in den verheerendsten Orgasmus stürzte, den er mir bisher beschert hatte.

Mein Monster kam mit einem lauten Gebrüll, das die Fensterscheiben erschütterte, und brach dann auf mir zusammen.

Es dauerte eine ganze Minute, bis mein Gehirn wieder funktionierte und mir klar wurde, dass sich in diesem Moment ein Monster aus meinen Träumen mit Hörnern und Klauen, scharfen Zähnen und einer gespaltenen Zunge auf mir befand.

Ich begann, mich unter ihm zu winden, und versuchte verzweifelt, ihn von mir herunterzukriegen, obwohl er wahrscheinlich mehrere hundert Pfund schwerer war als ich. Seine Krallen fuhren sanft durch mein Haar, als wäre ich völlig ruhig, und meine Versuche, mich zu befreien, schienen ihn nicht im Geringsten zu stören.

"Es muss nicht so sein, meine Süße", sagte er mit einem wohlwollenden Lächeln, als wäre ich wirklich ein liebenswertes kleines Haustier, das er amüsiert beobachtete. Sein Schwanz war immer noch in mir, und als er seinen Kopf anhob, schaukelte er gegen meine Wände und verteilte Empfindungen in meinem ganzen Körper, die mich bereit für mehr machten.

Ich blinzelte, und plötzlich war ein unglaublich schöner Mann an die Stelle des Mannes mit den monströsen Gesichtszügen getreten - ein Mensch.

"Ist es so besser?", säuselte er, während er weiter mein Haar streichelte, und mir wurde schwarz vor Augen, als ich vor lauter Schreck ohnmächtig wurde.

Ich wachte durch den köstlichsten Geruch auf, den ich je erlebt hatte. Ich öffnete müde die Augen, immer noch erschöpft.

Als ich das Klappen der Kühlschranktür hörte, erstarrte ich. Alles, was passiert war, schoss mir durch den Kopf. Ich musste mich zwingen, in die winzige Küche hinüberzusehen, wo der blonde Adonis, der zwischen meinen Beinen aufgetaucht war, sich auf etwas konzentrierte, das er auf meinem winzigen Campingkocher rührte, während er mit der anderen Hand Lebensmittel aus dem Kühlschrank holte. Er war definitiv nicht da gewesen, als ich mich schlafen legte.

Er trug eine Schürze mit Rüschen, auf der ein großes Herz mit der Aufschrift "Küss den Koch" prangte.

Es war offiziell - ich hatte meinen Verstand verloren.

Ich wünschte wirklich, ich könnte diese ganze Erfahrung darauf schieben, dass ich mich in einer coolen Spelunke betrunken hatte oder high war und einen heißen Fremden mit nach Hause gebracht hatte, aber das war natürlich nicht der Fall.

Ich setzte mich weiter auf, und er drehte sich zu mir um, wobei er mir ein umwerfendes Lächeln schenkte, seine Zähne waren weiß und gleichmäßig, keine Spur von den Reißzähnen, die ich so gut kannte.

"Versuch nicht, dir etwas anderes einzureden, mein Liebling", sagte er mit einer sanften, vertrauten Stimme, die ich schon seit Jahren hörte. "Ich bin das, was ihr Menschen ein Monster nennt, und ich war gerade zwischen deinen Beinen."

Ich kniff mich in den Arm und er hob amüsiert eine Augenbraue.

"Das wird nicht funktionieren, Schatz. Pfannkuchen?", fragte er und hob die Bratpfanne hoch.

"Pfannkuchen?", wiederholte ich dümmlich.

"Ja. Das ist eine deiner Lieblingsspeisen, nicht wahr?" Er griff nach einem Teller, den ich definitiv noch nicht kannte, und schob drei perfekt fluffige

Pfannkuchen darauf, bevor er eine Flasche reinen Ahornsirup nahm - den ich ebenfalls nicht kannte - und ihn mit Schwung über die Pfannkuchen goss.

"Verdammt, ich hätte fragen sollen, ob du Butter auf deinen Pfannkuchen magst", murmelte er und starrte auf den Stapel Kohlenhydrate, als hätten sie ihn persönlich beleidigt.

"Es ist offiziell. Ich habe meinen Verstand verloren", stammelte ich, als ich mich von der Couch erhob und mich fragte, wie ich aus diesem Traum herauskommen sollte.

Obwohl, die Pfannkuchen rochen wirklich gut. Vielleicht würde es nicht schaden, einen Bissen zu essen, bevor ich diese verrückte Halluzination verließ.

Er ging zu mir hinüber und stellte die Pfannkuchen auf dem Couchtisch ab, bevor er mein Kinn sanft anhob, damit ich zu ihm aufsah. "Iss, Pet", knurrte er leise und seine goldenen Augen starrten in meine. Sie hatten genau den gleichen Goldton wie die Goldflecken, die in seinen roten Monsteraugen verstreut waren. Ich verlor mich für eine Sekunde in ihnen, bevor er mich sanft zurück auf die Couch drückte. Als ich immer noch keine Anstalten machte, die Pfannkuchen anzufassen, setzte er sich auf den Couchtisch neben den Teller und spießte einen Bissen auf eine Gabel, bevor er ihn mir an die Lippen hob. Ich öffnete automatisch meinen Mund und stöhnte, als der Geschmack der Pfannkuchen meine Zunge traf.

"Die sind verdammt gut", keuchte ich, während ich kaute, und öffnete automatisch meinen Mund für mehr, als ein leises Schnurren durch seine Brust schallte. Ich schaute ihn ängstlich an, nur um schockiert zu sein, wie erfreut er über die Tatsache war, dass ich genoss, was er gemacht hatte.

"Deine Schränke waren ein bisschen leer, Blake", murmelte er, als ich einen weiteren Bissen nahm. "Es ist gut, dass du mich endlich wieder reinlässt. Jetzt kann ich dafür sorgen, dass du immer gut versorgt bist."

"Dich wieder reinlassen?", fragte ich und versuchte, die Wärme zu ignorieren, die sein Versprechen, sich um mich zu kümmern, in meiner Brust erzeugt hatte. Sein Blick wurde fast wütend, als ich einen Tropfen Sirup von meiner Unterlippe leckte.

"Diese Pillen, die du genommen hast, haben uns daran gehindert, dich zu erreichen, Pet", erklärte er, während er versuchte, mir einen weiteren Bissen zu geben.

Ich schüttelte den Kopf und rutschte so weit wie möglich in die Couch zurück, um etwas Abstand von seiner überwältigenden Präsenz zu gewinnen.

"Es tut mir leid. Das ist etwas viel", sagte ich, biss mir auf die Lippe und versuchte, die Art und Weise, wie er mich ansah, zu ignorieren, weil es so überwältigend war. Sein Blick war verehrend, besitzergreifend ... verrückt. Und offensichtlich stimmte etwas mit mir nicht, denn ich liebte ihn.

Ich errötete, als mir alles klar wurde. "Das ist echt. Und wenn das echt ist, dann ..."

"Haben wir in den letzten Jahren regelmäßig gevögelt?", beendete er meine Ausführungen. "Mir gehört jeder Zentimeter deines köstlichen Körpers", knurrte er.

Mein Höschen war sofort durchnässt, als mir eine Million Träume durch den Kopf schossen, in denen er mich gefickt hatte. Er und die anderen.

"Die anderen sind auch echt", keuchte ich und sah mich im Raum um, als würden sie jeden Moment herausspringen. Warum war ich nur so ruhig, bei all dem? Mein Herz pochte, aber der Drang zu rennen, den ich eigentlich hätte verspüren müssen, war nicht vorhanden. Selbst in dieser ungewohnten Form fühlte er sich für mich wichtig an, als hätte sich seine Essenz um etwas in mir gewickelt. Jede Zelle in meinem Körper sagte mir, dass ich keine Angst vor ihm haben sollte.

"Die anderen werden verrückt, weil sie dich nicht sehen können. Ich nehme an, es ist ein Vorteil, König zu sein, dass ich derjenige bin, der dich nach Hause bringt."

Zuhause. Das Wort hallte in mir nach, und ich beugte mich vor, als hätte er ein magisches Passwort gesprochen.

"Das gefällt dir, nicht wahr? Du weißt, dass du zu mir gehörst ... zu uns gehörst", murmelte er mit einer tiefen, kehligen Stimme, die mir die Lust in die Adern schoss.

Ich schüttelte den Kopf und versuchte, den Zauber, den seine Stimme und seine Worte ausgelöst hatten, rückgängig zu machen. "Kann ich dich nochmal sehen?", fragte ich, und er lächelte verrucht.

"Dein Wunsch ist mir Befehl", brummte er. Ich blinzelte, und da war er wieder, das Monster, das mir zu diesem Zeitpunkt in meinem Leben vertrauter war als alles oder jeder andere. Mein Blick glitt über seine vertrauten Züge, und ich fragte mich, was mit mir los war, dass etwas in mir diese Form ... mehr mochte.

"Meine Träume waren wahr", flüsterte ich wieder, als ich die Hand ausstreckte und zaghaft sein Gesicht berührte. Ich war mehr als schüchtern, obwohl ich noch vor kurzem diese köstlichen Hörner umklammert hatte, als er mich in die Couch fickte.

Seine Augen schlossen sich und er zitterte, als meine Finger über seine glatte Haut strichen. Als er seine Augen wieder öffnete, waren seine Pupillen so weit geweitet, dass das Rot und Gold fast vollständig verdeckt war.

"Creed", sagte er plötzlich.

"Creed?", wiederholte ich.

"Das ist mein Name."

"Creed", sagte ich wieder, und er zitterte erneut.

"Scheiße. Das gefällt mir", knurrte er, während seine gespaltene Zunge kurz aus seinem Mund hervorschnellte.

Ein Schuss vor meinem Fenster durchbrach den Moment wie zerbrochenes Glas, und ich zog meine Hand schnell zurück und ignorierte die Enttäuschung in seinem Gesicht über den Verlust meiner Berührung.

Creed griff nach dem Teller und nahm einen weiteren Bissen von den Pfannkuchen, aber dieses Mal benutzte er keine Gabel. "Ich möchte, dass du das aufisst, bevor wir gehen. Du hast viel zu viel Gewicht verloren."

Bei dem Befehl in seiner Stimme lief mir ein kleiner Schauer über den Rücken, und ich öffnete meinen Mund, um ihm zu gehorchen, ohne mich weigern zu können. Meine Lippen schlossen sich vorsichtig um seine Finger, als ich den Bissen nahm und den Sirup von seinen angebotenen Krallen leckte.

Als seine Worte endlich ankamen, zuckte ich zusammen. "Wo genau willst du mich hinbringen ... und warum?"

"Um zu versuchen, dich zu erobern?", kommentierte er amüsiert und schüttelte den Kopf. "Meine Leute müssen sich ernähren", sagte er sanft und strich mit einem krallenbewehrten Finger sanft über meine Wange, was die Schmetterlinge in meinem Bauch in die Flucht schlug.

"Ernähren?" Ich keuchte und mochte den Klang dieses Wortes wirklich nicht. Mein Blick wurde sofort von den zwei scharfen Reißzähnen angezogen, die aus seinem Mund ragten.

"Bist du eine Art Vampir? Ist das der Ort, an dem du und die anderen mich ausbluten lassen?"

Er lachte, und der Klang glitt über meine Haut. Nein, ich hatte nicht vor, darüber nachzudenken, wie sehr es mir gefiel, das zu hören.

"Ich bin viel besser als jeder Blutsauger", sagte er.

Okay. Offensichtlich gab es auch Vampire.

"In den letzten fünfhundert oder so Jahren hat sich mein Volk von der Angst ernährt. Jeder Alptraum, jeder Schrei, die Angst eines jeden Kindes, das im Dunkeln liegt, ... wir konnten die Angst in unserem Reich absorbieren und unsere Kräfte daraus schöpfen. Und lange Zeit war das genug."

Sein Blick wanderte über meine Lippen, und seine

gespaltene Zunge lugte wieder hervor, bevor er seine Augen wieder auf meine richtete.

"Und dann veränderte sich die Gesellschaft. Die Menschen wurden durch all die Gewalt, die Horrorfilme und die 24-Stunden-Berichterstattung, die sie an das Chaos gewöhnte, desensibilisiert. Die Angst begann zu versiegen, und wir mussten andere Wege finden, um zu überleben. Es bedurfte einiger Versuche, aber schließlich merkten wir, dass wir uns von der Lust ernähren konnten. Und die gab es in diesem Reich in Hülle und Fülle."

Er kicherte finster, und das Gold in seinen roten Augen leuchtete auf, bis seine Augen zu glühen schienen.

"Das einzige Problem war, dass die Lust, anders als die Angst, die uns ein paar Wochen lang halten konnte, nur ein paar Stunden anhielt. Mein Kreis und ich waren gezwungen, uns ständig zu ernähren, um meinem Volk genug Kraft zu geben."

Ich starrte ihn mit großen Augen an und versuchte, mir vorzustellen, wie sich die Monster ernähren, und dann kam mir ein Gedanke. Sie hatten sich offensichtlich von meiner Lust ernährt, indem sie ... "Du hast also einfach jeden in seinen Träumen gefickt?", fragte ich und zuckte zusammen, als ich merkte, wie eifersüchtig ich klang, und sah schnell weg.

Er gluckste leise und benutzte die Spitze seiner langen schwarzen Klaue, um meinen Blick zu ihm zu lenken, wie er es anscheinend gerne tat. "Ganz so war es nicht, Pet. Wir gingen von Traum zu Traum, schwebten einfach herum und saugten die erotischen

Träume der Männer und Frauen auf, während sie sich ausmalten, was sie alles tun könnten, wenn sie nicht in ihrem langweiligen Leben gefangen wären. Es hatte funktioniert, aber dadurch waren wir viel zu lange von unserem Reich entfernt, was für mein Volk nicht sicher war."

Ich zuckte zusammen, als sich etwas um mein Haar wickelte, und ich blickte erschrocken zur Seite, um zu sehen, dass sich sein Schwanz wie eine Faust um mein Haar gewickelt hatte.

"Und dann entdeckte ich dich", säuselte er, während seine Zunge herausschnellte und über meine Lippen leckte. Ich erbebte und er grinste verrucht. "Du hast von deinem Arzt geträumt", knurrte er, und dieses Mal war er derjenige, der eifersüchtig klang. Die Schmetterlinge in meinem Bauch wimmelten jetzt, als die heiße Länge seines Schwanzes mein Haar losließ und begann, seine Spitze sanft über meine Wirbelsäule zu ziehen. "Ich ertappte mich dabei, dass ich Nacht für Nacht zu Besuch kam, um dich zu beobachten. Und dann, eines Nachts, ich weiß nicht genau, was mich überkam, aber ich beschloss, den Traum zu übernehmen, so wie ich es mir gewünscht hatte. Und als ich das tat, wurde mir klar, dass die Energie daraus mein Volk monatelang ernähren könnte ..."

"Aber ich habe jede Nacht von dir und den anderen geträumt ...", sagte ich langsam und jaulte auf, als der Schwanz plötzlich auf meinen Hintern schlug. Creeds Klaue strich sanft über meine Seite, und dann rieb er sanft über die Stelle, an der sein Schwanz gerade meine Haut in Brand gesetzt hatte.

"Die Energie war mit Bedingungen verbunden, Pet. Bedingungen, die mir nichts ausmachten. Obwohl sie mein Volk überhaupt nicht zu beeinträchtigen schien, wurden mein Kreis und ich ... süchtig. Ich hätte wahrscheinlich noch viel länger ohne deinen süßen kleinen Körper auskommen können, aber ich bin ein König, und Könige sind im Allgemeinen nicht für ihre Nachsicht bekannt."

Meine Wangen erröteten, als sein Schwanz wieder meine Wirbelsäule hinaufzog, und meine Gedanken blieben bei einem besonders verrückten Traum hängen, in dem Creed mich in meiner Muschi gefickt hatte, während sein Schwanz meinen Arsch genommen hatte.

"Aber warum hast du es nicht mit anderen Menschen versucht, um zu sehen, ob es dasselbe ist?", fragte ich und hasste den Gedanken, dass sie irgendjemanden außer mir berührten.

"Tempest hat eine Reihe anderer ausprobiert, und das Energieniveau von allen anderen außer dir hielt auch nur ein paar Stunden an. Du bist etwas Besonderes, Pet."

"Tempest", überlegte ich und versuchte, mir vorzustellen, welches Monster so heißen würde. Mir kam sofort eines in den Sinn, dass sich im Schatten aufhielt und mich nur von hinten angriff, damit ich sein Gesicht nicht sehen konnte. Er hatte immer eine dunkle Energie, die mir fast unter die Haut zu kriechen schien. Ich fragte mich, ob das sein Name war.

Ich blickte mit einem Stirnrunzeln auf Creeds Gesichtszüge zurück, als mir etwas einfiel. "Es ist schon

Monate her. Du scheinst nicht krank geworden zu sein", kommentierte ich und errötete, als die Worte herauskamen, weil sie mich daran denken ließen, wie … attraktiv ich ihn in dieser Form fand.

Sein Blick verfinsterte sich und ein Flackern der Angst durchzuckte meine Haut. "Das liegt nur daran, dass ich dich gerade stundenlang gefickt habe und satt geworden bin. Die letzten Monate waren die Hölle. Ich werde nie wieder zulassen, dass du dich so von mir entfernst." Creed blickte hinüber zu den Pillen, die am Ende der Couch lagen, wo ich sie hingeworfen hatte, nachdem ich beschlossen hatte, sie nicht mehr zu nehmen. Er griff nach der Flasche und drückte zu, und ich keuchte erschrocken auf, als die Flasche und die Pillen sich in ein feines Pulver auflösten. "Ich konnte nicht in dieses Reich kommen, ohne dass du einen Traum hattest, der mich durchließ. Ich habe jede Sekunde damit verbracht, auf dich zu warten."

Etwas Warmes entfaltete sich in meiner Brust. Er hatte auf mich gewartet.

Was ist mit Steele?, erinnerte mich eine Stimme, und sein hübsches Gesicht tauchte in meinem Kopf auf. Dieses Bild wirkte wie ein kalter Eimer Wasser auf die Fantasiewelt, die mein Monster erschaffen hatte.

Mein Ungeheuer. Es hätte sich verrückt anfühlen müssen, diese Worte zu denken, aber nach drei Jahren, in denen ich mit jemandem so intim war, jede einzelne Nacht, gab es keine Möglichkeit, es zu beschreiben.

"Du willst mich mitnehmen, um dich an mir zu laben", sagte ich leise. "Wie soll das besser sein als mein Leben hier?"

Creed benutzte seinen Schwanz, um mich näher an sich heranzuziehen.

"Nun, ich bin sicher, die Orgasmen wären eine Verbesserung", säuselte er.

Ich runzelte die Stirn. "Das ist es, was du mir anbietest?"

"Ich habe festgestellt, dass Orgasmen zu Glück führen."

Ich spottete. "Mir geht es gut, danke. Ich glaube nicht, dass das, was du mir anbietest, etwas ist, das mich interessiert."

Etwas in Creeds Brust grummelte.

"Ich fürchte, Pet, dass es für dich keine andere Möglichkeit gibt, als mit mir zusammen zu sein", erklärte er und zog mich noch näher zu sich heran.

Gerade als ich versuchte, mich aus seinen Armen zu befreien, peitschte sein Schwanz hinter mir durch die Luft. Ich blinzelte ... und der Raum um uns herum verschwand. Ich erblickte kurz eine Welt aus grauen Spiralen, die in einen tiefschwarzen Himmel übergingen, und dann entglitt mir die Welt, als ich das Bewusstsein verlor.

Ash

"Hör auf zu zappeln", bellte mein Zwilling unwirsch, während ich hin und her lief.

"Ich kann nicht anders. Ich kann sie spüren", stöhnte ich wie eine verdammte Göre. "Creed versucht nur, uns zu quälen. Wir haben uns auch nach ihr gesehnt."

Seven knurrte daraufhin, und ich verdrehte bei diesem Geräusch die Augen. Er war genauso aufgeregt, weil Blake hier war, wie ich. Es war Monate her, dass ich sie gekostet hatte, dass ich ihre weiche Haut gespürt hatte ..., dass ich in ihr war. Warum dauerte das so verdammt lange?

Die Energie in der Luft veränderte sich, und ich wimmerte, bevor ich praktisch zur Tür rannte. Sie war hier.

"Ash, was zum Teufel machst du da?"

"Sie ist hier!", rief ich über die Schulter, während ich den Flur hinunterrannte.

Ihr Zimmer war schon fertig. Ich hatte Stunden damit verbracht, es perfekt zu machen.

Ich ging um die Ecke und kam ins Schleudern, als ich Creeds schwere Schritte hörte ... und ich roch mein Mädchen, unser Mädchen. Ich konnte ihre leisen Atemzüge hören. Sie war fest eingeschlafen. Oder ohnmächtig. Wie ich Creed kannte, konnte es beides sein.

Seven war mir gefolgt. "Ihr Haar wurde rosa", murmelte er, bevor er sich wieder davonschlich.

Ihr Haar hatte die Farbe gewechselt? Das war unerwartet.

Ich bin sicher, dass es wunderschön aussah, ich konnte es mir in meinem Kopf vorstellen. Ich wusste, dass sie das schönste Mädchen war, das es gab, weil ich ihr Gesicht tausendmal nachgezeichnet hatte, als ich sie gefickt hatte. Noch schöner als ... nein, ich würde nicht an sie denken.

Creed war fast an der geschlossenen Tür ihres Schlafzimmers, und ich beeilte mich, sie zu öffnen, damit er sie hineintragen konnte.

Ich hatte ihr von unseren Mitarbeitern ein riesiges Bett mit schwarzen, seidenen Laken bauen lassen, das nun in der Mitte des Raumes an der Wand stand. Er ging hinüber und legte sie sanft hin.

Wir starrten beide gebannt auf sie, während sich ihr Brustkorb auf und ab bewegte und leise Atemzüge aus ihrem Mund drangen.

Ich war verdammt hart, nur weil ich in ihrer Nähe war.

"Dann ist es wohl gut gelaufen", murmelte ich.

Er schnaufte leise. "Vielleicht hat es am Ende eine Wendung genommen. Wenn sie aufwacht, ist sie vielleicht nicht mehr ganz so glücklich." Sein Schwanz klopfte hinter uns auf den Boden, was seine Aufregung und Verärgerung verbergen sollte.

Nun, das würde nicht funktionieren. Ich musste ihr den Kopf verdrehen, oder wie auch immer die Menschen es nannten. Ich wollte unser Mädchen so glücklich machen, wie sie es sich nur erträumen konnte. Sie war alles für mich ... für uns.

Sie wusste es nur noch nicht.

"Die rosa Haare sind heiß", kommentierte ich.

"Es geschah in dem Moment, als wir das Reich betraten. Hoffentlich ist das die einzige Veränderung, die dadurch eintritt, dass wir die Reiche durchqueren", murmelte Creed und richtete seinen Blick auf die schlafende Schönheit vor uns.

Die Alarme an den Außentoren gingen in diesem Moment los, und Blake stöhnte leise im Schlaf. Wir erstarrten beide.

"Du willst mich wohl verarschen", knurrte Creed und warf Blake noch einen sehnsüchtigen Blick zu, bevor er sich zur Tür schlich.

"Zum dritten Mal in dieser Woche hat einer von ihnen versucht, durch die Tore zu kommen", informierte ich ihn hilfsbereit, obwohl ich nicht die Absicht hatte, mit ihm zu gehen, um bei dem Problem zu helfen.

Ich hatte jetzt eine neue Aufgabe, und zwar dafür zu sorgen, dass Blake alles hatte, was sie jemals wollte oder brauchte. Ich war noch nie so aufgeregt gewesen.

Ich ging mit Creed zur Tür und lauschte, wie er den Flur entlang schlich. Dort entdeckte ich den Schatten der monströsen Gestalt meines Bruders, der in der Nähe lauerte, wobei die Ketten, die er hinter sich herzog, klirrend aneinanderschlugen, als er sich an seinem Platz bewegte.

Was für ein verdammtes Weichei. Er wollte so lange wie möglich mürrisch und launisch sein, weil er überzeugt war, dass Blake niemals jemanden haben wollte, in dem sieben Dämonen lebten.

Irgendwann würde er wieder zu sich kommen. Er wusste genau, wie es sich anfühlte, zwischen Blakes

Beinen zu sein ... und in ihrem Mund. Ich würde ihm eine Woche geben, vielleicht sogar nur zwei Tage. Und dann würde er um ihre Berührung betteln, genau wie der Rest von uns.

Ich für meinen Teil wollte mir die Gelegenheit nicht entgehen lassen, Blake die ganze Zeit bei mir zu haben. Ich drehte mich um und schlich zurück ins Zimmer, entschlossen, Blake einfach beim Schlafen zuzusehen, wenn das alles war, was ich im Moment bekommen konnte.

Es war immer noch besser als alles andere.

6

———————

CREED

"**D**u verdammter Mistkerl", knurrte ich und umklammerte meine Seite, wo mich das Horn der Bestie erwischt und Stoff und Fleisch gleichermaßen zerrissen hatte. Es stach tief unter meinen Rippen und fühlte sich an, als hätten mich Krallen zerrissen. Ich wickelte meinen langen Schwanz um meine Taille, um Druck auf die Wunde auszuüben und die Blutung zu stoppen. Wenigstens für den Moment.

Dreißig Meter entfernt stieß die reptilienartige Bestie ein grässliches, kreischendes Heulen aus, das den blutroten Himmel überflutete. Die Sonne ging gerade unter - die Zeit, in der diese Gazen in der Nähe der Stadt am aktivsten waren.

Er konnte sich an mich anschleichen, und das war ärgerlich. Vor allem, weil ich ihn gejagt hatte. Die Gazen waren gerissene Bastarde, mit winzigen Gehirnen, aber Körpern, die zehnmal so groß waren wie meiner. Sie wurden geschaffen, um zu jagen, und das

Problem war, dass sie in letzter Zeit immer näher an unsere Stadtmauern heranrückten. Entweder versuchten sie, unsere Tore zu durchbrechen, oder sie gruben sich tief in den Sand ein und stießen gegen unsere unterirdische Mauer, um durchzubrechen.

Sie waren hier draußen in den Trockengebieten um unsere Stadt Wyld verhungert. Wir waren ihre Hauptnahrungsquelle, und als König waren meine Männer und ich die Beschützer unseres Königreichs, um uns vor ihnen zu schützen. Die Krieger, die unsere Stadt verteidigten.

Bumm ... bumm ... bumm ...

Ich versteifte mich.

Da kam es wieder und warf sich wie ein riesiger Wurm mit Krallenfüßen in den Sand und wieder heraus. Er grub sich tief ein und warf sich dann wieder hoch. Gebogene Hörner durchbrachen die Oberfläche und schleuderten den Sand in einer Explosion überall hin.

Eine klaffende, von grünem Blut triefende Wunde quer über dem Brustbein, wo ich die ledrige Haut aufgeschnitten hatte, erregte meine Aufmerksamkeit. Schade, dass das nicht ausreichen würde, um es zu töten. Um diese Dinger zu töten, musste man ihr Gehirn zerstören oder sie ausnehmen. Sonst konnte man es vergessen.

Sein Maul klaffte auf, zwei Reihen scharfer Zähne blitzten auf und durchfluteten die Nacht mit einem weiteren Kreischen.

Dann verschwand er wieder unter dem Sand. Mist.

Jeden Moment würde er wieder auftauchen und auf mich losgehen.

Ich zog meine lange Klinge mit der Giftspitze heraus und fuhr mit den Fingern an den Rillen des Elfenbeingriffs entlang. Und dann nahm ich das scharfe Ende des Messers zwischen meine Finger, wobei ich darauf achtete, die in Gift getauchte Spitze nicht zu berühren. Die Knie gebeugt, die Waffe erhoben, biss ich die Zähne zusammen und versuchte, den Schmerz in meiner Seite zu ignorieren.

Ich hatte nur eine Chance, oder ich war erledigt.

Scheiße, dafür lebte ich.

Von der Hitze des Schmerzes an meiner Seite rann mir der Schweiß den Rücken hinunter.

Plötzlich explodierte der Gazen aus dem Sand, einen Fuß von mir entfernt, das Maul weit aufgerissen, die geschlitzten Augen voller Rachegelüste. Das Ding ragte hoch auf und überragte mich wie ein riesiges Tier, das seine ganze Wut auf mich niederregnen lassen wollte.

Mit pochendem Herzen schleuderte ich meinen Arm nach vorne und ließ das Messer los. Es wirbelte durch die Luft und erfasste sein Ziel.

Platsch.

Er traf das eine Auge der Kreatur und sank tief bis zum Griff ein. Verdammt, ja.

Ein ohrenbetäubendes Kreischen ließ mich verstummen, und ich grinste. Ich liebte den Klang seiner jämmerlichen Schreie.

Ich stürzte mich nach vorne, um keine Zeit zu

verlieren, und flitzte blitzschnell auf die zappelnde Kreatur zu.

Ich warf mich direkt unter seinen Bauch, seine Schwachstelle und nahm eine weitere Klinge aus meinem Gürtel, umklammerte sie mit beiden Händen und drückte meine Arme nach oben. Und während ich unter die Kreatur stürzte, schlitzte ich das große Tier vom Bauch bis zur Leiste auf.

Ohne eine Pause einzulegen, riss ich mich los und rannte zur Seite weg, wobei ich eine Grimasse zog, weil das Ding so ekelhaft stank.

Nach Luft ringend, drehte ich mich etwas zu schnell herum, und ein scharfer Schmerz schoss direkt in meine Achselhöhle. Ich stöhnte auf und presste eine Handfläche gegen meine Rippen. Ich heilte schnell, also würde ich es überleben, aber es tat immer noch höllisch weh. Das konnte man von dem Gazen, der in einer Lache aus grünem Blut und Eingeweiden auf dem Sand lag, nicht behaupten.

Ekelhafte Kreaturen, die in unserer Welt zu häufig vorkamen und sich unkontrolliert vermehrten. Wenn wir die Mittel hätten, würde ich ein Ausmerzungsteam zusammenstellen. Aber das würde noch warten müssen. Unsere Bevölkerung in der Stadt war aufgrund des Nahrungsmangels geschwächt, was bedeutete, dass unsere Stadtmauern nicht regelmäßig verstärkt wurden, um sicherzustellen, dass sie nicht durchbrochen wurden.

Aber das sollte sich jetzt ändern. Dafür würde ich sorgen.

Ich machte einen großen Bogen um den Kopf des

toten Tieres, wo seine gespaltene Zunge aus dem Maul gerollt war.

Morgen würde der Kadaver verschwunden sein. Entweder von anderem Ungeziefer gefressen, das außerhalb der Mauern lebte, oder von ein paar verzweifelten Wichsern aus der Stadt, die sich hierher schlichen, um die Hörner und das Lederfell zu ernten.

Ich kletterte auf den Kopf der Kreatur, um meine Klinge zu holen, damit sie nicht auf dem Schwarzmarkt landete. Unsere Waffen waren begehrt und wurden für lächerliche Summen verkauft, denn sie galten als Sammlerstücke, die an das alte Königreich erinnerten.

Eine Zeit, in der alle unserer Königin dienten und ihr treu ergeben waren. Sie sorgte für Ordnung und die Sicherheit unseres Volkes.

Meine Männer und ich hatten ihr unsere Treue und Loyalität geschworen. Dazu gehörte auch, dass wir regelmäßig Sex mit unserer Königin hatten.

Die von uns geschaffene Lust-Energie nährte jedes Monster in unserer Stadt.

Während ihrer Herrschaft befand sich unsere Stadt auf dem Höhepunkt ihrer Führungsrolle im Reich. Wyld war einst ein wohlhabender Ort, der von allen in unserem Schattenbrandreich verehrt wurde.

Natürlich brachte diese Art von Erfolg auch Neid mit sich.

Die Art, die zum brutalen Tod unserer Königin führte.

Sie war nicht gerade die einfühlsamste Königin und hatte eine dunkle Ader, aber sie hatte es nicht verdient, tot auf ihrem Thron zu enden, enthauptet.

Ihr Mörder hatte gewollt, dass wir sie auf diese Weise fanden. Wahrscheinlich hatte er unsere Reaktion beobachtet, was mir sagte, dass derjenige, der es war, das Chaos genoss und sah, wie andere durchdrehten.

Ich hatte mir Dutzende von Szenarien ausgemalt, wie ich den Bastard, der für ihren Tod verantwortlich war, foltern würde. Ich wollte, dass er schrie, weinte, mich anflehte, und dann wollte ich ihm echte Gewalt zeigen. Und er würde sich wünschen, er wäre nie geboren worden.

Ihr Tod war der schlimmste Tag in der Geschichte unseres Königreichs gewesen. Wir hatten unsere Königin und unsere Nahrungsquelle verloren. Da wir seither nichts Gleichwertiges finden konnten, war unser Königreich seither in den Niedergang gerutscht.

Die Menschen in der Stadt verloren die Hoffnung, und einige wurden aus purer Verzweiflung und Panik zu Wilden.

Langsam hatten meine Männer und ich ein gewisses Maß an Frieden in der Stadt wiedererlangt, aber es war nicht annähernd das, was wir vorher hatten.

Man nannte sie die Rote Königin, weil sie in einer verheißungsvollen Nacht geboren wurde, in der unsere beiden Monde rot waren. Und herzzerreißend war, dass die roten Monde in der Nacht ihres Todes wieder auftauchten. Bei jedem roten Mond wurde ihr zu Ehren ein Fest veranstaltet, um alle daran zu erinnern, dass wir immer noch ein vereintes Königreich waren.

Ich schüttelte die Vergangenheit ab und konzentrierte mich wieder auf den Kopf des Gazen. Ich schnappte mir mein Messer und riss es aus seinem Auge. Das saugende Geräusch, das es machte, verursachte mir Übelkeit.

Ich sprang von der Schulter des Tieres herunter, landete perfekt im Sand und säuberte meine Klinge an seiner Pfote und steckte sie zurück an meinen Gürtel.

Ich rollte meinen Schwanz von der Taille ab und biss die Zähne zusammen, als noch mehr Blut aus meiner Verletzung tropfte. Mit meinem Messer schnitt ich die untere Hälfte meines Hemdes ab und riss einen langen Streifen um meine Taille ab. Dann riss ich einen meiner Ärmel ab und faltete ihn zu einer Kompresse.

Ich drückte den gefalteten Ärmel auf die Wunde, bevor ich den langen Stoffstreifen um meine Mitte band, um ihn zu fixieren. Ich musste nur die Blutung stoppen und vermeiden, anderen Bestien eine Blutspur zu hinterlassen, damit sie mich aufspüren konnten.

Dann setzte ich meinen Weg um die Stadtmauern herum fort und hielt Ausschau nach weiteren Gazen.

Der blutrote Himmel verdunkelte sich, als die Sonne weiter hinter dem Horizont verschwand, während die fünfzig Fuß hohe Stadtmauer einen dunklen Schatten auf die sandige Landschaft warf. Entlang der Mauer waren mehrere Wachposten aufgestellt, aber viele Posten waren nicht besetzt, wie ich feststellte. Etwas, das ich ansprechen musste.

Meine Gedanken kreisten um Blake. Ich hatte sie ohnmächtig auf dem Bett liegen lassen, das wir nur für sie gemacht hatten. Ich stellte mir vor, wie schön sie gewesen war und wie verzweifelt ich sie wieder ficken wollte. Aber ich musste ihr auch Zeit geben, sich zu erholen.

Ihr anfänglicher Übergang von der menschlichen Welt in unsere dauerte mindestens vierundzwanzig Stunden. Und, bis sich ihr Körper an unsere Umgebung angepasst hatte, würde es mehr Zeit brauchen.

Mit jedem Einatmen roch die Luft nach dem warmen Duft ihrer Haut. Ihr Duft blieb in meinen Nasenlöchern.

Eine wilde, räuberische Besessenheit überkam mich.

Sie war jetzt unser Eigentum.

Etwas, das sie lernen würde zu akzeptieren, egal wie sehr sie protestieren würde.

Allein der Gedanke an ihren köstlichen Körper drückte auf meine Brust, und meine Eier zogen sich in mir zusammen bei der Erinnerung daran, auf wie viele verschiedene Arten ich sie gefickt hatte. Wie eng ihre Fotze war, und wie sehr ich mich nach mehr von ihr sehnte.

Sie in ihren Träumen zu ficken war eine ganz andere Erfahrung, als sie im wirklichen Leben zu beanspruchen. Die Empfindungen waren stärker, die Energien außergewöhnlich.

Ich schüttelte den Kopf und versuchte, mich zu beherrschen. Ich hatte mir geschworen, mich nie wieder so tief in jemanden zu verlieben, dass ich das Gefühl hatte, der Tod hätte mich geholt, wenn ich ihn verlieren würde.

Der Schmerz über den Verlust unserer Königin summte noch immer in mir, etwas, das ich vor langer

Zeit betrauert und akzeptiert hatte. Aber wenn sich der Schmerz einmal in die Seele gebrannt hatte, blieb er ein Leben lang.

All diese Gefühle, die ich mir selbst verboten hatte, waren in dem Moment in mir aufgestiegen, als ich Blake in meinen Armen hielt. Sie stürzten sich auf mich und versprachen, mich zu verschlingen und zu ertränken.

An sie zu denken war, als würde jemand stromführende Drähte an meine Nerven legen. Es rüttelte mich durch und erinnerte mich jede Sekunde des Tages an sie.

Jeder Zentimeter von ihr war umwerfend schön, und ich wusste, dass ich es mit meiner Besessenheit schon zu weit getrieben hatte.

Ein plötzliches Kreischen durchbrach die Luft und riss mich aus meinen Gedanken.

Meine Ohren wurden spitz.

Es kam von da vorne.

Noch ein Gazen? Scheiße.

Ich beschleunigte den Lauf über den feinen Sand, hielt mir eine Hand an die Seite und eilte nach oben. Die Stadt war riesig, also war es sinnvoll, immer zu zweit zu jagen, um mehr Fläche abzudecken. Vor allem, wenn man Verstärkung brauchte.

Hoffen wir, dass Seven nicht von zwei Biestern überfallen wurde.

Als ich um die Mauer bog, kam Seven in mein Blickfeld. Selbst im schwachen Licht verschmolz er mit seiner schwarzen Kleidung, der Kapuze und der Maske, die die untere Hälfte seines Gesichts bedeckte, mit der

Nacht. Das Einzige, was er zeigte, waren seine violetten Augen.

Ein Gazen brach einen Meter vor ihm aus dem Sand, und er wich zurück, um mir zu sagen, dass er ihn nicht so nah erwartet hatte. Um fair zu sein, dieser Gazen war ein verdammtes Monster, größer als der, gegen den ich gerade gekämpft hatte.

Ich sprintete vorwärts, der Wind zerrte an meinem Haar, mein Schwanz peitschte hinter mir her.

Seven warf sich hoch und verpasste nur knapp, von den verdrehten Hörnern des Tieres aufgespießt zu werden. Er krachte auf seinen Rücken. Seven bewegte sich wie ein Sturm, aber eine falsche Bewegung und er würde mehr als nur eine Verletzung wie die meine davontragen.

Meine Männer waren die einzige Familie, die ich hatte, und ich hatte nicht die Absicht, einen von ihnen zu verlieren. Egal, wie sehr sie mich an den meisten Tagen aufregten.

Als ich hinter dem Tier auftauchte, bockte es und sah aus, als wollte es zurück in den Sand tauchen, und ich stieß einen leisen Pfiff zu Seven aus.

Er blickte auf und sah mich schnell auf sich zukommen.

Er nickte mir nur zu und warf sich auf den Kopf der Kreatur, um ihr Auge zu erreichen.

Ich machte gutes Tempo und stürzte mich nach vorne, senkte den Kopf, die Schultern waren steif, und ich rammte direkt in sein stämmiges Hinterteil. Meine Hörner bohrten sich durch die Lederhaut direkt ins Fleisch.

Ich stieß meine Hände gegen die Bestie und konnte mich befreien, bevor sie zurückschlug. Ich warf mich außer Reichweite, rollte mich ab und sprang wieder hoch, gerade als die Bestie ihren riesigen Kopf in meine Richtung schwang.

"Komm zu mir, du Wichser", schrie ich.

Seven verlor das Gleichgewicht, hielt sich aber an einem Horn fest und schwang sich wild davon. Es war fast lächerlich, wenn wir es nicht mit einer blutrünstigen Bestie zu tun gehabt hätten.

"Hör auf, herumzuschaukeln", schrie ich ihn spöttisch an.

Er knurrte und krabbelte wieder über den Kopf des Gazen, bevor er mir den Finger zeigte.

Ich brach in Gelächter aus, als er sich gerade festhalten wollte, als das verdammte Ding begann in die Tiefe zu stürzen.

"Seven", brüllte ich und trat vor, als die Kreatur bockte und er sich an den Hörnern festhielt. "Erledige es endlich, oder du gehst unter."

Er antwortete nicht, sondern warf sich über die riesige Stirn des Tieres, holte mit seiner Klinge aus und rammte sie ihm mitten ins Auge.

Seven bäumte sich auf und wurde nach hinten geschleudert, und ich jagte hinter ihm her, als er auf dem Sand aufschlug. Ich packte ihn am Arm, hob ihn auf die Beine und zog ihn von der Bestie weg, die beim Sterben in die Luft ging.

"Ich habe deine Hilfe nicht gebraucht", bellte er mit demselben pissigen Blick, den er immer trug. Er wischte sich die Hände an den Beinen ab und fixierte die Maske, die ihm unter die Nase gerutscht war.

"Das habe ich nie behauptet", murmelte ich, während wir beide zusahen, wie der Gazen mit einem schweren Atemzug zu Boden stürzte. Tot. "Aber ich habe dich noch nie so langsam beim Töten gesehen."

Er beäugte meine Wunde und mein zerrissenes Hemd. "So wie es aussieht, ist es dir auch nicht gut ergangen." Durch seinen finsteren Blick bildeten sich Furchen auf seinem Nasenrücken. Seine Aufregung machte mich stutzig.

"Lass uns gehen", befahl ich und schnaufte frustriert.

Er sprintete zu der Kreatur hinüber, um seine Klinge zu holen, dann machten wir uns auf den langen Weg durch die Stadt, um nach weiteren Kreaturen Ausschau zu halten.

"Sie ist in Wirklichkeit viel schöner", sagte er unerwartet, und ich nahm zunächst an, dass er diese Worte nicht laut aussprechen wollte. Natürlich wusste ich sofort, auf wen er sich bezog.

"Ihre Schönheit zieht einen leicht in ihren Bann", murmelte ich. "Ich weiß, dass du dich nach ihr sehnst."

"Willst du andeuten, dass ich eifersüchtig bin? Fick dich, Creed", knurrte er und machte ein seltsames Gesicht. Wahrscheinlich merkte er, wie irrational er auf eine einfache Bemerkung reagierte. "Ich kann es kaum erwarten, sie persönlich kennenzulernen, sie zu schmecken, mit ihr zu schlafen. Ich kann sie an dir riechen. Er ist so stark, dass mir schwindelig wird." Seine Augen leuchteten mit einer verzweifelten Flamme, als er von ihr sprach.

"Du hast recht, sie gehört uns", erinnerte ich ihn und hielt meine Wut zurück, denn ich wusste, dass meine drei Männer schon sehnsüchtig auf ihre Ankunft gewartet hatten. Sie ernährten sich von der Lust, die ich erzeugte, als ich sie fickte. Und wenn man bedachte, wie wir sie in den letzten Jahren in unseren Träumen genossen hatten, war ich vielleicht nicht der Einzige, der in dieser Zeit eine ungesunde Besessenheit von Blake entwickelt hatte.

"Das nächste Mal kommen wir mit. Wir bleiben nicht außen vor", befahl er, und die Umrisse seines Körpers verdunkelten sich.

Eine Weile herrschte Schweigen zwischen uns, dann beschloss er, mit einem lauten Ausatmen und dem Herabhängen seiner Schultern seine Aggression zu verstärken. "Es ist schon so lange her, dass wir uns außerhalb eines Traums ernährt haben."

"Das ist es", murmelte ich, und meine Lippen kräuselten sich über seine ungehobelte Art.

Seven war immer ein unberechenbares Arschloch. Derjenige, der einen überrumpelte, weil man nie wusste, mit wem man es zu tun hatte.

An einem Tag war er wütend, am nächsten verschlagen, an einem anderen unhöflich und feindselig, an einem anderen deprimiert, aber Eifersucht war neu für ihn. Seine Persönlichkeiten variierten, und ich war überzeugt, dass ich alle sieben Dämonen kennengelernt hatte, aber heute überraschte er mich.

Die Flut seiner Emotionen, die sich in ihm entlud,

war zwar unerwartet, aber sie ließ mich darüber nachdenken, ob die anderen Männer das Gleiche fühlten.

Verzweiflung.

Eifersucht.

Wut.

Höchstwahrscheinlich, entschied ich.

"Wenn sie aufwacht, werden wir mit ihr eine Mahlzeit einnehmen, um sie in einer friedlichen Umgebung an uns zu gewöhnen", erklärte ich abrupt. "Sie wird erschrocken sein, und alles ist neu für sie. Wir gehen es langsam an. Kein Ärger, keine Angst."

"Sie ist in Wyld, umgeben von Monstern." Er rollte mit den Augen. "Daran wird sie sich noch früh genug gewöhnen müssen."

Ich grummelte leise vor mich hin, und einen Moment später nickte Seven widerwillig. "Keine Sorge", versicherte er mir unwirsch. "Ich werde niemanden beim Essen umbringen. Nicht, nachdem du letztes Mal so wütend geworden bist."

Er wich meinem Blick aus, als ich ihn anbrüllte und ihn daran erinnerte, dass er den Botschafter der nächstgelegenen Stadt unseres Reiches getötet hatte, was leicht einen Krieg hätte auslösen können.

Krieg zu einer Zeit, als wir am schwächsten waren.

Der Schaden war jedoch angerichtet.

Natürlich glaubte ich ihm nicht, dass er sein Wort halten würde. Aber solange er seinen Wahnsinn für eine kurze Zeit von Blake fernhielt, war es mir scheißegal, wen er ausschaltete.

7

———

BLAKE

*I*ch habe einmal irgendwo gelesen, dass wir alle Engel waren, bevor wir zu Dämonen wurden.

Aus irgendeinem Grund kam mir dieses Zitat in den Sinn, als ich in einem Bett lag, das Creeds Duft verströmte, und zur schwarzen Decke hinaufstarrte. Bedeutete das, dass die Monster einst auch Engel gewesen waren?

In Anbetracht der Dinge, die sie mir in meinen Träumen angetan hatten, schien das höchst unwahrscheinlich.

Es war mir fast peinlich, zuzugeben, dass mein Körper noch immer brummte, weil er mich in meiner Wohnung so hart gefickt hatte. Wie sehr ich es genossen hatte.

Und genau das war das Problem, nicht wahr? Ich hätte an so einem Biest nichts sexy finden dürfen, nur Abscheu. Aber genau wie in meinen Träumen tat er Dinge mit mir, die ich nicht leugnen konnte. Ich war so lange allein gewesen, und ihre nächtlichen Besuche waren das Einzige in meinem Leben, worauf ich mich verlassen konnte.

Trotzdem änderte es nichts an der Tatsache, dass Creed die reine Sünde war. Und ich sehnte mich nach ihm, weil ich schwach war.

Aber das ließ mich mit der Frage zurück, wo in der Welt ich jetzt war?

Langsam schob ich mich aus dem riesigen, mit schwarzen Laken bezogenen Bett und setzte mich auf den Rand der Matratze, bis sich das Zimmer nicht mehr drehte.

Helles Licht strömte durch das Rundbogenfenster, das sich über zwei Wände erstreckte, in den Raum und ließ die schwarzen Steinwände schimmern. Die Wand hinter dem Bett glich dem archäologischen Fund eines teilweise ausgegrabenen Skeletts. Aber was auch immer das war, es hatte vier Beine und riesige Flügel mit einer langen Rüsselnase. Ich bekam eine Gänsehaut.

Meine Füße berührten den kalten Holzboden, als ich aufstand. Es gab keine anderen Möbel in diesem Raum, nur das Bett, das den größten Teil des Raumes einnahm, und drei riesige schwarze Türen. Ich machte mich auf den Weg zu der kleineren Tür gegenüber dem Bett, die der Eingang sein musste.

Ich drückte den Griff herunter. Verriegelt. Die Sorge in meinem Bauch vertiefte sich.

Auf nackten Füßen ging ich zügig zum Fenster und blickte hinaus auf etwas, das wie ein Meer aus Sand aussah. War ich in einer Wüste?

Zuerst keuchte ich und versuchte, mir einen Reim auf das Ganze zu machen. Der Himmel hatte blaue und rote Farbtöne, und die Sonne war besonders hell. So sehr, dass ich gegen ihr Licht blinzelte.

Ein Blick aus dem Fenster war aus meinem Blickwinkel unmöglich. Mein Versuch, das Fenster zu öffnen, scheiterte kläglich, da meine Kraft nicht ausreichte, und ich gab auf.

Als ich mich wieder umdrehte, fand ich ein ordentlich zusammengefaltetes Kleid am Ende des Bettes.

Aber zuerst ging ich zu einer anderen Tür, die sich zu einem riesigen begehbaren Kleiderschrank öffnete.

Die Größe des Raumes hätte mich vielleicht beeindruckt, aber es gab keine Möbel.

Ich zog mich zur letzten Tür zurück, die ein Badezimmer offenbarte. Schwarze Opalfliesen mit blauen und goldenen Streifen führten von der Tür zu einer offenen Dusche mit drei Duschköpfen.

Mein Blick fiel sofort auf die bodentiefen Fenster zu meiner Linken, durch die man mehr von der Sandlandschaft sehen konnte. Ich keuchte und traute meinen Augen nicht, als ich die weite Aussicht sah.

Es gab auch keine Jalousien.

Als ich zur Dusche zurückblickte, zögerte ich. Ich schnupperte an mir selbst und rümpfte die Nase, also schnappte ich mir ein gefaltetes Handtuch aus dem Regal und schloss die Tür.

Im Spiegel über dem Waschbecken fiel mir etwas Helles auf, als ich mich gerade wieder in den Raum drehte.

Ein kleiner Schrei entfuhr meinen Lippen, und ich

ließ mein Handtuch fallen, als ich mich anstarrte. Moment! Das konnte nicht ich sein. Ich eilte zum Spiegel und zog mit den Händen an meinem rosa Haar.

Rosa Haare!

Meine Augen weiteten sich bei diesem Anblick. Ich hatte immer schwarze Haare gehabt, und ich glaubte, ich würde mich daran erinnern, wenn ich sie gefärbt hätte.

Das musste ein Irrtum sein. Je mehr ich mich untersuchte, desto mehr überkam mich dieses schwindelerregende Gefühl.

Ich überprüfte meinen Ansatz genau und stellte fest, dass die Farbe perfekt gemischt worden war, um natürlich zu wirken. Warum sollte jemand meine Haare färben, während ich schlief? Rückblickend musste ich zugeben, dass das Rosa zu meinem blassen Teint passte, aber darum ging es nicht.

Ich blinzelte noch einmal auf die Dusche, dann auf die Glaswand. "Wer wird mich so hoch oben schon sehen?", murmelte ich vor mich hin. In Windeseile zog ich mich aus und stürzte mich unter die heiße Brause, weil ich dachte, dass die Farbe in meinem Haar ein schrecklicher Scherz war, den mir jemand gespielt hatte, und den ich auswaschen würde. Außerdem konnte mich das Wasser aus diesem Albtraum aufwecken.

Ich stöhnte auf, als heißes Wasser aus drei Düsen auf meinen Körper prasselte, und ich blieb eine ganze Weile so stehen und genoss es einfach. In letzter Zeit ergab nichts mehr einen Sinn; ich fragte mich, ob ich gerade träumte.

Creeds Worte kamen mir in den Sinn. *Ich fürchte, Pet, dass es für dich keine andere Möglichkeit gibt, als mit mir zusammen zu sein.*

Ich schnappte mir eine schwarze Flasche mit etwas, das wie Shampoo roch und auch so aussah, und schäumte mir die Haare ein, weil ich dachte, dass sich die rosa Farbe leicht aus den Haaren waschen ließ.

Dann schrubbte ich meinen ganzen Körper damit und wurde zu einem weißen Marshmallow aus Seifenlauge.

Als ich fertig war und mich abgetrocknet hatte, fühlte ich mich einigermaßen normal und stand, in ein weißes Handtuch gewickelt vor dem Spiegel.

Mein Haar war immer noch rosa. Ich schüttelte den Kopf, meine Brust zog sich zusammen. Wie konnte ich mich nicht daran erinnern, wie mein Haar die Farbe gewechselt hatte?

Mit einem breitzinkigen Kamm aus der Schublade fuhr ich durch mein Haar und beschloss, dass die Farbe das geringste Problem war.

Ich nahm das Kleid vom Bett und streifte es mir über den Kopf. Der Stoff war flüssig und floss in Wellen an meinem Körper hinunter, fühlte sich an wie Seide auf meiner Haut.

Ich ging zurück ins Bad und betrachtete mich selbst, überrascht darüber, wie perfekt das schwarze Kleid saß. Mit seinen kurzen Ärmeln und der weichen, geschwungenen Brustlinie folgte es jeder Kurve und zeichnete die Form meiner Brüste nach, wobei sich meine Brustwarzen gegen den Stoff drückten. An beiden Seiten hatte es Schlitze, die hoch oben auf meinen Oberschenkeln begannen.

Dieses Kleid brauchte dringend Unterwäsche, aber ich fand natürlich keine. Jetzt musste ich aus dem Zimmer raus. Ich durchsuchte verzweifelt alle Schubladen im Bad nach einer Stecknadel oder etwas anderem, um das Schloss zu knacken.

Gerade als ich eine Schublade schloss, hörte ich, wie sich die Tür zum Schlafzimmer öffnete. Ich hielt inne und drehte mich um, mein Herz schlug mir gegen die Rippen.

War es Creed?

Ein Schatten fiel über den Badezimmereingang, dann schlängelte sich jemand durch den begehbaren Kleiderschrank. Okay streichen Sie das. Nicht jemand ... eher etwas.

Ein graues, kugelförmiges Monster schob sich vor, und ich wich unwillkürlich zurück, wobei meine Hüfte gegen die scharfe Kante des Waschbeckens stieß. Die Kreatur hatte keinen richtigen Hals, sondern der Glibber floss von ihrem glatten, runden Kopf in einer kaskadenartigen Bewegung nach unten auf den Boden.

Mit sonnenhellen Augen blinzelte er mich an, die Nüstern blähten sich, und über seine dünnen Lippen tropfte ein wenig Glibber.

Ich konnte nicht mehr atmen, geschweige denn ein Wort sagen.

"Ich bin Freddy, Creeds Nummer eins", verkündete er mit schnippischer Stimme, was ich nicht erwartet hatte. "Komm mit mir. Der König erwartet dich auf dem Balkon."

Ich brauchte mehrere Anläufe, um meine Stimme zu finden, wobei ich versuchte, nicht so schockiert auszusehen, wie ich mich innerlich fühlte. Ich sprach mit einem Klumpen.

Als ich nicht reagierte, sagte er: "Wie ich sehe, hast du das Kleid gefunden, das ich für dich bestellt habe".

Mit einem Blick an mir herab und wieder zu ihm zurück, war ich fast versucht, ihn nach Unterwäsche zu fragen. Aber ich hielt mich zurück, weil ich mich fragte, ob das die Art von Information war, die man ein Klecksmonster fragte. Der Typ hatte keine Beine, was auch erklärte, warum ich keine Schuhe zu diesem Outfit trug.

"Freut mich sehr, Freddy, ich bin Blake", sagte ich schließlich und klang dabei viel zu förmlich, aber meine Nerven tanzten auf meinen Schläfen und ich konnte nicht klar denken.

Er reagierte nicht, sondern schlitterte durch den Raum und aus der Tür. Ich eilte ihm hinterher, aus dem einfachen Grund, dass ich Creed sehen und herausfinden musste, wie ich nach Hause kommen konnte.

Freddy zu folgen, erwies sich als Fehler, wenn man barfuß war, denn wie eine Schnecke hinterließ er eine dünne Linie aus klarem Schleim. Meine Füße rutschten unter mir weg, aber wie durch ein Wunder konnte ich mich abfangen.

Ich stellte mich schnell an seine Seite, sobald ich auf dem Flur war.

Darüber befand sich eine Glaskuppel, die die Halle mit natürlichem Licht durchflutete. Drei Fischtanks, die wie aufrechtstehende Särge aussahen, säumten die

Wand. Darin befanden sich einige seltsam aussehende Pflanzen, die fast eine humanoide Form annahmen. Mir lief es kalt den Rücken herunter, denn ich könnte schwören, dass sie mich beobachteten.

Waren das Augen? Ich ging näher heran, und ein runder Strauch, der wie ein Kopf aussah, drehte sich zu mir, und seine Blätter wiegten sich im Wasser wie Haare.

Ich wich zurück, meine Ferse rutschte auf Freddys Schleim aus, und als ich stolperte, prallte ich mit dem Rücken gegen die Wand. Verdammt. Mein Herz raste wie wild.

Freddys Kopf drehte sich, um mich an der Wand zu sehen, während sich sein Körper in einer unheimlichen, von einem Dämon besessenen Bewegung nicht drehte.

"Bleib dran." Dann glitt er weiter den Flur entlang zu den Türen, die sich öffneten und einen Aufzug freigaben.

"Wo sind wir eigentlich?" Ich beeilte mich, ihm hinterherzukommen, und hielt mich von dem Schleim fern.

"Du bist in der Stadt Wyld, einer der elitärsten Städte im Reich von Shadowburn." Er grinste und entblößte eine Reihe extrem scharfer Zähne, mit denen er definitiv, wie ein Serienmörder aussah.

Die Härchen in meinem Nacken stellten sich auf.

Wider besseres Wissen betrat ich mit ihm den Aufzug und biss mir auf die Lippe, als mir die Angst in die Glieder fuhr, aber ich konnte mich auch nicht ewig in meinem Zimmer verstecken.

Freddy sprach das Wort fest aus: "Balkon", und eine raue Stimme aus den Wänden bestätigte es, indem sie "*Balkon*" wiederholte. Ich zuckte zusammen, überzeugt, dass ein Monster den Aufzug bediente.

Und dann, das Nächste, was ich wusste, war, dass wir plötzlich seitwärts taumelten.

Ich hielt mich an der Wand fest, um nicht umzufallen.

Freddy sah mich an und schenkte mir wieder sein zahniges Lächeln, und ich zog innerlich eine Grimasse.

Mein Herz klopfte so heftig, dass ich ihm nicht wirklich zuhören konnte, als er davon sprach, wie alt der Turm war, in dem wir uns befanden.

"Als du vorhin Reich sagtest, welches Land ist das genau?", fragte ich in der Hoffnung, dass es sich um ein verrücktes Missverständnis handelte.

Er lachte mich an, als würde er sich verschlucken. "Du bist nicht auf der Erde. Ich habe dir bereits gesagt, dass dies Shadowburn ist, unsere Heimatwelt. Aber du wirst dich daran gewöhnen."

Ich wollte bei seinen Worten sofort weinen, weil ich mich nicht daran gewöhnen wollte. Das war nicht mein Zuhause.

Die Aufzugtüren öffneten sich in hellem Licht. Ich trat schnell in ein Foyer hinaus, und die Türen schlossen sich hinter mir. Ich drehte mich um und stellte fest, dass Freddy mich im Stich gelassen hatte.

Okay, gut. Ich vermutete also, dass Creed hier draußen war und eine Menge zu erklären hatte.

Mein Blick fiel auf die offenen Glastüren, die zu einem Balkon aus rotem Sandstein führten. Er wölbte sich auf beiden Seiten von mir nach außen und schien das Gebäude zu umrunden.

Ich hielt inne, als mein Blick auf dem Bild vor mir landete.

Ich war definitiv nicht auf der Erde. Ich konnte es nicht sein.

Alles, was ich sah, war die Aussicht hinter dem dekorativen Metallgeländer, und mir blieb der Mund offenstehen. Ich stolperte vorwärts, überzeugt, dass ich träumen musste.

Es war eine chaotische Stadt, die direkt aus der Hölle kommen musste.

Dutzende von Türmen, die wie außerirdische Kapseln aus Filmen aussahen, füllten eine riesige Fläche, die sich in alle Richtungen fortsetzte. Die schwarzen und grauen Strukturen verschmolzen mit Hunderten von offenen Brücken, die sich von einem Turm zum nächsten bogen. Ein Gebäude vor uns hatte mindestens vier Ebenen aus Brücken, die nach außen führten und mit den anderen Gebäuden in der Nähe verbunden waren.

Es waren Arterien, die alle wie ein Kreislaufsystem miteinander verbunden waren.

Der rötliche Schimmer der Sonne brannte gegen das Gold der Gebäude an. Als ich weiter hinunter auf den Balkon blickte, konnte ich nicht sehen, wo er endete ... alles, was dort lag, waren Massen von Brücken und Dunkelheit. Trotzdem stieg eine drückende Hitze nach oben, die mir ins Gesicht schlug, als stünde ich über einem Ofen.

Ich zog mich zurück, um der unmittelbaren Hitze

zu entkommen, denn ich wusste nicht, wie man es in dieser brennenden Hitze lange aushalten konnte.

Ein Schatten warf sich über mich, und ich riss den Hals hoch, um mehrere große Vögel über mir kreisen zu sehen. Hin und wieder stürzte einer von ihnen in die Stadt hinab und tauchte kurz darauf mit etwas Großem in seinen Krallen wieder auf.

Gott, hatte es die Monster gefressen?

Schweiß rann mir über die Schläfe, und ich wischte mir mit dem Handrücken über die Stirn, weil ich ehrlich gesagt nicht wusste, was ich da sah.

Von den Menschen auf den Balkonen und Brücken vor mir kamen so viele Stimmen, die sich zu einem ohrenbetäubenden Geplapper aufschaukelten. Je genauer ich hinsah, desto mehr stellte ich fest, dass es keine Menschen waren. Genau wie die Monster in meinen Träumen waren es furchterregende und abscheuliche Wesen.

Ein Schauer lief mir über den Rücken bei der verblüffenden Erkenntnis, dass ich mich tatsächlich in einer monströsen Welt befand. Es war unmöglich, dass sich mein Verstand diese Szene vor mir ausdenken konnte.

Das war verdammt real.

Eine Gänsehaut wanderte meine Arme hinauf.

Hatte sich Dorothy im "Zauberer von Oz" auch so gefühlt? Völlig überwältigt, verwirrt und voller Angst, dass sie in Oz sterben würde. Nur, dass all die süßen singenden Zwerge durch schreckliche, alptraumhafte Monster ersetzt wurden.

"Endlich bist du wach, Pet", räusperte sich eine tiefe Stimme hinter mir.

Noch bevor ich mich zu ihm umdrehte, wackelten meine Knie leicht beim Klang seiner köstlichen Stimme.

Creed tauchte in seiner Monsterform vor mir auf und war fast zwei Meter groß. Ein Kribbeln durchfuhr meinen Magen, als ich ihn sah, was falsch war, denn ich war auch verärgert und verwirrt.

Die im Sonnenlicht glitzernden Hörner, die stechend roten Augen und die scharfen Reißzähne, die ich an meinem Fleisch gespürt hatte und die nun auf seiner Unterlippe ruhten, weckten etwas in mir, das mich nach ihm schmachten ließ.

Ich war kompliziert und anscheinend unglaublich verkorkst.

Creed trug eine schwarze Hose und eine zuge- knöpfte Jacke und sah aus, als wäre er bereit, sich auf ein Schlachtfeld zu stürzen. Sein Haar flatterte in der Brise und fiel ihm unordentlich ins Gesicht.

Als er eine Hand nach mir ausstreckte, wich ich zurück und holte röchelnd Luft. "Du hast mich aus meiner Heimat geholt."

"Das ist jetzt dein Zuhause, ich werde dir nicht wehtun", erklärte er, seine ausgestreckte Hand immer noch zwischen uns, die Handfläche nach oben, die Finger ausgestreckt. Wenn er mich anstarrte, schien es, als würden sich seine Augen mit einer Besessenheit in meine Seele bohren, nach der ich mich zu sehnen begann.

Dieses Monster könnte mir unvorstellbare Freude

bereiten - das wusste ich -, aber der Gedanke, dass ich hier war, um ihn und seine Monster zu ernähren, war erschreckend.

Als ich seine Hand nicht ergriff, verringerte er den Abstand zwischen uns und starrte über die weitläufige Stadt hinaus. Ihm so nahe zu sein, im Schatten seines überragenden Körpers, war nicht unangenehm, es war sogar erschreckend angenehm. Aber es milderte nicht die Wut, die sich in meiner Brust zusammenbraute, weil ich aus meinem Leben gerissen worden war, so beschissen es auch gewesen sein mochte.

"Jeder, der in der Stadt lebt, hat auf eine Lösung gewartet, die du bietest", sagte er in einem sachlichen Ton. "Du bist schon seit langem verzweifelt und verängstigt."

Seine Erklärungen in meiner Wohnung gingen mir durch den Kopf, wie unsere Lust sein Reich ernährte, wie er und seine Männer, die mit mir Sex hatten, ihre Stadt mit genug Energie versorgten, um sie alle zu sättigen.

"Was ist, wenn ich das nicht will?" Der Anblick der riesigen Stadt und der Tatsache, wie viele Monster sich von der Energie der Lust ernährten, machte mich unruhig.

War es das, was ich wollte? Als Sexsklavin der Monster zu enden?

Seine hochgezogenen Augenbrauen und sein durchdringender Blick verliehen ihm einen sündigen Gesichtsausdruck, wie ihn nur Creed zustande bringen konnte.

Kurzerhand zog er mich grob zu sich heran, eine

krallenbewehrte Hand auf meinem Hinterkopf, die andere an meiner Hüfte. Er lehnte sich näher an mich heran, sodass wir uns gegenüberstanden, und das Verlangen brach sofort in mir aus. Sein Geruch schrie nach Sex, und alle meine Gedanken kreisten um seinen starken Kiefer und diese perfekten Lippen.

Mein Körper wurde weich, und es spielte keine Rolle, wie sehr mein Verstand schrie, um sich von dem Monster loszureißen, mein Körper wurde zur Beute.

Auch bei seinem Kuss gab es keine Pause. Er beanspruchte mich wild mit seinem Mund, seiner Zunge und seinen Reißzähnen. Sie durchbohrten meine Lippen, dann leckte er mit längeren Strichen zart mein Blut.

Ich hätte entsetzt sein müssen. Ich hätte ihn wegstoßen sollen. Stattdessen brummte ein leises Bedürfnis tief in meinem Inneren. Ich beugte mich näher heran, mein Kitzler pulsierte, und ich kämpfte gegen den Drang an, laut zu stöhnen. Es überraschte mich immer noch, wie mein Körper auf seine Berührungen reagierte.

Seine Hand wanderte zu meinem Hintern und streichelte mich in kleinen Kreisen, wobei das Zwicken seiner Nägel durch den dünnen Stoff meines Kleides leicht zu spüren war.

"Ich rieche dein Verlangen", knurrte er, während er sich an mir rieb. "Du bist wunderschön, übertriffst alle meine Erwartungen. Es stellt sich nicht die Frage, ob du uns helfen willst. Ich habe dich zu der meinen gemacht."

Meine Wangen erröteten von den gegensätzlichen

Gefühlen, die mich zerrissen. Das Flattern in meinem Magen, weil ich zum ersten Mal in meinem Leben als schön bezeichnet wurde, und seinem Eingeständnis, dass ich hier festsaß.

Und irgendetwas stimmte definitiv nicht mit mir, wenn ich von einem Monster so lächerlich angetörnt war.

Seine Handlungen waren geradezu dominant. Seine Krallen wanderten meinen Oberschenkel hinunter, fanden den Schlitz in meinem Kleid, und schnell kletterten seine Finger darunter, um sich auf meinem Hintern niederzulassen.

Ein Stöhnen entglitt meinen Lippen bei der Berührung, bei der Art, wie sich seine Krallen in das Fleisch gruben.

Er lachte mich an. "Ich bin besessen davon, wie sehr dein Körper auf mich reagiert."

Mir stockte der Atem, und ich balancierte auf der Kante, mich zu verlieren. In Creeds Nähe fiel es mir so leicht, wenn er die Kontrolle über mich ergriff. "Du machst Dinge mit mir, die ich nicht kontrollieren kann."

"Das bin nicht ich, Pet. Das ist dein Körper, der mich auffordert, dich zu ficken."

"Aber das ist so viel mehr als in meinen Träumen. Ich kann es nicht erklären."

Creed grinste, eine gespaltene Zunge strich über seine Unterlippe und schien meine Reaktion auf ihn zu billigen.

Die Dunkelheit kreiste hinter seinen Augen. Würde er mich jetzt nehmen? Draußen auf dem Balkon? Der

Gedanke ließ mich heiß werden, und Creed wusste genau, wie ich mich bei ihm fühlte. Sein Lächeln sagte alles. Und ich hasste ihn dafür.

Er warf einen Blick über meine Schulter, und ich drehte meinen Kopf, um seinem Blick in Richtung Stadt zu folgen.

"Können Sie uns sehen?", fragte er.

Winzige Hitzewellen kräuselten sich in der Luft.

Sie verschwanden so schnell, wie sie gekommen waren. Und plötzlich jubelten mehrere bestialische Monster im nächstgelegenen Turm laut auf, winkten und schrien: "Mehr!"

"Haben wir sie gerade gefüttert?" Ich stöhnte laut auf, da ich immer noch nicht wusste, wie das Füttern eigentlich funktioniert.

„Kaum" antwortete er. "Es war so, als würden sie den Geruch ihrer Lieblingsspeise einatmen dürfen."

Ich blinzelte zurück zu den Monstern, die von hier oben aus wie Ameisen aussahen, und doch hatten sie unseren kurzen Kuss mitbekommen. Ich konnte das Gefühl der Befriedigung nicht ignorieren, das mir ein solcher Akt verschaffte, der natürlich keinen Sinn ergab.

"Wann kann ich nach Hause gehen?", fragte ich abrupt und drehte mich wieder zu ihm um.

"Ich verspreche dir, dass du in unserer Welt Schönheit finden wirst, die dir die Art von Freude bringt, die du auf der Erde nie gefunden hast. Ich werde es mir zur Aufgabe machen, dir alles zu geben, was du dir jemals wünschen wirst."

Ich schluckte schwer und war mir nicht sicher, ob

ich damit einverstanden war. Nichts in dieser Welt fühlte sich einladend oder wie ein Zuhause an.

"Es wird Zeit, dass du etwas isst und die anderen kennenlernst", sagte Creed und wechselte schnell das Thema.

Er nahm meine Hand in seine große, mit Krallen bewehrte Hand. Meine Hand verschwand in seiner, sie war winzig im Vergleich zu seiner. Er bewegte sich mit langen Schritten, sodass ich doppelt so schnell laufen musste, um mit ihm Schritt zu halten.

Der Gedanke, die anderen zu treffen, machte mich nervös, wenn man bedachte, wie die Dinge zwischen Creed und mir bisher gelaufen waren.

Als wir um die Ecke des Balkons gingen, kam ein runder Tisch in Sicht, an dem drei weitere Monster saßen, die uns gespannt beobachteten.

Ich erkannte sie sofort aus meinen Träumen wieder. Es war ein seltsames Gefühl, jemanden zum ersten Mal zu treffen, nachdem ich bereits meine intimsten Momente mit ihm erlebt hatte. Diese Monster hatten mich entjungfert, sie hatten mir alles genommen, und nun sahen sie mich an, als wäre ich ihre Retterin.

Mein Blick schweifte hektisch über jedes der Monster, denn normalerweise schrie man, wenn man solche Kreaturen sah, und lief davon. Aber ich war kurz davor, mich ihnen anzuschließen, als mich ein Gefühl der Vertrautheit überkam. Das bestätigte mir, wie kaputt ich war.

Ich stand neben dem Stuhl, den Creed mir hingestellt hatte, wie erstarrt und sprachlos.

Als ich vor ihnen stand, war ich sowohl erschrocken als auch beschämt.

Hatte ich schon erwähnt, dass ich kompliziert bin?

"Warst du ein braves Mädchen für mich, Blake?", murmelte das scheußlichste aller Monster, das mir gegenüber am großen Tisch saß, den Kopf zurückgelegt hatte und in die Luft schnupperte. Er war der Stoff, aus dem Albträume gemacht waren.

Muskeln, die sich unter seiner lederartigen Haut abzeichneten. Klauenhände, die mich in zwei Hälften reißen könnten. Aber das Furchterregendste war sein Kopf ... ein großer Mund ohne Lippen, der nur aus Zähnen bestand und sich über die gesamte Breite seines Gesichts erstreckte, und riesige, gewundene Hörner, die an den Seiten seines Kopfes hervortraten.

Und doch wusste ich aus meinen Träumen, dass er mein zärtlichster Liebhaber war.

Wir starrten uns lange an, und in meiner Brust spielte eine Mischung von Gefühlen, Verlangen, Sehnsucht, Angst und Unbehagen.

"Ich bin doch immer brav", antwortete ich, vielleicht ein bisschen zu kokett in Anbetracht der Situation.

Er leckte sich über die Zähne und grinste gruselig, was ich seltsamerweise nicht als abstoßend empfand.

"Ich möchte dich offiziell in meinen Kreis einführen", sagte Creed und starrte mich an. Bei der Ruhe in seiner Stimme ließ ich den aufgestauten Ärger los, den ich festgehalten hatte.

"Vor dir steht Ash. Rechts von dir ist sein Zwilling Seven, und links von dir ist Tempest. Jetzt setz dich", befahl Creed mir und ich ließ mich auf den Sitz gleiten.

Sie lächelten und grüßten mich unisono, was mich fast zum Lachen brachte. "Wie konnte ich nicht wissen, dass ihr Zwillinge seid?", fragte ich stattdessen.

"Weil ich der Hübsche von uns beiden bin", knurrte Ash und hob sein Kinn auf fast schon komische Weise an.

Seven verdrehte nur die Augen. Alles, was ich von ihm sah, waren seine stechenden Augen. Er war ganz in Schwarz gekleidet. Kleidung, Kapuze und eine Maske, die die untere Hälfte seines Gesichts bedeckte, ... nichts an ihm schrie nach einem Menschen. Die Energie, die er ausstrahlte, war praktisch feindlich.

Vor allem, als ich seine langen Finger bemerkte, die zu Krallen wurden. Er zog sich nie ganz aus, als er mich in meinen Träumen beanspruchte, er nahm nur seine Gesichtsmaske ab und holte seinen schweren Schwanz raus, aber seine Lippen waren die sinnlichsten, die ich je auf meiner Haut gespürt hatte.

Von den vier Monstern verwirrte er mich am meisten, da er sich jedes Mal, wenn er in meinen Träumen auftauchte, anders verhielt, bis hin zu der Art, wie wir Sex hatten. Ich wusste nie so recht, was ich von ihm zu erwarten hatte.

"Warte. Wo ist ihr Essen?", unterbrach mich Creed und starrte die Monster an, worauf niemand antwortete. Sie waren zu sehr damit beschäftigt, mich anzustarren, und ich spürte ihre Augen auf mir, meine Haut glühte.

Creed schnaubte und rief nach Freddy, dann marschierte er weg und ließ mich mit ihnen allein.

"Du machst ihr Angst, Ash, mit diesem Lächeln. So viele Zähne", platzte Seven fast rachsüchtig heraus.

"Fick dich, Seven", knurrte Ash, und jeder Knochen in meinem Körper zitterte bei seiner dröhnenden Stimme. "Dass du sie so anmachst, macht sie wahnsinnig."

"Du wirst dich an ihr Gezänk gewöhnen", unterbrach Tempest den Streit. Seine Augen waren Schlitze, wie die einer Schlange. Der Rest seines Körpers glich einem Schatten. Dunkle, lange Zähne und Hörner, die Ränder seines Körpers fransten aus. Wenn das Sonnenlicht auf ihn traf, schien es fast durch seinen Körper zu dringen.

Er war derjenige, der im Verborgenen geblieben war. Ich kannte ihn sehr gut, denn er war immer ein bisschen zu grob zu mir und erinnerte mich gerne daran, was für eine dreckige Hure ich war, wenn er mich nahm.

Er lehnte sich näher heran. "Ich habe ununterbrochen an dich gedacht, kleiner Mensch. Ich habe daran gedacht, wie du es liebst, wenn ich deinen Arsch lecke und du nach mehr schreist. Ich habe dich vermisst."

Meine Wangen erröteten sofort, als er so offen darüber sprach. Ich hatte das Gefühl, dass ich mich in meinen Träumen nicht unter Kontrolle gehabt hatte.

"Ist das das Erste, was du sagst, wenn du sie triffst?" Ash zuckte zusammen, seine breiten Schultern hoben sich. "Zeig etwas verdammten Respekt."

Tempest zuckte mit den Schultern und grinste mich an. "Ich weiß, dass es dir gefallen hat. Es ist mir nicht peinlich."

"Mir auch nicht", antwortete ich tapfer. "Aber ich versuche auch, nicht ohnmächtig zu werden von so vielen neuen Dingen, die auf mich einprasseln."

"Siehst du, du bist ein Arschloch", bellte Ash Tempest an. "Halt dich verdammt noch mal zurück." Er rutschte auf seinem Sitz ein Stück nach vorne, und einen Moment lang dachte ich, er würde mich in die Arme nehmen und von den anderen wegzerren. Ich konnte nicht sagen, dass ich mit dieser Entscheidung unglücklich wäre.

Sie waren zu viel, und ich konnte nur denken: Worauf hatte ich mich da eingelassen?

Ashs Körper begann zu schimmern. Im Handumdrehen war das Monster verschwunden und durch einen Gott ersetzt. So kann man ihn am besten beschreiben, und jedes Mal, wenn ich seine menschliche Gestalt in meinen Träumen sah, errötete ich vor Hitze.

Ich keuchte, weil ich mich nicht daran gewöhnen konnte, wie leicht sie sich wandeln konnten.

Dunkles Haar hing ungekämmt in sein Gesicht, an den Seiten und hinten kurz rasiert. Eine Haarsträhne strich immer über ein Auge, die ich bewunderte. Scharfe Wangenknochen und Augen, die so blassblau waren, dass sie fast milchig weiß waren. Er trug ein schokoladenfarbenes Hemd, dessen Ärmel bis zu den Ellbogen hochgekrempelt waren, und hätte gerade von einem Laufsteg kommen können.

"Ist das besser?", säuselte er fast und lächelte verrucht.

"Sehr sogar", antwortete ich.

Dann stieß er Tempest in den Arm. "Sei kein Arschloch. Zieh dich um."

Tempest antwortete nicht sofort, sondern verstummte und schenkte mir ein kühles Lächeln. Blitzschnell nahm auch er seine menschliche Gestalt an, und ich fiel fast vom Stuhl, weil er so bemerkenswert gut aussah. In meinen Träumen nahm er nur selten menschliche Gestalt an, und ich habe nie verstanden, warum, wenn sein Aussehen mir den Atem raubte.

Er hatte das Gesicht eines Engels, wie aus Stein gemeißelt, markante smaragdgrüne Augen und eine kantige Kieferpartie mit einem leichten Bartschatten. Er trug eine marineblaue Hose und ein Henley-Top und wirkte unbeeindruckt.

"Du bist dran, Seven", bellte Tempest, seine Stimme war voller Irritation und Spott.

Seven bewegte sich nicht, aber die Luft wurde dicker, sein Blick dunkler, und ich erwartete, dass er über den Tisch fliegen und Tempest den Hals umdrehen würde. Ich hatte Seven nie anders gesehen als so, wie er jetzt in meinen Träumen aussah. Vielleicht hatte er keine andere Gestalt.

"Das macht Spaß", murmelte ich und bemerkte, wie Creed auf uns zukam. "Endlich kann ich sehen, wie eure Persönlichkeiten wirklich sind." Ich sah mich nervös um, während alle Augen auf mich gerichtet blieben. Seven war intensiv und grüblerisch. Tempest schien in einer schwachsinnigen Stimmung zu sein, während Ash mich von der anderen Seite des Tisches verschlagen angrinste.

Wir waren ein tolles Team.

Creed zog einen Stuhl neben mir heran. Er schaute sich jeden Einzelnen der Männer an und hob eine Augenbraue.

"Hoffentlich habt ihr drei sie willkommen geheißen."

Bevor irgendjemand reagieren konnte, kam Freddy zu uns herüber, schob einen kleinen Speisewagen mit einem quietschenden Rad und sah wie ein stinksaures Klecksmonster aus.

"Entschuldigen Sie die Verspätung", brummte er mir zu und stellte mehrere Teller mit Essen und ein großes Glas Wasser vor mich hin, bevor er sich ins Haus schlich.

"Iss", bestand Creed darauf.

Ich betrachtete die vier Schüsseln, die bis zum Rand mit grünen Salatblättern und violetten Gemüsescheiben gefüllt waren, die ich nicht kannte. Abgesehen von den Blättern hatte ich keine Ahnung, was sich in den Schüsseln befand, vor allem nicht, was die kleinen blauen Kugeln waren. Aber es roch nach französischem Dressing, und mein Magen knurrte vor Hunger. Mir lief das Wasser im Mund zusammen, egal wie fade das Essen aussah.

"Dieses Gemüse wird in unserem Gewächshaus angebaut", erklärte Creed. "Du kannst es bedenkenlos essen."

Da ich keine Gabel fand und Freddy mich ansah, als hätte ich ihn in Schwierigkeiten gebracht, wollte ich mir an meinem ersten Tag keine Feinde machen. Also griff ich zuerst mit den Fingern nach dem Salat und knabberte ihn. Er schmeckte normal. Die blauen Kugeln sahen genauso aus wie Tomaten, also griff ich zu und war überrascht, wie ausgehungert ich war.

"Warum baut ihr Menschenfutter an?", fragte ich zwischen zwei Bissen und bemerkte, dass mich alle aufmerksam beobachteten. Hatten sie noch nie jemanden essen sehen?

"Unsere Wissenschaftler experimentieren mit verschiedenen Pflanzen von der Erde, die viele Mineralien enthalten, von denen wir uns erhoffen, dass sie natürliche Energien für unsere Ernährung erzeugen", erklärte Ash und leckte sich über die Lippen, als ich einen weiteren Bissen von meinem Salat nahm, wobei sein Mund den meinen fast nachahmte.

"Du könntest schwer zu füttern sein, Pet", gestand Creed. "Vor allem, weil Menschen Proteine brauchen und wir nur Salate für dich haben. Ich habe Freddy damit beauftragt, andere Dinge zu finden, die du essen kannst."

Na, toll. Ein Kugelmonster wollte mir Essen besorgen. Ich war ein wenig erschrocken.

"Wie wäre es mit einem Gazen?", bot Tempest an. "Die haben viel Fleisch an sich und wir töten genug von ihnen." Er lehnte sich in seinem Sitz zurück, die Arme an der Seite verschränkt, und obwohl er sich mit Creed unterhielt, hörte er nicht auf, mich anzuschauen.

Unter ihren Blicken klopfte mein Herz schnell gegen meinen Brustkorb.

"Das sind dreckige Dinger, die im Sand leben", antwortete Ash. "Sie wird dieses Ungeziefer nicht essen. Nur das Beste für unsere Blake."

Ash brachte mein Herz zum Schmelzen, so süß war er. Dieser umwerfende Mann mit den trüben weißen Augen beschützte mich ständig, und dafür liebte ich ihn.

"Die Avis könnten funktionieren", schlug Seven vor. "Wir haben genug von ihnen, die über unsere Stadt fliegen und die Einheimischen angreifen, und ich glaube, die Menschen lieben es, Vögel zu essen, oder?" Er sah mich mit einer hochgezogenen Augenbraue an.

"Meistens Hühnchen", murmelte ich und blickte ihn mit einem Lächeln an, das er nicht erwiderte. "Das essen wir zu Hause oft."

"Ich schicke Freddy los, um einige Avis für dich zu fangen", bestätigte Creed, und ich hatte keine Ahnung, wie das Klecksmonster das anstellen sollte oder was ein Avis-Vogel war, aber ich aß weiter meinen Salat.

Die Monster unterhielten sich angeregt über verschiedene Dinge, die für mich essbar sein könnten. Von allen Monstern schätzte ich, wie Ash und Creed sich für mich einsetzten, während Tempest Dinge vorschlug, die ekelhaft klangen. Er war ein Sadist, nicht wahr? Obwohl ein Teil von mir sich fragte, ob er versuchte, mich zum Lachen zu bringen.

Ich hob meinen Blick zu Seven und sah, wie intensiv er mich musterte, wobei er meistens schwieg.

Meine Hände begannen zu schwitzen, als er mich ansah. Sein Gesichtsausdruck verriet nichts. Er war ein unbeschriebenes Blatt, und alles, was mir durch den Kopf ging, war unsere letzte gemeinsame Zeit in meinem Traum. Als hätte er meine Gedanken gespürt, ging jetzt derselbe verschlagene Blick über sein Gesicht wie damals.

"Zieh dich aus", forderte er. "Ich brauche dich nackt."

Ich zögerte eine Sekunde lang, was anscheinend zu viel Zeit für dieses Monster war, um zu warten. Er knurrte, seine Hand zerrte seinen riesigen Schwanz aus der Hose. Er berührte ihn mit der Hand, die dicken Furchen, die sich an seinem langen Schaft entlangzogen, bereiteten mir wahnsinnige Freude, wenn wir fickten. Bei dem Anblick, wie dick und bereit er war, stockte mir der Atem bis in die Lunge.

"Ich habe dir gesagt, du sollst dich ausziehen." Seine andere krallenartige Hand zerfetzte mein Kleid mit zwei geschickten Bewegungen, sodass ich völlig nackt war. Ich keuchte, weil es ihm so viel Spaß machte, mich zu erschrecken.

"Du magst das sexieste Ding sein, das ich je gesehen habe, aber du wirst mir gehorchen. Und jetzt leg dich für mich zurück, meine Hübsche. Ich muss deine Muschi schmecken." Er hob mich mit Leichtigkeit hoch, um mich auf die Tischkante zu setzen und zog meine Beine hoch, bevor er sie spreizte.

Ich legte mich wieder hin und bebte vor unerträglichem Verlangen, als seine Aufmerksamkeit auf mein geschwollenes, glitschiges Fleisch fiel. In Gedanken sagte ich mir, dass ich ihm widerstehen und ihn nicht so sehr genießen sollte, wie ich es tat. Aber bei der Erregung, die mich durchströmte, bei der Erregung, die mich von innen heraus verdrehte, hatte ich keine Chance, ihn wegzuschieben.

"So eine schöne Fotze", säuselte er. "Seit gestern Abend denke ich an nichts anderes als an dich." Er strich sanft mit den Fingerknöcheln über meine empfindlichen Falten und öffnete sie. "Du bist so geschwollen für mich. Ich liebe es, wie verdammt erregt du bist." Er rieb meinen Kitzler in engen Kreisen, während er sprach, und reizte mich unermüdlich.

Schatten drängten sich um mich herum, und selbst, ohne ihre Gesichter zu sehen, wusste ich, dass die anderen drei Monster mich beobachteten. Sie beobachteten mich immer.

Ich zitterte unter den Berührungen des Monsters.

"Ist es das, was du willst?", verlangte er, über mir aufragend. Seine Klauenhände waren ausgestreckt, und er war das Monster aus meinen Albträumen, dass mich jede Nacht zum Orgasmus brachte.

"Ja, bitte", brachte ich zwischen keuchenden Atemzügen hervor.

Er ließ sich auf die Knie fallen, seine krallenartigen Hände drückten meine Beine weiter auseinander, ich zeigte ihm alles, gab ihm alles, was ich hatte.

Meine Atemzüge kamen zu schnell, als Seven wie ein Raubtier knurrte, seine Stimme rau, dick vor Lust. "Du bist so rosa, so feucht."

Das Brüllen aus seiner Kehle erregte mich lächerlich, und als sein glühend heißer Atem über meine feuchten Lippen strich, keuchte ich vor Verzweiflung.

"Ich werde dich mit der Zunge ficken, deine Muschi lecken und saugen, und wir werden nicht aufhören, bis ich mich an deinem süßen Sperma sattgesehen habe. Ich will deinen Honig überall auf meinem Gesicht haben, okay?"

Der Laut, der aus meiner Kehle kam, hätte ein Schrei nach mehr sein können, aber es war schwer zu sagen, wenn ich in Erregung ertrank. Er drückte seine Lippen auf meine durchnässte Muschi, und das war der Moment, in dem ich jede Kontrolle verlor.

Das Monster war ausgehungert, verschlang mich wild mit seiner Zunge und seinen Lippen. Er war eine Bestie.

Ich wölbte meinen Rücken und schrie auf. "Ja, genau so. Fuck ..."

Jeder Schlag brachte mich an den Rand des Abgrunds, und ich wippte mit den Hüften und presste mich an sein Gesicht.

Krallen gruben sich in meine Innenschenkel, brachen die Haut auf, dann schob er seine Zunge in mich hinein. Dick und lang, schnalzte in meinem Inneren.

Ich schloss die Augen, die Spannung stieg, und ich zuckte zusammen, weil ich kurz davor war, zum Höhepunkt zu kommen.

Gerade als ich ein Klicken hörte, das sich wie das Knacken von Knochen anhörte, öffnete ich erschrocken meine Augen. Ich starrte hinunter auf das Monster zwischen meinen Schenkeln.

Seine dunklen Augen rollten nach oben. Und da bemerkte ich, wie er seinen Kiefer aus den Angeln hob.

Plötzlich fühlte ich mich wie ein Opfer vor einer Schlange, die verschlungen werden sollte. Seine Knochen knackten erneut, das Maul war weit aufgerissen, und ich hätte Angst haben sollen, aber ich hatte schon vor langer Zeit gelernt, dass diese Monster mich bis an die Grenzen treiben würden. Alles, um mich zu einem so starken Orgasmus zu bringen, dass es sich anfühlte, als ob meine Welt zerbrochen wäre.

Auf seinem Mund und Kinn glitzerte es, aber er verschwendete keine Sekunde. Er drückte seinen riesigen Mund noch einmal gegen mich, seine dicke Zunge drückte in meine Muschi.

Tiefer. Tiefer.

So viel mehr, dass ich unkontrolliert zitterte und ihn in Regionen spürte, die er nie zuvor erreicht hatte. Seine Nase drückte auf meinen Kitzler, und da tat er Dinge mit mir, die ich nie für möglich gehalten hätte.

Die Anspannung wurde zu groß, meine Atmung unregelmäßig. Jeder Muskel spannte sich an. Ich bockte wie wild unter ihm.

"Oh mein Gott, bitte hör nicht auf, bitte ..."

"Es gibt keinen Gott, Blake", knurrte eines der anderen Monster aus den Schatten. "Nur die Dinge, die dich im Dunkeln ficken und den Boden anbeten, auf den du trittst."

Durchzuhalten war fast unmöglich, seine Worte trieben mich an den Punkt, an dem es kein Zurück mehr gab. Genau in dem Moment, als die anderen Monster nach vorne traten, starrten und darauf warteten, dass sie an der Reihe waren, brach der Orgasmus wie eine Flutwelle über mich herein, immer und immer wieder.

Mein Rücken wölbte sich, als ich schrie, das Vergnügen verwüstete meinen Körper, und irgendwie schaffte ich es, das Grunzen des Monsters zu hören, als es jeden Tropfen, den ich ihm gab, aufsaugte ...

Als ob er mein Unbehagen gespürt hätte, wurde das Grinsen in Sevens Augen zu reinem Bösem. Nährte er sich von meiner Erinnerung? War das möglich?

Ich aß weiter, denn so hatte ich eine Ausrede, sie nicht anzusehen, während sich Unbehagen in meinen Knochen breitmachte.

Das schleichende Geräusch von Freddy, der zurückkam, ließ mich einen Blick über die Schulter werfen, als er sich näherte.

"Verzeihen Sie die Unterbrechung, Meister, aber es gibt eine dringende Angelegenheit, die Ihre Aufmerksamkeit in Bezug auf die Gazen erfordert. Sie sind zurück, mindestens ein halbes Dutzend."

„Scheiße" stöhnte Creed, seine Hände ballten sich an seiner Seite. Er kam ruckartig auf die Beine. "Seven, Tempest, ihr kommt mit mir. Los geht's. Ash, du führst Blake sicher durch die Stadt."

"Darauf kannst du wetten." Ash strahlte vor Aufregung.

Creed beugte sich zu mir herunter und legte seine Hand auf meine. "Ash wird sich gut um dich kümmern, Pet. Ich komme zurück, sobald ich kann."

Ich kam nicht dazu, etwas zu sagen, da ich das Essen noch im Mund hatte, aber er und seine beiden Männer stürmten mit Freddy vom Balkon. Ich blickte zu Ash hinüber, der ein wenig zu verschlagen lächelte.

Die Sache mit Ash war, dass seine Worte mit Honig trieften, aber wenn es um Sex ging, hatte ich gesehen, wie wild er wurde. Und in diesem Moment starrte er mich mit demselben Hunger an, der mich ruinieren könnte.

"Wir werden so viel Spaß haben", murmelte er, und aus irgendeinem Grund klang sein Versprechen wie das genaue Gegenteil davon, mich sicher durch die Stadt zu führen.

8

BLAKE

"Ich hoffe, sie passen", sagte Ash und stand von seinem Stuhl auf, während ein junges Dienstmädchen, das violett leuchtete und ein Zyklopenauge hatte, mir ein Paar Sandalen mit offenen Zehen vor die Nase stellte. Dann huschte sie davon, den Kopf gesenkt, zu ängstlich, um mich auch nur anzusehen.

Seltsames Verhalten, aber als ich mich den Schuhen zuwandte, wollte ich Ash küssen, weil er so rücksichtsvoll war, und bemerkte, dass ich kein Schuhwerk trug. Ich schlüpfte in die Sandalen.

"Sie fühlen sich an, als wären sie für mich gemacht worden. Ich danke dir vielmals." Ich beugte mich hinunter und verknotete die Riemen.

In Wahrheit hätte ich fast geweint, denn ich konnte die Menschen, die mich jemals so liebevoll behandelt hatten, an einer Hand abzählen. Und einer von ihnen war ein Ungeheuer.

"Ich bin es nicht gewohnt, dass die Leute nett zu mir sind."

Er lächelte und war so schön dabei, dass ich leicht vergaß, dass ich ihn zu lange angestarrt hatte. Ich genoss es, zu beobachten, wie der Wind sein dunkles Haar aus dem Gesicht wehte, aber wenn er mich mit diesen eindringlichen, milchigen Augen ansah, waren sie auf etwas über meiner Schulter gerichtet. Als ich hinter mich schaute, war dort nichts zu sehen.

Er kam mit selbstbewusstem Schritt auf mich zu, er war so verdammt gutaussehend, dass man sich nicht daran gewöhnen konnte. "Du verdienst es, dass dir die Welt auf einem Tablett serviert wird."

Ich sprudelte bei seinen Worten, als sich seine Schatten über mich ergossen, und unter seinem frischen Seifenduft nahm ich seinen Moschusduft wahr. Er blieb sehr nahe bei mir stehen, unsere Arme berührten sich, und ich spürte einen elektrischen Schlag auf meiner Haut, weil er mich leicht berührte.

"Es ist mir unbegreiflich, wie man dich anders behandeln kann. Aber das ist etwas, worüber du dir keine Sorgen machen musst, jetzt wo du bei uns bist."

Ich kniff die Lippen zusammen, genoss die Aufmerksamkeit, war aber auch leicht beunruhigt darüber, wie besessen er klang.

Aber je mehr ich zu ihm aufblickte, desto mehr fiel mir etwas Merkwürdiges auf. Seine Augen waren nicht auf meine gerichtet. Sie verweilten ein paar Zentimeter daneben, als ob er die ganze Zeit, während wir sprachen, meine Wange begutachtete.

Spannend.

Ich hob eine Hand zwischen uns und winkte damit. Seine blassen Pupillen bewegten sich nicht. Nicht ein einziges Mal.

Er packte mich mitten in der Luft am Handgelenk, seine langen Finger packten mich fest. "Was machst du da?"

"Kannst du mich eigentlich sehen?", fragte ich, wobei mir bei dem Gedanken das Herz in die Hose rutschte.

Er schüttelte den Kopf, was mich zu einem scharfen Einatmen veranlasste. "Ich wurde ohne Augenlicht geboren, aber das macht keinen Unterschied. Mein Geruchssinn und mein Gehör sind außergewöhnlich, also bemitleide mich nicht, Blake." Seine Stimme verfinsterte sich leicht, und ich hörte den Stolz in seinen Worten.

"Ich bemitleide dich nicht. Ich bewundere dich", antwortete ich, wobei mein eigener Atem unregelmäßig wurde, während ich versuchte, kein Mitleid mit ihm zu empfinden. Er bewegte sich, als ob er alles sehen würde, und ich war völlig beeindruckt. "Woher wusstest du, dass ich keine Schuhe trage?" Ich starrte ihn verwundert an.

"Das Geräusch deiner nackten Füße auf dem steinernen Balkon hat dich verraten", antwortete er. "Sollen wir dann unsere Tour beginnen?" Er reichte mir die Hand und wechselte das Thema, was in Ordnung war. Es könnte ein heikles Thema für ihn sein.

"Solange du bei mir bist, wird dich niemand auch nur ansehen. Wenn sie dich anfassen, reiße ich ihnen die Köpfe ab", versprach er mir mit einem Lächeln.

"Ich nehme dich beim Wort." Ich versuchte zu lachen, aber es klang eher so, als hätte ich mich verschluckt. Meine Nerven waren extrem angespannt und ich versuchte, mich zusammenzureißen.

Wenn mich meine Zeit in der Anstalt irgendetwas gelehrt hatte, dann war es, ruhig zu bleiben, auch wenn die Welt um einen herum brannte. Sicher, ich befand mich jetzt in einer offensichtlichen Monsterwelt, etwas, womit ich immer noch zurechtzukommen versuchte, aber ich wollte nicht den Kopf verlieren, bevor ich nicht sicher war, dass ich wusste, was vor sich ging.

Ich nahm Ashs Hand, und wir gingen zum hinteren Teil des Balkons. "Ich weiß, du bist nervös", sagte er. "Stell dir einfach vor, wir wären in einem deiner Träume, in dem ich dich besuche."

Diesmal gelang es mir, zu lachen, ohne wie eine sterbende Katze zu klingen. "Das ist das Problem. Ich kann nicht sagen, ob das alles echt ist oder nur in meinem Kopf."

Seine Hand drückte leicht auf meine. "Der Übergang in unser Reich ... es wird eine gewisse Zeit dauern, bis sich dein Körper daran gewöhnt hat. Deshalb hat sich dein Haar rosa gefärbt, eine Reaktion darauf, dass dein Körper sich verändern musste. Aber ich kann dir versprechen, dass dies sehr real ist, Blake."

Das war es, was mich beunruhigte.

Ich richtete meinen Blick nach vorne, wo ich als Erstes zwei menschengroße Spinnen sah.

Ich schrie auf, mein Körper zuckte, als ich versuchte, einen Rückzieher zu machen, was unmöglich war, da Ash mich am Arm festhielt.

"Es ist alles in Ordnung", beruhigte er mich. "Sie sind Wächter und wollen dich beschützen."

Ich schüttelte den Kopf und starrte auf die arachna-ähnlichen Monster, die wie Ash am Brückeneingang standen. Lange, haarige, spinnenartige Beine, mit bauchigen, schwarzen Körpern und einem roten Streifen auf dem fast humanoiden Kopf. Sechs Augen und ein breiter Mund.

Sie beobachteten uns, alle Augen blinzelten auf einmal.

"Ich mag keine Spinnen." Meine Stimme zitterte. "Selbst die Kleinen machen mir Angst. Ich habe einmal geschrien, als mir eine auf den Zeh gekrabbelt ist."

Ash lächelte oder lachte mich nicht an, aber sein Nasenrücken kniff, und er zog mich näher an sich heran. "Komm, ich zeige es dir, sie werden dir nichts tun."

Mit rasendem Herzen führte mich Ash zur Brücke. Ich drückte mich enger an ihn, denn diese monströsen Spinnen ließen mich vor Angst zusammenzucken. Er ließ meine Hand los und legte einen Arm um meinen Rücken, um mich näher zu halten.

Die Spinnenwächter neigten bei unserer Annäherung ihre Köpfe und gaben ein unheimliches Zischen von sich.

Ich bewegte mich besonders schnell, als wir sie passierten und die goldene Brücke betraten. Meine Haut kribbelte immer noch, und ich brauchte eine weitere Dusche, weil ich das Gefühl hatte, dass Insekten auf mir herumkrabbelten.

"Geht es dir gut?", fragte er.

Ich warf einen Blick zurück zu den Wachen, die ihren Posten hielten. "Solange sie mir nicht zu nahekommen, ist alles in Ordnung."

Je weiter wir uns von ihnen entfernten, desto leichter fiel mir das Atmen, und wir schlenderten ganz normal die Brücke entlang, die sich zu einem anderen Turm in der Ferne erstreckte.

Türme und Brücken umgaben uns, und einige der Bauwerke schimmerten irisierend, wo die Sonne sie berührte. Das schillernde, regenbogenartige Farbenspiel schien in dieser höllischen, trockenen Welt völlig fehl am Platz. Andere Türme waren völlig schwarz und schienen von einem dünnen Netz umhüllt zu sein. Ich wettete, dort lebten die Spinnentiere, und dort würde ich niemals hingehen. Wir näherten uns einem organisch geformten Gebäude, das mich an einen Strauch erinnerte, aus dem Stahlstämme herausragten.

Vor dem rötlichen Himmel breitete sich das lebendige Sonnenlicht mit goldenen Armen über die vertikale Stadt aus, in der alle in Türmen lebten.

Starke Hitze kam sowohl von unten als auch von oben. Selbst in meinem dünnen Kleid schwitzte ich.

Jedes Mal, wenn der heiße Wind vorbeiwehte, schwankte die ganze Konstruktion leicht nach links und rechts, sodass ich stolperte.

Ash hielt mich fest, und ich dachte mir, wenn er nicht ausflippte, musste ich in Sicherheit sein.

"Was ist ein Gazen?", fragte ich, hauptsächlich um mich abzulenken und zu verstehen, worüber die Monster am Tisch sprachen.

"Eine Sandbestie, die jeden jagt und frisst, der einen Herzschlag hat", antwortete er unverblümt.

Ich warf ihm einen scharfen Blick zu, und mein Mund blieb vor Schreck halb offenstehen. "Und es lebt in der Stadt?"

Er lachte leise, der Klang war so schön, dass ich eine Gänsehaut bekam. "Sie halten sich außerhalb der Mauern auf. Die Stadt Wyld ist auf einer riesigen Lavagrube gebaut, damit sie uns nicht erreichen können, sollten sie die Mauern durchbrechen."

"Die Lava tötet sie also. Das ist doch gar nicht so schlecht."

"Das Problem ist, dass sie versuchen, sich durch die Mauern zu graben, was unsere Türme und Brücken destabilisieren würde. Alles ist mit den Mauern verbunden, wie du siehst, perfekt ausbalanciert. Und in letzter Zeit versuchen die Kriechtiere, unsere Mauern und Tore einzureißen."

Ich schluckte an meiner trockenen Kehle vorbei und war sofort beunruhigt über die Nachricht. "Und ihr lebt alle mit diesen Dingern, die euch wie Haie umkreisen?"

Er zuckte lässig mit den Schultern. "Die Lösung ist, sie zu eliminieren. Creed arbeitet an einem Plan. Aber der Großteil der Stadtbevölkerung macht sich mehr Sorgen um die nächste Mahlzeit als darum, sie aufzuhalten. Und jetzt komm, ich zeige dir deine Stadt."

Jede Zelle meines Körpers bebte angesichts der Tatsache, dass die Monster in ihrem Haus von noch schrecklicheren Kreaturen gefangen waren.

Ich sagte nichts, aber ich fühlte mich in Wyld plötzlich nicht mehr so sicher. Was viel aussagte, wenn man bedachte, dass ich anfangs gar nicht sicher war.

Es kam mir wie Stunden vor, als wir von einer Brücke zur anderen liefen und erfuhren, dass die Türme wie Wohnhäuser waren, in denen alle Monster lebten, arbeiteten und ihre Zeit verbrachten. Es gab auch mehrere Felder in der Stadt, auf denen sie regelmäßig Jagdspiele abhielten. Etwas, von dem Ash sagte, dass ich es nie sehen würde. Es machte mir ein wenig Angst, herauszufinden, was sie genau jagten.

Jedes Monster, an dem wir vorbeikamen, machte einen großen Bogen um uns und verneigte sich vor Ash. Die meisten vermieden es um jeden Preis, ihn anzusehen, was ich genoss, denn so ließen sie mich in Ruhe.

Einige trugen schwarze Löcher als Gesichter. Andere sahen eher außerirdisch als menschlich aus und hatten mehrere Arme oder Beine. Und dann gab es noch die Schattenwesen, die sich nur auf harte Oberflächen schlichen. Sie waren mir unheimlich.

Einer stand mit dem Rücken an eine dunkle Wand gelehnt. Ich hätte ihn vielleicht übersehen, wenn nicht das Glitzern seiner gelben Augen gewesen wäre, die mich direkt ansahen.

"Zeige es nicht so offensichtlich. Monster riechen Angst", sagte Ash. "Deine Hand zuckt, und dein Atem wird schneller, wenn wir an jemandem vorbeigehen."

"Ich werde es versuchen", kommentierte ich trocken. "Du hörst also, wie sie sich nähern?"

Er lächelte, und es war schwer zu übersehen, wie perfekt er aussah. War ihm überhaupt bewusst, wie bezaubernd er war? Wenn er lächelte, fiel es mir schwer, mich zu konzentrieren, denn der Anblick seines Gesichts weckte nur Erinnerungen an ihn in meinen Träumen.

Er hatte mich so zärtlich umsorgt, dass ich nach einem anstrengenden Tag in der Anstalt seine sanften Berührungen gesucht hatte.

"Manche Kreaturen setzen Energien frei, die ich aufnehme", sagte er. "Wie die Schattenwesen von Umbre. Ihre Anwesenheit schwirrt über meine Haut. Aber ich nehme auch deine Energie auf. So wie jetzt, dein Geruch hat sich leicht vertieft, genau wie in den Träumen, je erregter du wurdest." Seine Mundwinkel hoben sich.

Er wusste, welche Wirkung er auf mich hatte, und diesem Grinsen nach zu urteilen, genoss er jede Sekunde davon.

"Vor dir kann man wohl nichts verbergen", stichelte ich.

"Du kannst es versuchen", antwortete er herausfordernd und zog mich zu einem schnelleren Tempo an, wobei meine Füße immer mehr schmerzten, je länger wir liefen, und wir hatten noch nicht einmal die Hälfte der Stadt gesehen.

Wir kamen an einer Gruppe von Monstern vorbei, die an einem Tisch saßen und ein Brettspiel spielten. Die meisten von ihnen sahen zerlumpt aus und hatten abgebrochene Schuppen auf der Haut. So wie es aussah, waren sie verwest, als würden sich ihre Körper darauf vorbereiten, zusammenzubrechen. Sie benutzten Augäpfel als Spielsteine auf dem Schachbrett, und ich biss mir auf die Lippe, um nicht laut zu keuchen und die Aufmerksamkeit auf uns zu lenken.

Ash lachte nur und zog mich in einen zweiten Turm in der Nähe. Das Nächste, was ich wusste, war, dass wir in einen Aufzug stiegen und seitwärts schwirrten. Alles ließ mich verwirrt zurück, und doch fühlte ich mich in seinen Armen geborgen und sicher.

Obwohl Ashs monströse Gestalt auf dem Balkon furchterregend war, war er wie ein riesiger Kuschelbär, was selten sein musste. Ich hatte noch nie einen Mann wie ihn getroffen.

"Wohin gehen wir?"

Ash stellte sich neben mich, seine Hand lag auf meinem Rücken und wanderte zu meinem Hintern, und mir stockte der Atem.

"Ein Ort, der dir sicher gefallen wird. Dort gehe ich manchmal hin, um zu entfliehen."

"Hoffentlich ist es ruhiger als da draußen", antwortete ich, wobei seine Hand so heiß war, dass mir die Hitze den Rücken hinaufkroch.

"Du bist unter deinem Kleid nackt", stellte er fest. "Deshalb ist dein Geruch auch stärker."

"Na ja, weißt du, Freddy war für meine neuen Klamotten zuständig, und dazu gehörten offenbar weder Höschen noch Schuhe."

Ash grummelte leise vor sich hin, seine Atmung war angespannt. "Er arbeitet hart, aber es fehlt ihm an Wissen über Menschen. Überlass das mir, ich bringe das in Ordnung."

"Stört es dich, dass ich keine Unterwäsche trage?"

"Oh, Blake. Du bist wie ein kleiner Vogel, gefangen

in der gefährlichen Welt der ... Hmm. Was sind das für fleischfressende Vögel, die ihr auf der Erde habt?"

"Geier?"

"Ja, das ist es. Du bist so unschuldig, dass du nicht einmal die Gefahr erkennst, die in unserem Reich auf dich lauert, während dich die Geier umzingeln. Viele Stadtbewohner sehen in dir nichts anderes als Futter, und viele werden töten, um dich zu ficken, wenn sie sich an deinen Geruch verlieren. Deshalb müssen wir vorsichtig sein."

Meine Wangen wurden heiß und mein Magen drehte sich um sich selbst. Ich legte mein Kinn auf die Brust und schnupperte kurz an dem Shampoo, das ich in der Dusche benutzt hatte. Konnten Monster so leicht riechen?

"Halt", rief Ash und brachte den Aufzug zum Stehen, und ich stolperte, um nicht umzufallen. Ash fing mich auf, zog mich dicht an sich heran und stellte mich wieder auf die Beine.

Seine Nasenlöcher blähten sich, als er noch einmal einatmete, und er gab einen seltsamen, trillernden Laut von sich, den ich noch nie von ihm gehört hatte.

"Was war das?", fragte ich und klammerte mich immer noch an seine Arme.

Ich spürte seine zitternde Berührung an mir, und sofort schrillten bei mir die Alarmglocken. "Ash, bist du okay?"

Ich hörte ihn knurren, die Spannung in seinen Muskeln veränderte sich. "Ich habe mir wirklich Mühe gegeben, kleiner Vogel. Es war wirklich, wirklich schwer, mich zurückzuhalten. Aber du riechst so verdammt lecker. Und es ist so überwältigend hier drinnen. Ich habe Creed versprochen, dass ich dich beschützen werde." Dennoch stand er vor mir, sein Brustkorb hob und senkte sich schneller, seine Nasenlöcher weiteten sich mit jedem Einatmen.

"Vielleicht sollten wir einfach aus dem Aufzug aussteigen", schlug ich vor, erschrocken darüber, wie leicht mein Atem unregelmäßig wurde, und stellte mir in Gedanken vor, wie er mich gegen diese Wand fickte.

Ich kniff die Augen zusammen, um die Vorstellung zu vertreiben, denn ich wusste, je mehr ich daran dachte und meine Schenkel zusammenpresste, desto wilder würde ich Ash antreiben.

"Vielleicht ist das eine gute Idee." Trotz seiner Worte legte er eine Hand an die Wand über meiner Schulter und lehnte sich näher heran.

Ich starrte in das vertraute Gesicht aus meinen Träumen, wo ich gesehen hatte, wie die Lust über seinen Gesichtsausdruck strömte, wo er sich verlor und mich immer wieder in allen möglichen Stellungen beanspruchte.

"Ich will, dass du ein gutes Mädchen für mich bist, dass du dich mir unterwirfst, dass ich deinen Mund und deine Muschi mit meinem Schwanz fülle. Bilder von dir, wie du dich für mich ausbreitest, durchbohren mich und machen mich fertig", gab er zu. "Als du monatelang für uns verloren warst, wurde ich langsam wahnsinnig, sehnte mich nach deinem Geruch und Geschmack, wollte unbedingt in dir versinken."

Ich schluckte schwer und kämpfte gegen die Erregung an, die mich durchströmte. Genau wie die anderen Männer brauchte Ash mich nur auf eine bestimmte Art und Weise anzusehen, mich zu berühren, und der Nerv, der durch meine Muschi lief, pulsierte. Genau wie jetzt.

"Es ist nicht hilfreich, sich selbst auf diese Weise zu ärgern", sagte ich, und meine Stimme brach.

Seine andere Hand streichelte meine Wange, wanderte dann meinen Hals hinunter und hielt an meiner Schulter inne.

Ein Stöhnen entglitt meinen Lippen, denn er war nicht der Einzige, der mit Gefühlen kämpfte, über die ich nur in meinen Träumen die Kontrolle verlor. Der Takt der Stille zwischen uns dehnte sich aus, und ich tat das einzig Vernünftige, was ich tun konnte. Ich duckte mich unter seinem Arm weg und bewegte mich auf die gegenüberliegende Seite des Fahrstuhls, wobei ich nach Luft schnappte.

"Wir sollten gehen", sagte ich.

Ash hatte sich nicht bewegt, und er machte mir Angst. Dann sagte er plötzlich: "Oberste Etage." Die raue Aufzugsstimme wiederholte: *"Oberste Etage."*

Ash zog sich zurück, seine Schultern richteten sich auf, und sein Nacken knackte. Er drehte sich noch einmal zu mir um, das sanfte Lächeln zurück auf seinem Gesicht. "Ich hoffe, ich habe dich nicht erschreckt. Manchmal fällt es mir schwer, mein Monster zurückzuhalten."

Ich nickte. "Es war nur ein bisschen dramatisch, aber ich habe es überlebt", sagte ich mit Leichtigkeit in der Stimme, denn ich wusste, dass er tief im Inneren ein netter Kerl war, unglaublich gutaussehend und schamlos süchtig nach Sex.

Die Fahrstuhltüren öffneten sich, und Ash griff mit der Hand in seine Hose, um seine Beule zu richten.

Wir traten in ein Foyer aus weißem Marmor und schauten sofort an den Monstern in Uniformen vorbei, die uns Handtücher reichen wollten.

Mein Blick blieb an den offenen Türen hängen, die nach draußen in ein Paradies führten. Üppig grüne Bäume, Sträucher und überdimensionale Blumen, die mich an die monströse, menschenfressende Pflanze aus dem kleinen Horrorladen erinnerten. Von der Wüste war nichts zu sehen, nur der helle Himmel mit der glutroten Sonne und eine Oase.

"Was ist das?" Ich starrte alles an, lächelte wild und hoffte, dass wir dort hineingehen würden. Ich hatte genug von der glühend heißen Stadt.

Vier Monster mit Stacheln auf dem Rücken knieten vor Ash.

"Was ist hier los?", fragte ich.

"Sie zollen mir Respekt, weil dieser Turm von Creeds Kreis geleitet wird", murmelte er, und nachdem er etwas in einer mir unverständlichen Sprache zu ihnen gesagt hatte, gingen wir in das üppige Paradies. Ich hüpfte praktisch auf meinen Zehen.

Vorbei war es mit der drückenden Hitze, dem über-wältigenden Chaos der Türme und Brücken oder den Monstern überall. Es herrschte Stille, und ich wollte einfach nur in mich gehen und alles in mich aufnehmen.

Ich ging weiter und folgte dem kiesigen Fußweg,

der sich durch das Grün schlängelte. "Ich liebe diesen Ort jetzt schon", sagte ich und drehte mich, um Ash anzusehen. Etwas glitzerte in seinem Gesicht, sein Atem beschleunigte sich, sein Mund verzog sich zu einem schwindelerregenden Lächeln.

"Dieser Zufluchtsort wurde so gebaut, dass er den menschlichen Wäldern ähnelt", sagte er. "Es gibt keine natürlichen Wälder im Shadowburn-Reich, also wurde dies als Teil einer Studie zur Erforschung von Energien geschaffen, die wir aus menschlichen Pflanzen ziehen können."

"Das ist also der Garten, in dem alles angebaut wird?"

"Ja, aber nicht ganz."

"Das macht keinen Sinn", antwortete ich, als wir auf eine Lichtung kamen, die von hohen Tannen mit grünen Blättern umgeben war. Mir blieb der Mund offenstehen, als ich den See vor uns sah, der locker die Größe eines halben Fußballfeldes hatte.

Das kristallklare Wasser glitzerte in der Sonne, und die Brise ließ kleine Wellen an den Rand klatschen. Die Grashalme wuchsen in Grün-, Gold- und Rosatönen.

Ich konnte mich nicht zurückhalten, sondern rannte vorwärts, um das Wasser zu berühren und zu sehen, ob es echt war. Alles, was ich bis jetzt gesehen hatte, war heiß und trocken.

Als ich das Ufer des Sees erreichte, zog ich meine Sandalen aus und trat in das seichte Wasser am Ufer.

Kühles, klares Wasser rann zwischen meinen Zehen hindurch, bis zu den Knöcheln. Und ich lachte wie ein Kind. "Das ist unglaublich", rief ich Ash zu, der mit diesem sexy Schlendern, seinem zerzausten Haar und einem Lächeln, das ein Mädchen leicht vergessen lassen könnte, dass es entführt und in ein Monsterreich gebracht worden war, näherkam. "Ich kann gar nicht glauben, dass es so etwas in der Stadt gibt."

"Du kannst schwimmen gehen", bot er mir an, und ich brauchte es mir nicht zweimal sagen zu lassen. Die Wellen tanzten auf der klaren Oberfläche, und das kühle Wasser umspielte meine Beine und kühlte mich ab.

Ich stieg tiefer ins Wasser und hob mein Kleid bis zu den Knien.

"Du wirst dich ausziehen müssen", sagte Ash mit einem Lächeln im Gesicht. "Es ist verboten, mit Kleidung im See zu schwimmen."

Ich konnte nicht anders, als ihn auszulachen. "Ich weiß, dass du dir das nur ausdenkst." Es war ja nicht so, dass er mich nackt sehen konnte.

"Wenn du die Regeln brichst, zwingst du mich, dich zu bestrafen."

"Klar, natürlich wirst du das." Mir war klar, dass er von mir einen Vorwand erwartete, um mich für sich zu beanspruchen. Also grinste ich und zog mein Kleid hoch und über meinen Kopf, bevor ich es auf den Rasen warf. Hier draußen waren wir allein, soweit ich sehen konnte. "Gut, Problem gelöst." Ich wandte mich dem Wasser zu und tauchte in seine kühle Umarmung ein.

Die frühere Hitze tanzte von meinem Körper, und ich grinste, wie verrückt unter dem Wasser, weil es sich hier so unglaublich anfühlte. Wenn dieser Turm Creed gehörte, dann würde ich sicher so oft wie möglich hierherkommen.

Mein Kopf tauchte auf, ich blinzelte und öffnete die Augen, als ich Ash am Ufer des Sees stehen sah, der mich zu studieren schien.

"Es ist so perfekt. Ich könnte hier für immer bleiben." Ich schwamm über den See hinweg, weg von Ash. Als ich zurückblickte, konnte ich die Beule in seiner Hose nicht übersehen.

"Du bist spektakulär, wie dein kleiner Körper durch das Wasser gleitet. Ich möchte jetzt deinen Arsch ficken", gab er zu.

Ich schnaufte, dann lachte ich. Trotz seiner Schroffheit hatte er eine Art, meine Stimmung zu verbessern und mich sexy fühlen zu lassen. "Das glaube ich nicht."

Ich tauchte unter und schwamm über den sandigen Grund, weil ich dachte, dass vielleicht doch nicht alles in dieser Welt so düster war.

Als ich nach Luft schnappte, fand ich Ash in der Nähe des Weges im Gespräch mit Freddy, und das frühere Unbehagen kam wieder hoch. Ich konnte mir nur vorstellen, dass, worüber sie auch immer sprachen, es keine guten Nachrichten sein würden.

Wenige Augenblicke später schritt er mit einem Handtuch in der Hand in meine Richtung. "Es tut mir leid, kleiner Vogel. Aber ich muss dich zu unserem Turm zurückbringen. Creed braucht meine Hilfe."

Und schon verdüsterte sich meine gute Laune, auch wenn ich noch die kühle Umarmung des Wassers genoss, die nur von kurzer Dauer sein würde.

9

Das Blut von Gazen sickerte auf meine Hände.

Nicht viel brachte mich zum Würgen, aber ihr Dreck war wie Säure. Wenn man ihn zu lange auf der Haut ließ, begann er, das Fleisch bis auf die Knochen zu zerfressen. Ich hatte es am eigenen Leib erfahren. Frustriert seufzend marschierte ich ins Bad und schrubbte mir die Scheiße von den Händen.

Was mich am meisten ärgerte, war, dass man mich von Blake weggezerrt hatte und ich dadurch im Kampf abgelenkt worden war. Genauso wie es neulich passiert war.

Seit wir gehört hatten, dass Creed sie nach Wyld bringen würde, war ich ganz wild darauf, sie persönlich zu treffen. In den letzten Jahren hatte ich Nächte mit ihr verbracht, alles an ihr hatte sich mir eingeprägt ... und mich verzweifelt gemacht. Mein Körper und mein Schwanz sehnten sich nach ihr. Allein der Gedanke an sie ließ mich härter werden, während weitere Erinnerungen mich in dem überschwemmten Chaos versinken ließen, das sie in meinem Kopf verursachte. Ein Sturm von Wünschen und Gefühlen, den ich lange Zeit für mich behalten hatte.

Und mit ihr in Wyld hatte sich alles verändert, nicht wahr?

Das köstliche, rosahaarige Mädchen war jetzt für immer bei uns. Und ich würde mit den aufsteigenden Gefühlen fertig werden müssen, die mich beunruhigten. Ich sehnte mich danach, ihr die Welt zu bieten ... aber ich war schwer gebrochen.

Ich knurrte, weil sie sich so leicht in meine Gedanken einschlich, und als ich meine Jacke auszog, riss ich mich aus meinen Erinnerungen, denn ich wusste, dass ich mich nur selbst quälte.

Ich schob die Ärmel meines Hemdes bis zu den Ellbogen hoch und betrachtete die verheilten Narben, die wie Schlangen unter dem Stoff hervorlugten und meine Arme hinunterschlängelten.

Ein Schauer lief mir über den Rücken, eine vertraute Dunkelheit kroch über meine Haut.

Mit ihr kam ein wahnsinniges Lachen, das in meinem Kopf widerhallte, und *er* bewegte sich unter meiner Haut.

"Scheiße, nein, nicht du", knurrte ich leise. "Geh einfach weg, verdammt."

Ich hatte schon früh gemerkt, dass etwas mit mir *nicht stimmte*, aber es hatte ein paar Jahre gedauert, um zu erkennen, was es war. Ich hatte sieben Persönlichkeiten, eine verkorkster als die andere. Oder zumindest bezeichnete Creed sie als sieben verschiedene Persönlichkeiten. Vielleicht hatte er recht, vielleicht zog ich es aber auch vor, alle meine Gefühle getrennt zu halten. Um ehrlich zu sein, wusste ich es nicht, aber an manchen Tagen hatte ich das Gefühl, dass ich mich kaum zusammenreißen konnte, und das waren die Momente, in denen *er* zum Vorschein kam. Die stärkste meiner Stimmen. Die gewalttätigste und verdorbenste von allen.

Die Stille verschlang mich, und ich klammerte mich mit gesenktem Kopf und zitternd an den Rand des Waschbeckens.

Die Dunkelheit kroch über mich, je mehr ich die Narben auf meinen Armen betrachtete, und kam so schnell auf mich zu, dass ich die Erinnerungen an die Vergangenheit nicht aufhalten konnte, die mich erschütterten ...

Die Peitsche sauste wie ein Blitz über meinen Rücken.

Ich brüllte, der Schmerz war unerträglich und meine Haut riss auf. Ich knurrte bei jedem Schlag und hasste es, dass ich sie meine Qualen sehen ließ. Blut quoll unter meinem aufgeschnittenen Fleisch hervor und lief an meinem Körper hinunter.

"Du hast es versaut, nicht wahr?", knurrte mein Peini-ger. "Sie gehörte uns, und du hast sie uns genommen. Dafür werden wir dir das Leben nehmen."

Ein eisiger Schauer durchflutete mich, und ich riss den Kopf hoch, als mein Herz einen Ruck machte. Verzweifelt zerrte ich an den Fesseln, mit denen meine Arme an die Decke gekettet und meine Beine gefesselt waren.

Ich blinzelte mit meinem gesunden Auge - das andere war zugeschwollen und schmerzte zu sehr, um es zu öffnen.

Den bitteren Geruch meines Blutes und Schweißes einatmend, starrte ich in die unmögliche Dunkelheit auf meine Feinde.

Ungeheuer, die um mich herumschwirrten und meinen Tod herbeisehnten.

"Sie wird niemals euch gehören", krächzte ich. "Tötet mich, tut euer Bestes, aber jeder einzelne von euch wird verhungern."

Das hatte sie ausgelöst.

Und vielleicht wollte ich das auch, denn mein Ende war nah. Sie kamen mit Klauen und Zähnen auf mich zu. Die Peitsche leckte so heftig um meinen Hals, dass ich erstickte: "Tötet mich!"

Laut ausatmend schüttelte ich Seven und seine deprimierende Scheiße ab, die an mir klebte. Scheiße! Es war zu lange her, dass ich eine Show gemacht hatte ... zu lange für meinen Geschmack. Jetzt war ich an der Reihe, das Chaos zu beseitigen, das er ständig anrichtete.

Ich riss meinen Kopf vom Waschbecken hoch und betrachtete mein Spiegelbild. Violette Augen starrten zurück auf ein Gesicht, das hinter einer verdammten Maske verborgen war, die mein halbes Gesicht bedeckte. Die Kapuze warf Schatten über meine Augen.

Seven war ein gebrochener Bastard, der sich so sehr in seinen Qualen verlor, dass er sich im Dunkeln und hinter seiner Kleidung versteckte.

Das war völlig in Ordnung. Das war der Punkt, an dem ich ins Spiel kam.

Ich riss mir die Maske vom Gesicht, weil ich es

hasste, wenn er sie verdammt noch mal trug, und warf sie in die Spüle. Es gab keine Narben in seinem Gesicht, über die er sich selbst bemitleiden konnte. Ich zog mir auch die Kapuze vom Kopf, die Kühle war erfrischend. Das helle Haar hüpfte wild um mein Gesicht und fiel in zackigen Strähnen frei.

Ich warf meinen Kopf zurück, ein monströser Schrei entrang sich meiner Kehle, und knackte mit dem Rücken. Es war verdammt lange her, dass ich die Gelegenheit hatte, zum Spielen herauszukommen und meine Zähne zu wetzen.

Und ich hatte vor, die verlorene Zeit wieder aufzuholen. Ich riss mich von der Spüle los und marschierte auf den Flur hinaus, mit dem Ziel, unten im Feld auf die Jagd zu gehen. Es gab Regeln, an die ich mich zu halten versuchte, z. B. andere Monster in Wyld nicht zu töten, es sei denn, sie hatten es verdient. Nun ja, das mit dem "verdient" war eine Frage der Interpretation.

Unholde, die gesündigt hatten, wurden als Opfer auf das Feld geworfen. Sie hatten nur eine einzige Chance, zu entkommen. Wenn sie es auf dem Feld schafften, waren sie frei. Die Pechvögel schafften es nie, denn wenn sie einmal drin waren, konnte jeder, der sie erwischte, mit ihnen machen, was er wollte. So wurde es zu einer wilden Jagd, bei der jeder hungrig war, Blut zu vergießen.

Und es war schon verdammt lange her, dass eine Jagd eröffnet worden war. Ich hatte das Verlangen, mit meinen bloßen Zähnen durch Sehnen und Knochen zu hacken, das warme Rinnsal von Blut auf meinem Gesicht zu spüren.

Mit einem Grunzen stieß ich den Gang hinunter und machte mich auf den Weg zum Aufzug, um Creed und die anderen zu meiden. Sie machten mich nur wütend, als sie sich mir in den Weg stellten und darauf bestanden, mich zu begleiten. Irgendwas von wegen, sie würden mir nicht trauen ... Scheiß drauf.

Das hungrige Rauschen meines Bedürfnisses erfüllte meine Ohren.

Beim nächsten Einatmen strömte plötzlich etwas Süßes in meine Nasenlöcher, und ich hielt inne und sog erneut die Luft ein.

Ein süßes Gefühl machte sich in meiner Kehle breit, und mein Herz flatterte vor Aufregung. Sieh an, sieh an. Vielleicht wäre das doch eine viel bessere Ablenkung.

Ich drehte mich vom Aufzug weg und nahm den Gang zu meiner Rechten, verlängerte meine Schritte und bewegte mich schnell durch das Labyrinth der Gänge. Ich bog um eine Ecke und da stand sie.

Das hübsche Menschenmädchen. Eine Blume inmitten eines Feldes voller Unkraut.

Langes rosafarbenes Haar, das ihr über den Rücken fiel, geschwungene Hüften, die von ihrem schwarzen Kleid umspielt wurden und lange Beine, die dazu gemacht waren, gespreizt zu werden.

Sie stand am Ende des Flurs vor einer Topfpflanze, zupfte die Blätter von einem Stängel und stopfte sie sich in den Mund.

Ich musste würgen. Menschen konnten so ekelhaft sein und alles Mögliche essen. Hatte Creed sie so ausgehungert, dass sie sogar die Dekoration in unserem Haus fraß?

Ich sah zu, wie sie weitere Blätter abzupfte und die Hälfte der Pflanze ganz kahl wurde. Sie kaute hungrig darauf herum und gab sogar kleine stöhnende Laute von sich.

Begierde. Es trommelte in meinen Adern, und mein Schwanz wurde hart beim Anblick ihres Kleides, die Haare aus dem Gesicht gestrichen und die Wangen gerötet. Ich schlenderte um die Ecke und zog ihre Aufmerksamkeit auf mich.

Sie drehte sich schnell um, als ich in ihren Blickwinkel trat, und warf die wenigen Blätter in ihrer Hand zurück in die Topfpflanze. "Seven. Ich habe dich nicht gehört." Das leise Summen ihrer Stimme war Musik in meinen Ohren.

Ich war verzweifelt und wollte sie brechen, sie schreien hören, sie daran erinnern, dass sie mir nichts bedeutete. Seven musste sie aus seinem Kopf bekommen, denn das letzte Mal, als er auf sein Herz hörte, endeten wir in einer Situation, in der ich eingreifen und mich um seinen ganzen Mist kümmern musste.

Kräftige, kalkulierte Schritte brachten mich an ihre Seite. "Weißt du, ich kann dir noch mehr Salat bestellen, wenn du noch hungrig bist", bot ich an, musterte sie von oben bis unten und atmete den berauschenden Honigduft ein, der sie umgab.

"Oh, das hast du gesehen." Sie warf einen Blick auf die fast kahle Pflanze und dann wieder auf mich, wobei ihre Wangen noch mehr erröteten. "Ich weiß, es sieht schlimm aus, aber einer der Kellner im Turm hat mir gesagt, dass diese Blätter essbar sind, und hat die Pflanze hierhergestellt, falls ich einen Snack möchte. Natürlich dachte ich, er sei verrückt, aber dann", sie zuckte mit der Schulter, "beschloss ich, es zu versuchen. Und du wirst es nicht glauben. Es schmeckt wie Schokolade. Die dunkle, samtige Sorte, die ich am liebsten mag. Ich habe keine Ahnung, was das für eine Pflanze ist, aber ich brauche einen ganzen Wald davon. Stell dir vor, du isst Salat mit Schokoladengeschmack. Ich würde nie zunehmen."

Sie schwafelte herum, und ich verstand nur die Hälfte von dem, was sie sagte. "Du bist also ganz allein hier draußen?"

"Ich bin nicht weit von meinem Zimmer entfernt." Sie deutete mit dem Kinn auf die einige Meter entfernte Tür, bevor sie sich mir wieder zuwandte und ihren Blick über meine Gesichtszüge schweifen ließ. "Irgendwie gefällt mir dieser Look an dir, ohne Maske und Kapuze." Sie klimperte mit den Augen, und etwas in mir zog sich zusammen, mein Körper zog jeden Zentimeter von ihr an.

Je länger ich sie anstarrte, desto mehr Feuer loderte in mir auf.

Sevens Sehnsucht und Qualen ballten sich in meinem Bauch zusammen, und ein wildes Knurren grollte in meiner Brust. Denn wenn er nicht den Mumm hatte, es zu tun, dann würde ich dieses Menschenmädchen daran erinnern, warum Seven nicht an ihr interessiert war.

Dann würde er sich zusammenreißen und sich

einen Dreck darum scheren, was andere über sein Aussehen dachten. Geschweige denn sie ...

"Du musst zurück in dein Zimmer", sagte ich und gab ihr einen Ausweg. Niemand konnte sagen, ich wäre ein verdammter Mistkerl.

"Und wenn ich es nicht tue?" Hartnäckig und dumm, begegnete sie herausfordernd meinem Blick.

Ich grinste langsam über ihre Antwort. "Dann werde ich dich daran erinnern, warum du hier nicht sicher bist ... nicht einmal bei uns."

Sie kniff die Lippen zusammen und versteifte die Arme an ihrer Seite. "Ich sehe, du bist in *dieser* Stimmung."

Irgendetwas an ihrem Tonfall, oder vielleicht waren es die herablassenden Worte, veranlasste mich dazu, bevor ich mich versah, sie am Arm zu packen und sie in ihr Zimmer zu ziehen.

Sie zögerte und kämpfte gegen mich an. Ich musste zugeben, es hatte etwas Faszinierendes, wenn so ein kleines Ding, wie sie glaubte, sie hätte eine Chance gegen mich.

Ich war ausgehungert nach echter Angst, nach Nahrung. Im Handumdrehen hatte ich sie gegen das bodentiefe Fenster gepresst, ihr Gesicht gegen das Glas, meinen Unterleib gegen ihren Arsch.

"Lass mich los", knurrte sie.

"Das ist nicht das, was du wirklich willst, oder?", säuselte ich in ihr Ohr. "Du willst gefickt werden. Deshalb führst du dich so auf, nicht wahr, meine kleine Göre?"

Die Lust leckte über meinen Schwanz, das Urbedürfnis in mir war nicht das, was ich erwartet hatte. Ich schob es auf Seven, der unseren Körper mit dem ständigen Bedürfnis, sich von ihr zu ernähren, verdorben hatte. Mein Schwanz wurde schmerzhaft steif.

Sie erschauderte, als ich meine Erektion gegen sie presste.

Dass ich mich zu ihr hingezogen fühlte, war für mich eine Seltenheit, denn ich hungerte nach Blut, Krieg und Leid. Dennoch tobte die Hitze in mir. Ihr Körper wand sich gegen meinen, um zu entkommen, was mich nur noch härter machte.

Ich umschloss ihren Körper mit meinem, brachte meinen Geist zur Ruhe, schloss für einige Augenblicke die Augen, um mich zu erden. Um mich von diesem kleinen Menschen nicht ablenken zu lassen.

"Was willst du? Genährt werden?", fragte sie mit nervöser Belustigung.

Ich öffnete meine Augen und murmelte: "Dich an deinen Platz erinnern."

Sie drehte den Kopf, um mich anzusehen, und blickte mich aus diesen silbernen Augen an, in denen der Schrecken zu sehen war. "Ich habe keine Angst vor dir", sagte sie, doch sie zitterte, als ich nach ihrer Kehle griff und meine Krallen um ihren zarten Hals schloss.

Mit der anderen Hand riss ich ihr in einer wilden Bewegung das Kleid vom Leib, sodass sie völlig nackt und für jeden sichtbar ans Fenster gepresst war.

Sie keuchte und zitterte jetzt heftig. Ich genoss das Geräusch, ihr nacktes Fleisch brannte gegen meinen Körper.

"Hast du jetzt Angst?"

"Fick dich", schnauzte sie, und ich liebte das Feuer in ihrer Stimme.

"Sieh mal da draußen", sagte ich und zwang sie, nach draußen zu schauen. "Alles da draußen will dich töten. Alles in der Stadt will dich ficken. Du bist wirklich in einer schwierigen Lage, nicht wahr?"

"Und wo liegst du in dieser Gleichung?"

Ich schnalzte mit der Zunge, drückte mein Gesicht in ihr weiches Haar und atmete den süßen, verführerischen Duft ein. Meine Lippen spreizten sich, die Zähne spitzten sich. Wie leicht würde es sein, ihr in den Nacken zu kriechen, ihr den Atem zu rauben ...

Töte nicht, du Arschloch.

Scheiß auf Seven und die Erinnerungen an ihn, die mir ständig in den Kopf getrommelt wurden. Ich hatte es kapiert ... Der Mensch war unsere Retterin und doch war alles, wonach ich mich sehnte, ihr schlagendes Herz in meiner Hand zu halten. Ich schätzte, ich würde das Nächstbeste nehmen müssen ... ihre reife, saftige Muschi.

"Ich bin noch am Überlegen", flüsterte ich ihr ins Ohr, meine Hand glitt die Kurven ihres Körpers hinunter, die Haut wurde unter meiner Berührung seidig und bekam eine Gänsehaut. Ich konnte gut verstehen, warum die anderen in meinem Kopf sich nach diesem Leckerbissen sehnten. Sie war spektakulär.

"Also, was ist deine Geschichte?", fragte sie voller Mut, obwohl ihr Körper zitterte, als ich ihre Füße anstieß, um ihre Beine für mich zu spreizen und mein Knie zwischen sie zu schieben.

"Ich habe keine Geschichte", knurrte ich. "Aber das

werde ich nach dem heutigen Tag. Jetzt spreize deine Beine weiter für mich wie ein schmutziges kleines Mädchen."

Stattdessen presste sie ihre Beine fester gegen mein angewinkeltes Knie, das zwischen ihren Beinen einge-klemmt war. Aber egal, wie sehr sie sich wehrte, es war zu spät für sie. Vielleicht auch für mich ... Dieser berau-schende Duft von Sex durchflutete meine Nasenlöcher, und ich schmeckte ihn auf meiner Zunge, vernebelte mein Gehirn.

"Du bist ein Arschloch, weißt du das?", knurrte sie.

Ich zwinkerte. "Hör jetzt auf, dich zu winden."

"Und du kannst dich selbst ficken. Lass mich los."

Ich lachte, meine krallenbewehrte Hand fuhr die Länge ihrer Wirbelsäule und dieses perfekte weiße Fleisch hinunter und ließ sie keuchen. Ihr herrlicher Hintern ließ mich danach greifen und festzudrücken. Mit einem einzigen Gedanken verwandelten sich meine Krallen in Finger, weil Creed mich abschlachten würde, wenn ich Blake zu sehr ruinierte. Dann fuhr ich mit faden, langweiligen Fingern zwischen ihre Beine.

Sie spannte sich an, drückte sich gegen mich, und ich lachte. "Bemühe dich nicht."

Ihr angehaltener Atem erregte mich lächerlich, mein Herz klopfte heftig. Meine Finger glitten über den Saum ihrer tropfnassen Muschi.

Sie drückte sich an mich, ihr Atem ging schnell.

"Wie fühlt sich das an?"

Ich spreizte ihre geschwollenen Schamlippen. Trotz des protestierenden Stöhnens aus ihrer Kehle kniff ich mit zwei Fingern in ihre Klitoris.

Sie schmiegte sich an mich. "Wie die Hölle."

Ich gluckste. "Ich werde dir die Hölle heiß machen, wenn es das ist, was du willst." Ihr betörender Duft nach Sex machte mich verrückt. Ich musste spüren, wie sie in meinen Armen zuckte und schrie, während sie kam.

"Ich hasse dich." Ihre Stimme zitterte, während ihr Duft mich anspornte und drängte, und mein Schwanz zuckte vor Verlangen, in sie einzudringen und sie so hart zu ficken, dass sie mich nie vergessen würde.

„Gut" raspelte ich in ihr Ohr. "Hasse mich, während ich dich zum Abspritzen bringe, und ich füttere dich." Ihr Duft bombardierte meine Sinne, und ich drückte ihre Klitoris etwas fester, ihre Beine schauderten gegen mich, das gequälte Stöhnen in ihrer Kehle war ein wunderschöner Klang.

Ich konnte nicht anders ... Ich war sadistisch veranlagt. Aber ich liebte es, die widersprüchliche Erregung in ihrer Stimme zu hören. Als ich sie losließ, vergrub ich kurzerhand zwei Finger in ihrer engen Möse, und ihr halb schreiender, halb stöhnender Laut jagte mir köstliche Schauer über den Rücken. Sie war so perfekt, so reif für mich, so feucht, und sie wollte mich, obwohl sich ihr Körper gegen meinen wehrte.

Sie saugte sich an meinen Fingern fest und ich spürte, wie sie sich jedes Mal zusammenzog, wenn ich sie befingerte, um ihr die ersehnte Bestrafung zukommen zu lassen.

Ich verlor mich in der Lust, die sie in mir weckte, beobachtete jedes Zucken, jede Bewegung, die sie machte, und wusste, dass sie immer näher an den Rand ihres Orgasmus kam. Der quälende Schmerz in meinen Eiern, in ihr abzuspritzen, brachte mich zum Brennen.

Zu sagen, dass ich hin- und hergerissen war, wäre eine Untertreibung. Was sollte ich mit so einem wunderschönen Mädchen mit einer klatschnassen Muschi machen, die an meinen Fingern saugte?

Scheiß auf sie.

Sie sollte sich nach mehr sehnen und mich anflehen.

Ich lachte fast über mich selbst bei dem Gedanken, denn es war klar, dass ich nicht weggehen konnte, bis ich ihre Muschi gefickt hatte. Bis sie auf meinem Schwanz explodierte.

Sie drückte ihre Hände an das Fenster, ihr kleiner Körper zitterte vor Verlangen. Als sie nicht reagierte, packte ich sie an den Haaren und zerrte ihren Kopf kräftig nach hinten, ihre Schreie erfüllten den Raum. Sie ließen meinen Schwanz pochen.

"Nichts auf dieser Welt ist so, wie es scheint, meine Blume. Und ich schon gar nicht, also mach dir nicht zu große Hoffnungen."

"Ich weiß genau, mit wem ich es zu tun habe", stöhnte sie und ihr Körper bebte, weil ich sie so hart befingert hatte. "Und ich verliebe mich nicht in Monster ..." Ihre Worte verwandelten sich in einen Schrei.

"Du machst dir etwas vor, wenn du glaubst, dass du hier Liebe findest. Wir sind alle verdrehte Arschlöcher, zu kaputt, um solche Gefühle zu empfinden. Aber Sex ... nun, den werden wir genießen und ihn dir immer wieder nehmen." Ich knurrte, als ich merkte, wie gut sie sich anfühlte. "Du bist so eng. Ich kann es nicht erwarten, dass du meinen Schwanz erwürgst."

Ihre Schreie waren wunderschön, erfüllten meine Ohren und verwandelten sich in einen Schrei der Schönheit. Ihre Muschi krampfte sich plötzlich hart um meine Finger, als sie unter der Last ihres Orgasmus zerbrach. Die geile kleine Schlampe brauchte das, nicht wahr?

Wie sie sich wand war spektakulär, ihr Körper zuckte, und ich ließ ihr die Zeit, die Erlösung zu genießen, während ich mit meinen freien Fingern weiter ihre Klitoris rieb.

Hitze erfüllte jeden Zentimeter meines Körpers, und ich verschlang die Mahlzeit, die sie mir anbot, wohl wissend, dass dies nur eine Kostprobe dessen war, was noch kommen würde.

"Gutes Mädchen. Schrei für mich. Lutsche an meinen Fingern mit dieser perfekten kleinen Fotze."

Sie war umwerfend und wölbte ihren Rücken, als sie sich über meiner Hand entblätterte.

Ich studierte jeden Zentimeter ihrer Körperreaktion, jedes kleine Stöhnen, das sie von sich gab. Als sie sich schließlich beruhigte und nach Luft schnappte, flüsterte ich: "Wie fühlst du dich, Blake?"

Die Antwort blieb aus, und sie blieb an das Fenster gepresst und gab leise Laute von sich.

Ich zog meine Finger aus ihrem süßen Loch, und sie stieß einen spitzen Schrei aus, als ich sie zwischen mir und dem Fenster festhielt, meine Finger in meinen Mund steckte und sie sauber leckte. Ihr Moschusgeruch verschlang mich, und ich erschauderte, wie unglaublich sie auf meiner Zunge schmeckte.

"Lass mich los", krächzte sie.

"Ich bin noch lange nicht fertig mit dir." Ich drehte sie an den Schultern, damit sie mich ansah, denn ich wollte ihr in die Augen sehen, wenn ich sie fickte.

Aber sie sank auf die Knie, als würden sie nachgeben, und ihr Gesichtsausdruck war von so schönem Schmerz geprägt.

Eine Träne kullerte über ihre Wange, gefolgt von einem leisen Schluchzen, während hinter ihren markanten Augen die Wut brannte.

Und ohne zu zögern, überkam mich etwas, das sich wie Schuld anfühlte.

Nein, das war nicht ich.

Etwas Schweres kratzte in meinem Kopf und riss mich von ihr weg. So schnell wie ich versuchte, das Bild meiner kleinen Blume festzuhalten, zog die Dunkelheit über meine Gedanken und raubte mir den Atem.

Du Bastard, Seven ... nicht jetzt.

Und einfach so wurde meine Welt schwarz.

Ich riss den Kopf hoch, und das Verschwimmen des Raumes und *sein* Verschwinden kamen schnell. Ich stolperte zurück und blinzelte beim Anblick von Blake, die vor mir stand und deren erregter Duft mich umhüllte.

Eine Hand auf dem Bauch, mit der anderen die Tränen wegwischend, die Schultern nach vorne gekrümmt wie ein verwundetes Tier.

So zerbrechlich. So unschuldig.

Verwüstung zerrte an meiner Seele. Ihr Anblick raubte mir das Herz und den Atem.

Mein Inneres wurde durch das, was *er* getan hatte, in zwei Hälften geteilt, meine Brust zersplitterte.

"Blake", wimmerte ich und wich zurück, als sie sich von mir wegbewegte. Diese eine Bewegung riss mich in Stücke, und ich wich zurück, weil ich wusste, dass der Schaden schon angerichtet war. "Es tut mir so verdammt leid."

Ich konnte es nicht ertragen, wie sie mich hasserfüllt anstarrte. Schaudernd wandte ich mich von ihr ab und stürmte aus ihrem Zimmer, weil ich wusste, dass *er* *es* mir diesmal wirklich vermasselt hatte.

10

BLAKE

"*Ich liebe dich. Ich weiß nicht, warum ich das nie gesagt habe*", murmelte Steele, als er sich vorbeugte und seine Lippen auf die meinen presste. In meinem Inneren schlugen Funken. Er liebte mich? Und ... hatte er mich gerade geküsst?

Es war offiziell. Ich war gestorben und in den Himmel gekommen.

"*Ich komme und hole dich. Es tut mir so leid, dass ich das zugelassen habe.*"

"*Holst du mich hier weg?*", murmelte ich, während mir die Worte, die gerade aus seinem Mund kamen, durch den Kopf gingen. Ich sah mich im Zimmer um und versuchte, mich zu orientieren. Ich befand mich immer noch in meinem Zimmer im Turm, aber alles hatte eine dunstige Aura, als würde ein leichter Nebel durch die Luft schweben.

Bevor ich näher darüber nachdenken konnte, was er sagte, berührten seine Lippen wieder die meinen. Der Kuss blieb sanft, und er zog sich zurück, um mir in die Augen zu sehen, seine unwirklichen, eisblauen Augen hielten mich gefangen.

Er musste die Sehnsucht in meinem Blick gesehen haben, denn sein nächster Kuss war tiefer ... fordernd. Seine Zunge glitt in meinen Mund, und ich konnte seinen Hunger nach mir schmecken.

Ich hatte mir stundenlang ausgemalt, wie sein Kuss wohl sein würde, wenn es soweit war. Aber das ... das war eine Million Mal besser, als ich es mir je hätte vorstellen können.

Ich war augenblicklich tropfnass.

Diese Hände, die ich während meiner Sitzungen mit ihm angestarrt hatte, begannen über meine Hüften und Oberschenkel zu wandern, und drückten zu, während er weitermachte. Ich stöhnte auf, als sie zu meinem Hintern glitten und er meine Backen umfasste.

"Scheiße. Du bist verdammt perfekt. Ein Engel, der geschickt wurde, um mich zu quälen", knurrte er, während seine Hände unter das hauchdünne Nachthemd glitten, das ich vor dem Schlafengehen angezogen hatte, und begannen, es über meine Haut zu schieben.

Da war etwas, das sich in mein Bewusstsein schieben wollte, aber ich konnte es nicht ganz fassen. Und als seine Hände meine Beine entlang strichen, dann meine Oberschenkel hinauf und dann zu meinen Hüften, flogen alle Gedanken davon.

Er stöhnte auf, als meine Unterwäsche zum Vorschein kam, das geilste Stöhnen, das ich je gehört hatte. Ich beobachtete, wie sich seine Pupillen weiteten und sich seine Nasenlöcher aufblähten, während er wie gebannt auf den feuchten Fleck auf meinem Slip starrte, von dem ich wusste, dass er dort war.

"Du bist das geilste Ding, das ich je gesehen habe", säuselte er, und ich errötete unter seinem Lob und wollte mehr davon. So viel, wie ich bekommen konnte.

Er legte mich sanft hin, und ich zitterte in Erwartung dessen, was jetzt kommen würde. Steele lehnte sich zwischen meine Beine und biss sanft in einen meiner Innenschenkel, dann in den anderen. Ich verkrampfte mich, als er einen langen Moment innehielt, bevor er sein Gesicht in meiner Unterwäsche vergrub und einen langen Atemzug nahm.

"Fuck", säuselte er, und ein leises Keuchen entrang sich meiner Kehle.

Abrupt zog er sich zurück, dann griff er in den Stoff meines Nachthemdes und riss es auf.

"Ich dachte, ich hätte Zeit. Ich dachte, ich könnte dir sagen, wie sehr du meine ganze verdammte Welt bist", sagte er mit heiserer Stimme, während sein Blick ehrfürchtig an meinem Körper auf und ab fuhr. "Ich werde es nie wieder mit uns versauen."

Seine Hände griffen nach meinen Hüften und er zog mich in seinen Schoß, sein hartes Glied glitt zwischen meine Beine und schmiegte sich zwischen meine Falten, so perfekt, als wäre er für mich gemacht worden. Mein Kopf fiel zurück, als er anfing, mich langsam gegen seine Länge zu reiben ... seine riesige Länge. Als er den Rhythmus gefunden hatte und meine Hüften sich synchron mit ihm bewegten, verließ eine seiner Hände meine Hüfte und ergriff mein Haar mit der Faust, um meinen Kopf anzuheben, damit ich ihn wieder ansehen konnte. Er stieß gegen mich, seine Hose und meine Unterwäsche und tat nichts, um die Welle der Lust zu stoppen, die jedes Mal durch meinen Körper strömte, wenn wir uns gegeneinander bewegten.

Steele biss sich auf die Unterlippe, und allein bei seinem Anblick hätte ich kommen können, auch wenn er meinen Kitzler nicht perfekt getroffen hätte. Er zog mich sanft an den Haaren und drehte mich nach hinten, sodass meine nackten Brüste wie eine Opfergabe nach vorne geschoben wurden. Er knurrte, als sich seine Lippen erst auf die eine und dann auf die andere Brustwarze legten, und die Wärme seines Mundes leckte an meinen Spitzen, bis ich fast schluchzte und an seinen Haaren zog, während ich ihn an mich drückte.

"Ich habe von diesen verdammten Titten geträumt." Er saugte grob an jeder Einzelnen, bevor er wieder zu meinem Mund zurückkehrte. "Du machst meine Hose nass, Süße", murmelte Steele, als eine seiner Hände zwischen unsere Körper wanderte und er begann, durch mein klatschnasses Höschen hindurch leichte Kreise auf meinem Kitzler zu reiben.

"Bitte", keuchte ich. Er lachte in einem sexy, rauen Ton, der ausreichte, um mich über den Rand fliegen zu lassen, und mein Orgasmus durchfuhr mich, bis ich ein schluchzendes, sich windendes Chaos war ... das es nicht erwarten konnte, mehr zu bekommen.

"Ja. Scheiße. Nichts ist sexier. Es gibt nichts Besseres als die süßen Geräusche, wenn du kommst", knurrte er, während er mich von sich schob und sich dann in seiner Eile, wieder zu mir zu kommen, praktisch die Hose vom Leib riss.

Er forderte verzweifelt meine Lippen, während er meine Unterwäsche packte und sie mir vom Leib riss.

Meine Aufmerksamkeit war jedoch auf seinen Schwanz gerichtet.

War er ... geriffelt und grau? Ich blinzelte und es war wieder ein normaler menschlicher Schwanz, wenn auch ein riesiger, der mehr als perfekt war, genau wie er.

Steele hob mich aggressiv hoch und zog meine Knie auseinander, bis ich über ihm gespreizt war.

"Sag mir, dass du das willst", befahl er, und ich konnte nur wimmern, um zu antworten.

Ohne ein weiteres Wort drückte er mich auf sich und spießte mich mit seinem Schwanz auf, der so lang war, dass ich hätte schwören können, dass er an meinen Gebärmutterhals stieß.

Er hielt mich einen langen Moment lang still, sein Gesicht sah fast schmerzhaft aus.

"Steele?", fragte ich verzweifelt und wollte, dass er sich bewegte, bevor ich den Verstand verlor. Als er die Augen öffnete, zuckte ich zusammen, als ich in Augen blickte, die völlig von glühendem Eisblau eingenommen worden waren, keine Spur von dem Weiß oder Schwarz seiner Pupillen. Er blinzelte erneut, und seine Augen waren wieder normal.

Das Gefühl, dass ich auf irgendetwas achten musste, kehrte mit Macht zurück. Mein Verstand hatte jedoch Schwierigkeiten zu verstehen, was vor sich ging. Es fühlte sich an, als würde ich halluzinieren.

"Du bist so verdammt feucht", flüsterte er und seine Lippen berührten meine.

Er hob mich abrupt hoch und stieß dann erneut in mich hinein. Seine Stöße wurden schneller, und ich warf meine Arme um seinen Hals, aus meinem Mund kamen fast unmenschliche Laute.

"Das ist perfekt. Du bist perfekt", stöhnte er. Als ich anfing, mich auf seinem Schwanz auf und ab zubewegen, wanderten seine Hände zu meinen Brüsten, kneteten sanft meine Brustwarzen und zerrten an ihnen. Ich fing an, ihn härter zu reiten, und genoss es, wie vollkommen voll ich mich fühlte. Ich konnte immer noch nicht glauben, dass dies mit ihm geschah.

Wieder hämmerte etwas gegen mein Gehirn, aber dann gab er ein köstliches, bedürftiges Geräusch von sich, und ich war wieder ganz in diesem Moment. Er küsste und leckte über meine Lippen, unsere Atemzüge verschmolzen miteinander. Alles war eine Reizüberflutung - das Geräusch unserer Haut, die aneinander klatschte, sein berauschender Geruch, die kleinen Stöhner, die aus uns beiden kamen.

"Ich. Liebe. Dich. Verdammt", knurrte er, und ein Glücksgefühl, wie ich es nie für möglich gehalten hätte, strömte auf meine Haut.

Doch dann begann etwas zu geschehen. Vor meinen Augen umhüllten uns schwarze Rauchschwaden, und das eisige Blau seiner Augen nahm das Weiß und Schwarz wieder vollständig ein. Der tiefschwarze Nebel strich sanft über meine Haut, als Steele seine Gestalt veränderte. Seine ohnehin schon perfekten Muskeln wurden irgendwie noch definierter und seine hellbraune Haut verwandelte sich in ein dunkles Grau. Es war, als wäre sein ganzer Körper in den rauchfarbenen Nebel gehüllt worden. Ich schrie auf, als mich in diesem Moment ein Orgasmus überkam, denn seine Erscheinung und die ungeheuren, lustvollen Empfindungen, die meinen Körper durchströmten, ließen mich völlig verwirrt zurück.

"Steele, was ist los?" Ich keuchte, aber als ich wieder

blinzelte, war er wieder normal. Es sagte viel darüber aus, wie sehr ich in diesem Moment gefangen war, dass ich weiterhin auf ihm hüpfte - entweder das, oder ich hatte einfach genug Erfahrung mit jenseitigen Kreaturen, dass mich der Anblick zu diesem Zeitpunkt noch mehr erregte. Sein Schwanz spannte mich weit auf, während seine Gestalt zwischen dem mit schwarzem Nebel überzogenen grauen Wesen und seiner vertrauten, normalen Form hin- und her flimmerte.

"Ich komme zu dir, mein Schatz", murmelte er und ich schien gar nicht zu wissen, was ich da sah.

Plötzlich hüllten mich die Nebelschwaden ein und hinderten mich daran, mich irgendwie zu bewegen.

"Ich bin dran", murmelte er gegen meine Haut, während er anfing, in mich zu stoßen und jeden Lustpunkt meines Körpers zu bearbeiten.

"Hör nicht auf", flehte ich, als seine Gestalt aufhörte, sich zu verändern, und ich seine schöne, dunkelgraue Gestalt vor mir sah.

"Du zerdrückst meinen Schwanz. So eine gierige Muschi. So verdammt eng. Du bist so ein gutes Mädchen", knurrte er, und ich errötete wieder unter seinem Lob. "Du lässt dich von mir so gut ficken. Du bist so verdammt heiß", hauchte er, während seine Finger in meine Nippel zwickten und ich durch den Nebel, der uns beide einhüllte, perfekt in Position gehalten wurde.

"Du melkst meinen Schwanz, Schätzchen. So ein verdammt gutes Mädchen."

Seine Worte ... und alles, was er sonst noch tat, tat er für mich, und ich schrie, als der stärkste Orgasmus, den ich je erlebt hatte, durch meinen Körper schoss. Fast gleichzeitig

spürte ich die Hitze von ihm in mir, die mich bis zum Über-
laufen mit seinem Sperma füllte, und es tropfte wieder
heraus und an meinen Schenkeln und seinem Schwanz
herunter.

Er stieß noch ein paar Mal zu, bevor er langsamer
wurde und schließlich seine Stirn gegen meine lehnte.

"Ich komme und hole dich, Blake. Warte auf mich", flüs-
terte er.

Und dann war er weg.

Ich setzte mich keuchend auf, meine Brust hob
sich, als ich aus meinem Traum erwachte. Verzweifelt
suchte ich die Schatten meines Zimmers ab, denn ein
Teil von mir war sich sicher, dass er dort sein würde.

Steeles glühend blaue Augen verfolgten meine
Gedanken. Der Nebel. Die dunkelgraue Färbung seiner
Haut. Die Art, wie er plötzlich gewachsen war. Das
hatte ich mir doch nur eingebildet, oder? Mein krankes
Verlangen nach Monstern, das ich jahrelang von Creed
und den anderen in meinen Träumen programmiert
hatte, hatte sich mit meinem Verlangen nach Steele
vereint. Mehr war es nicht. Ich griff nach meinem
Nachthemd und stellte fest, dass ich noch vollständig
angezogen war.

Meine Haut war schweißnass und mein Haar klebte
im Nacken.

Und es pochte zwischen meinen Beinen.

Wie alle meine Träume mit den Monstern war auch
dieser Traum so real gewesen.

Aber ich konnte mich nicht mit dem Gedanken
anfreunden, dass Steele ... einer von ihnen sein könnte.

Ein Luftzug strich über meine Haut, und ich fröstelte, als ich sah, dass das Fenster zu meinem Zimmer offenstand. Wer hatte es geöffnet? Ich sah mich noch einmal in meinem Zimmer um, und erwartete fast, dass sich in den schattigen Ecken jemand versteckte, aber es war niemand da.

Draußen war es dunkel, aber die Dunkelheit hier war ein dunkles, brennendes Rot, das ganz anders aussah, als ich es gewohnt war.

Wem wollte ich etwas vormachen? Alles sah völlig anders aus, als ich es gewohnt war. Ich hatte Blätter von einer beliebigen Pflanze gegessen. Ich hatte regelmäßig mit einer gallertartigen, schneckenartigen Kreatur mit haifischartigen Zähnen zu tun. Die Wachen waren Spinnenmonster.

Die Sexträume mit monströsen Kreaturen waren so ziemlich das Einzige, was mit meinem alten Leben übereinstimmte. Ein hysterisches Lachen entschlüpfte meinen Lippen, und ich holte tief Luft und versuchte, mich zu beherrschen.

Ich schlüpfte aus dem Bett und ging langsam zum leicht geöffneten Fenster, um auf die Stadt herabzuschauen, die man sehen konnte, wenn man den Kopf aus dem Fenster streckte. Es überraschte mich überhaupt nicht, dass die Stadt viel lebendiger aussah als zuvor. Warum sollten die Monster nachts nicht herauskommen? Hatten sie überhaupt geschlafen? Ich meine, die Gruselgeschichten von Monstern, die nachts auftauchten, mussten doch irgendwo herkommen, oder? Und die besondere Gruppe von Monstern in meinem Leben hatte sich ganz sicher auf die Nacht konzentriert.

Ich notierte mir, dass ich einen von ihnen später fragen würde. Von einer der Brücken unten ertönte ein lauter Schrei, und ich lehnte mich weiter aus dem Fenster, um zu sehen, was los war. Ein Schwarm von Monstern hatte sich versammelt. Und sie schienen zu … tanzen? Vielleicht war das so eine Sache.

Plötzlich flog eine dinosaurierähnliche Kreatur vor mein Fenster, die mit ihren Flügeln durch die Luft schlug und die Fensterbank und das Glas erschütterte. Es schwebte nur wenige Zentimeter von mir entfernt, und ich stolperte zurück. Ein Schrei blieb mir im Hals stecken, während ich mit großen Augen auf die Kreatur starrte, in der Erwartung, dass sie durch die Öffnung springen würde.

Ich schlich mich zurück zum Fenster, um es zu schließen, während ich nach fliegenden Kreaturen Ausschau hielt.

Aber ich konnte das Fenster überhaupt nicht bewegen.

Ich wollte im Moment nicht allein in diesem Raum sein. Ich biss mir auf die Lippe und warf einen Blick zur Tür, um zu sehen, ob eines meiner Monster zu sehen war.

Meine Ungeheuer. Jedes Mal, wenn ich daran dachte, zog ich eine Lobotomie in Betracht. Vor allem nach dem, was Seven … oder einer von Sevens Dämonen, mir angetan hatte.

Außer, dass es dir gefallen hatte.

Ich versuchte, diesen Gedanken zu ignorieren, aber dann musste ich natürlich wieder an Steeles mysteriöse Erscheinung denken. Und als ich zum Bett hinüberschaute und das geflügelte Biest sah, das mich von der Wand aus bedrohlich anstarrte, beschloss ich, es zu riskieren und mein Zimmer zu verlassen, um zu sehen, ob Ash oder Creed da draußen waren. Mein Bedürfnis nach Ablenkung und geschlossenen Fenstern überwog in diesem Moment alles andere.

Ich öffnete die Tür und spähte in den Flur hinaus. Die Beleuchtung war gedämpft, aber sie vermittelte keine unheimliche Spukhausatmosphäre. Das war wohl ein Pluspunkt. Das rötliche Licht der Nacht fiel durch die gläserne Kuppeldecke des Flurs und tauchte alles in Rottöne.

Und es war sehr ruhig.

Ich ging den Flur entlang in die Richtung, in der ich zuvor gewesen zu sein glaubte, ohne jemanden zu sehen. Ich wandte mich nach links und sah, dass die Fenster, die diesen Flur säumten, alle geöffnet waren und eine leichte Brise durch die Öffnungen wehte.

Ich begann, den Flur hinunterzuschleichen, wobei ich meinen Kopf wie eine Verrückte drehte, um nach den Kreaturen Ausschau zu halten. Eine von ihnen sauste am offenen Fenster vorbei, und dieses Mal schrie ich richtig auf.

Ein dunkles Kichern kam von hinten, und ich wirbelte herum, wobei mein Herz in meiner Brust pochte.

Es war Tempest, überraschenderweise nicht in seiner Monsterform. Das war auch gut so, denn ich hätte nicht gedacht, dass ich diese Art von Schrecken zusätzlich zu den herumfliegenden Vogel-/Dinosauriermonstern ertragen konnte.

Ich war noch nie mit ihm allein gewesen, weder in meinen Träumen noch zu irgendeinem Zeitpunkt, seit ich hierhergekommen war. Ich bewegte mich unruhig, weil es mir unangenehm war, dass es gerade jetzt geschah.

"Kein Fan von Avis?", kicherte er wieder und kam langsam auf mich zu, wie ein Raubtier auf der Pirsch nach seiner Beute. Obwohl ich wusste, dass ich das nicht sollte, machte ich einen Schritt zurück und bereute meine Entscheidung, mein Zimmer zu verlassen, um mit diesem Mann zusammen zu sein.

Tempest war mehr als heiß, und der Sex mit ihm war ... unglaublich gewesen. Aber von allen Monstern war er der egoistischste. Jedes Mal, wenn wir uns berührten, hatte ich das Gefühl, er würde mir etwas wegnehmen.

"Meine erste Begegnung mit dir war, als ich sah, wie sich ein Vogel einen von euch schnappte und davonflog", antwortete ich steif und versuchte, die Angst aus meiner Stimme herauszuhalten, während er weiter auf mich zukam.

"Sie haben die Angewohnheit, das zu tun", kommentierte er, seine smaragdgrünen Augen bohrten sich in mich und schienen in der schwachen Beleuchtung zu leuchten. Während er ging, begann er sich zu verändern, seine Augen wurden zu dunklen Schlitzen, sein Körper wuchs, bis er mindestens einen Meter größer war als seine andere Gestalt, und seine messerscharfen Zähne und Hörner traten hervor. Sein Körper verlängerte sich zu Schatten, und Teile von ihm ragten in den Korridor hinter ihm.

Ich biss mir auf die Wange, um nicht aufzuschreien. "Die Avis sind nichts im Vergleich zu den Kreaturen, die den Palast heimsuchen, Blake", säuselte er und seine Stimme klang wie ein Zischen, als er sich vollständig in sein Monster verwandelte.

Anders als bei den anderen, bei denen die Lust und die Angst, die ich empfand, wenn ich sie in ihrer Monsterform sah, Hand in Hand gingen - alles, was ich jetzt fühlte, war Angst.

Ein weiterer Avis flog vorbei, und dieses Mal zuckte ich nicht einmal zusammen. Meine ganze Aufmerksamkeit war auf Tempest gerichtet.

Ich ging noch einen Schritt weiter und hatte mich dann behauptet, in der Hoffnung, dass eine Demonstration von Stärke ihn dazu bringen würde, den Machttrip, auf dem er gerade war, zu beenden.

Leider hatte ich nichts bewirkt.

"Angst und Erregung - meine Lieblingskombination", sagte er, als er sich mir endlich bis auf wenige Zentimeter genähert hatte und seine Gestalt, die meine überragte. Eine lange Zunge glitt aus seinem lächelnden Mund mit den Reißzähnen. Ich vermutete, dass er lächelte. Sein skelettartiges Aussehen machte es schwer, das zu erkennen. Seine Zunge streifte meine Wange, und es kostete mich alles, nicht zusammenzuzucken. Ein rasselndes Geräusch kam aus seiner Brust, ein makabrer Soundtrack, der mein Herz zum Rasen brachte.

Seine geschlitzten Nasenlöcher weiteten sich, und wenn ich seine Augen deutlicher hätte sehen können, wäre ich mir sicher gewesen, dass sie vor Ekstase zurückgerollt waren.

"Ich glaube, ich gehe jetzt zurück in mein Zimmer", murmelte ich, als seine Zunge begann, sich um meinen Hals zu wickeln.

"Ich hatte noch keine Gelegenheit, mit dir zu spielen, kleine Blake. Du willst mich doch jetzt nicht ausschließen, oder?"

Seine Zunge legte sich um meinen Hals, und ich keuchte, als es mir schwerfiel, zu atmen.

"Wir haben in unserem Spiel noch nie Ersticken ausprobiert, oder?", fragte er seidenweich. "Jetzt scheint ein guter Zeitpunkt dafür zu sein."

Ich stand da und starrte in seine schlangenähnlichen Augen, während seine Zunge sich weiter zusammenzog und meine Sicht an den Rändern verdunkelte. Ich begann, der Bewusstlosigkeit entgegenzufallen - das Letzte, was ich in dieser Situation wollte.

Ich griff nach oben und packte seine seilartige Zunge, aber sie war viel steifer und härter, als ich angenommen hatte, und es fühlte sich an, als würde ich an einer Eisenkette ziehen. Als ich meinen Mund öffnete, um nach Hilfe zu schreien, war alles, was herauskam, ein Keuchen, als mir der letzte Sauerstoff entglitt.

"Tempest!" Creeds Stimme schallte durch den Flur, und sofort löste sich Tempests Zunge und glitt von mir herunter ... kurz bevor ich ohnmächtig wurde. Meine Hände schlossen sich um meine Kehle, und ich stolperte rückwärts und schnappte nach Luft, als Creed in Sicht kam, seine roten Augen kochten vor Wut.

Tempest trat zur Seite und lehnte sich lässig gegen

einen der Pfeiler zwischen den Fenstern, als hätte er mich nicht gerade gewürgt.

Creed warf ihm einen finsteren Blick zu, als sich sein Schwanz um meine Taille schlang und mich aufrecht hielt, kurz bevor ich zusammenbrechen konnte.

Mein Atem kam weiterhin in schockierten Atemzügen, während sich die Welt um mich herumdrehte. Creeds Zähne und Krallen wurden länger, als er Tempest anstarrte.

"Was zum Teufel hast du gemacht?" Creed knurrte.

Tempest gähnte, als hätte Creed gerade nach dem Wetter gefragt. "Nur eine kleine Spielstunde. Du bist nicht der Einzige, der ein bisschen Spaß haben darf. Du hast doch gesagt, sie gehöre uns, nicht wahr?", forderte er.

Ich spottete. Ich hatte aus meinen Träumen gelernt, dass ich auf perversen Scheiß stand. Aber das ... das war nicht pervers oder sexy oder sonst irgendwie lustig gemeint gewesen. Das war erschreckend gewesen.

Creed hob mich mit seinem Schwanz an und drückte mich sanft gegen die Wand, damit ich etwas zum Anlehnen hatte, bevor er ihn von mir löste und sich in Richtung Tempest schlich.

Tempests Augen leuchteten, als er ihn beobachtete, und die Dunkelheit, die ihn umgab, wurde immer größer, um mit Creeds großer Gestalt Schritt zu halten.

"Damit das klar ist: Wenn ich so etwas noch einmal sehe, wirst du rausgeworfen", sagte Creed mit gefährlich sanfter Stimme.

Tempests Blick weitete sich vor Überraschung ... und dann vor Wut. "So ist das also, Bruder?"

"Genauso ist es", antwortete Creed, bevor er nach einem von Tempests Hörnern griff und es in Stücke brach.

Creed drehte sich um und stürmte auf mich zu, ohne Tempest einen weiteren Blick zu schenken, während dessen Schmerzensschreie um uns herum widerhallten.

"Komm her, Kleines", krächzte Creed, als er mich von der Stelle aufhob, an der ich mich an die Wand gekauert hatte, und mich in seine Arme schloss, während wir in die entgegengesetzte Richtung von Tempest gingen.

"Du hast sein Horn zerbrochen", flüsterte ich und starrte schockiert auf Tempest, den ich über Creeds Schulter beobachtete. Tempests krallenartige Finger waren zu Fäusten geballt und sein ganzer Körper zitterte. Er knurrte furchterregend, bevor er in die entgegengesetzte Richtung stakste.

"Es wird nachwachsen. Tempest ... muss nur manchmal in seine Schranken gewiesen werden. Er ist kompliziert. Er meint es nicht böse", sagte Creed ruhig. Creeds Krallen strichen sanft durch mein Haar, während er mich festhielt, und ich konnte nicht anders, als verdammt noch mal zu schnurren, wie gut sich das anfühlte. Mein ganzer Körper entspannte sich, trotz des Traumas, das ich gerade durchgemacht hatte, und der Tatsache, dass ich mir nicht sicher war, ob Tempest mir nichts Böses wollte.

Wir kamen an die Schwelle eines Raumes, den ich

noch nie zuvor betreten hatte, und mir wurde schnell klar, dass dies Creeds Privatgemächer sein mussten. Die gesamte hintere Wand war aus Glas und gab den Blick auf die Stadt frei. In der Mitte des Raumes stand ein großes Bett mit schwarzer Seidenbettwäsche, und die Steinwände hatten die Farbe von Obsidian.

"Ich schätze, das beantwortet meine Frage, ob Monster tatsächlich schlafen", murmelte ich, als er zum Bett schritt und mich sanft auf die weiche Matratze setzte.

"Sehr selten, mein Liebling", antwortete er, während er weiter durch mein Haar strich und ein leises Knurren von seiner Brust ausging, das mich wie ein beruhigendes Schlaflied einlullte.

"Ich glaube, wir sollten das Würgen von meiner Liste der Sexsachen streichen", sagte ich schläfrig, während ich langsam ins Traumland abdriftete.

Creeds leises, sexy Lachen hatte mich in einen tiefen Schlaf versetzt.

"Fuck, fuck, fuck, fuck", knurrte ich, als die Alarmanlage ertönte, gerade als ich die Schwelle meines Hauses erreicht hatte. *Du willst mich wohl verarschen.* In den letzten Tagen hatte es ständig geklingelt, und es gab mehr Angriffe auf die Wände als je zuvor.

Aber der Alarm war nicht gut. Der Alarm bedeutete, dass es einer der Scheißer irgendwie geschafft hatte, hineinzukommen - was angesichts der Lava, auf der unsere Stadt gebaut war, fast unmöglich war. Das bedeutete, dass jemand etwas durch die Tore gelassen hatte.

Kopfschmerzen pulsierten in meinem Schädel, als Creed aus dem Eingang stakste und aussah, als wollte er die ganze Welt in Brand stecken. Das Arschloch hatte es letzte Nacht irgendwie geschafft, sich neben Blake zu legen. Ich wäre bereit, zu töten, wenn ich von ihr weggezerrt werden würde. So wie es aussah, war ich bereit, alles zu zerstören, was mich dazu brachte, ununterbrochen zu arbeiten, anstatt bei ihr zu sein.

Hatte sie gegessen? Gefiel ihr die Kleidung in ihrem Zimmer? War sie glücklich? Ich kannte die Antworten auf all diese Fragen nicht, und es fraß mich förmlich auf.

Als Nächster kam mein Zwilling, dessen Gegenwart sich noch erbärmlicher anfühlte als sonst. Den Kopf zum Boden gesenkt, als hielte er den Schlüssel zum Universum in der Hand, seine Maske fest im Gesicht und die Kapuze tief ins Gesicht gezogen. Ich schüttelte den Kopf, seufzte und wartete darauf, dass das vierte Mitglied unserer kleinen Gruppe auftauchte.

Für eine Sekunde schweiften meine Gedanken zu der Zeit, als wir noch zu fünft waren, aber ich schlug diese Gedanken schnell in Stücke. Ich hatte mir geschworen, nie wieder eine Sekunde an dieses verräterische Arschloch zu denken.

Tempest erschien einen Moment später in der Tür und wirkte genervt. Wir schienen heute alle gut gelaunt zu sein.

"Bericht", bellte Creed Tempest an, viel mürrischer und knapper als sonst.

Tempest knirschte mit den rasiermesserscharfen Zähnen, verzichtete aber darauf, ihn anzuschnauzen. "Drei Gazen. Jemand hat sie durch das hintere Westtor gelassen."

Creeds Augen glühten rot und, verdammt, sein Gesichtsausdruck machte mir wirklich Angst. "Seven ..., wenn wir damit fertig sind, sieh zu, was du herausfinden kannst", sagte er gefährlich.

Seven, unser Spion in der Gruppe, nickte als Antwort, und dieses Mal rollte ich wirklich mit den Augen. Er war bei allem so verdammt dramatisch.

"Los geht's", befahl Creed, und ich stieß einen lauten Kriegsschrei aus, sodass mich alle ansahen, als wäre ich verrückt geworden.

"Zu dramatisch?", fragte ich und wollte die Sache einfach nur hinter mich bringen, damit ich mich mit Blake treffen konnte.

Ich war hungrig.

Wir machten uns auf den Weg und rannten über die Brücken. Die Stadt war zum Stillstand gekommen, alle hatten sich versteckt, nachdem sie den Alarm gehört hatten. Die Monster in dieser Stadt waren wild genug, aber niemand wollte gegen einen Gazen kämpfen, wenn es nicht sein musste.

Und außerdem hatten sie uns ja auch dafür.

Es dauerte viel zu lange, bis wir die Gazen erreichten. Je näher wir kamen, desto mehr konnten wir die Zerstörung hören, die die Kreaturen in unserer Stadt anrichteten. Schließlich war Creed von unserem langsamen Vorankommen frustriert; er nahm sein Messer von der Hüfte, und gerade als ein Avis vorbeiflog, sprang er von der verdammten Brücke und griff nach einem seiner Beine. Das Kreischen und das Wutgebrüll des Avis erfüllte die Luft. Creed baumelte in der Luft, während er sein Messer in den weichen Bauch des Tieres drückte, das sich in die von ihm gewünschte Richtung bewegte.

Ich stöhnte auf. Ich hasste Flugreisen.

Aber was auch immer mich näher an Blake heran-

bringen würde. Ich zog mein eigenes Messer, und als
ein weiterer Avis vorbeiflog, sprang ich ...

***

Seven

Scham. Das war alles, was ich in diesem
Moment fühlen konnte. Nach dem, was mit
Blake passiert war, hatte ich mich auf die Jagd nach den
Gazen gestürzt ... aber nichts hatte mich ausreichend
abgelenkt, um die Erinnerung an ihr Gesicht zu
löschen, als sie auf den Boden gesunken war.

Blakes Qualen trafen mich einfach anders. Sie
waren allumfassend.

Mit *ihr* ... *war* es anders gewesen. Der Anblick der
Stimmungen unserer Königin hatte mich nie berührt.
Das einzige Mal, dass ich wirklich etwas gefühlt hatte,
war, nachdem ich gefoltert worden war ... und sie hatte
die Nachwirkungen dessen gesehen, was sie mir
angetan hatten, die Narben, die nie verheilen würden.

Und sie lachte angewidert und schickte mich aus
ihrem Schlafzimmer.

Aber selbst dann war der Ekel, den ich empfunden
hatte, nichts im Vergleich zu dem, was mich durchströmte, als ich diesen Blick in Blakes Augen sah.

Selbst als die Königin starb, hatte ich nicht ...

Was zum Teufel war mit mir los? So viel ... Gefühl
zu haben. Für ein menschliches Mädchen.

Sie ist nicht nur ein Mensch, knurrte etwas in mir, und ich holte tief Luft. Es war nicht der richtige Zeitpunkt, dass einer der anderen herauskam und die Kontrolle übernahm.

Brüllen erfüllte meine Ohren, als wir uns den Gazen näherten. Ich zog an dem Avis, um ihn näher an die Brücke unter mir heranzubringen, damit ich hinunterspringen konnte. Ich schlug auf dem Boden auf und knurrte, als der Avis mit einem Flügel nach mir schlug und mich einen Schritt zurückwarf. Tempest kicherte in der Nähe und ich zeigte mir den Mittelfinger, eines der wenigen Dinge aus der Menschenwelt, die ich genoss.

"Bist du konzentriert? Ich mag es nämlich, dich in meiner Nähe zu haben", scherzte Ash leise neben mir, und ich nickte, ohne mich umzudrehen und ihn anzusehen. Mein Zwilling schien immer zu wissen, was ich fühlte. Es war, als hätte er einen Weg in meine Seele gefunden.

Verdammt nervig.

Ein Schrei zerriss die Luft, und Creed rannte im Sprint um das Gebäude, hinter dem wir gelandet waren. Der Rest von uns folgte ihm, und ich roch sie, bevor ich sie sah. Bei dem Gestank musste ich mich übergeben, der Geruch war immer schlimm, wenn sie in solchen Rudeln unterwegs waren.

"Pass auf!", brüllte Ash hinter mir, und ich sprang nach links, als ein Gazen auf mich zustürzte. Verflucht. Das war ein großes Arschloch.

Ich bewegte mich unruhig, als ich sah, dass die drei

Gazen uns irgendwie eingekreist hatten ... fast so, als hätten sie eine Falle geplant.

Das wäre neu ...

Ein Knurren drang an meine Ohren, als Tempest von einem der Gazen gepackt wurde und der lange Schwanz ihn wie ein Schraubstock umklammerte. Er versuchte, seine Arme zu befreien, aber der Schwanz des Gazen war zu fest gewickelt. Ich stürzte mich auf die Bestie, hielt mein Messer hoch und schnitt ihr in die Seite. Sie zischte vor Schmerz, aber das Biest rollte sich nur noch fester um ihn.

Tempest fing an, grau zu werden, als das Leben aus ihm herausgequetscht wurde, und mein Herz begann schneller zu schlagen.

Ich drehte mich nach hinten, als ein weiterer Schwanz der Kreatur genau dort einschlug, wo ich gestanden hatte. Das hätte weh getan.

Von der Wunde, die Ash als langen Schnitt in den Bauch des Gazen geschnitten hatte, regnete das Blut der Kreatur auf meine Haut und zischte. Mein Ärmel hatte sich beim Kampf nach oben geschoben, sodass das Blut direkt auf eine meiner Narben gefallen war und mich plötzlich mit Erinnerungen daran überflutete, wie ich die Narbe überhaupt bekommen hatte.

"Was ist mit dir passiert? Du bist abscheulich", keuchte sie angewidert, als ich mein Hemd hochhob und wegen des Schmerzes mit den Zähnen knirschte. Ich brauchte sie, um mich zu heilen. Das war der einzige Weg, wie diese Schnitte verschwinden würden.

"Meine Königin", murmelte ich und streckte die Hand nach ihr aus.

Sie wich zurück. "Du warst perfekt. Jetzt - bist du ruiniert."

Ich lachte schwach und ignorierte die Scham, die in meinem Bauch pochte. Die Scham und die Verwirrung. Die Wunden hatte ich bekommen, als ich sie beschützt hatte. Warum verhielt sie sich so? "Du weißt, dass die Schnitte durch deine Berührung verblassen werden. Was ist nur los mit dir?"

"Ich werde dich heute Abend nicht ficken", verkündete sie abrupt.

"Liebling", murmelte Ash und warf ihr einen misstrauischen Blick zu. "Er braucht dich, um ..."

"Ich bin die Königin. Ich brauche nichts zu tun", kreischte sie fast schon. "Und jetzt raus", befahl sie und warf mir einen verächtlichen Blick zu.

Ich starrte sie mit schockiertem Entsetzen an. Wenn sie mich nicht heilen würde, würde ich diese Narben für immer tragen.

"Seven! Pass auf!", hörte ich Creed aus der Nähe rufen und riss mich aus dem Gedankenfick, den ich gerade erlebt hatte, zu dem Chaos, das um mich herum vor sich ging. Bevor ich mich jedoch bewegen konnte, bohrte sich ein Reißzahn in meinen Rücken und tauchte vor mir auf.

Ich verschluckte mich, als ich den Reißzahn entsetzt anstarrte. Plötzlich wurde der Reißzahn aus mir herausgerissen und ich stürzte zu Boden, wo ich mit einem dumpfen Schlag aufschlug. Ein metallischer Geschmack flutete meinen Mund. Verdammt. Das war kein gutes Zeichen.

Mist. Daran könnte ich tatsächlich sterben.

Ich hörte Schreie und Rufe um mich herum, aber sie waren alle gedämpft, als ob ich unter Wasser wäre. Ich starrte in den roten Himmel über mir, während die Kälte in meine Adern zu kriechen begann.

Und kurz bevor alles schwarz wurde, sah ich ihr Gesicht. Das von Blake.

Ich würde sie nie wieder sehen können.

Blake

"Blake", hörte ich Ash von irgendwoher aus dem Schloss schreien. Ich stürzte zu meiner Tür und riss sie auf, weil mir der pure Schrecken in seiner Stimme nicht gefiel.

"Ich bin hier!", rief ich und rannte auf den Klang seiner Stimme zu, während er weiter versuchte, nach mir zu rufen.

Ich bog um eine Ecke und sah ihn die Treppe hinaufstürmen, einen leblosen und blass aussehenden Seven über die Schulter geworfen.

Er stolperte vor Erleichterung, als er mich sah. "Bitte, du musst ihm helfen", rief er. Ich nickte, schockiert über das, was ich sah.

Links von uns befand sich ein Raum, und Ash riss die Tür auf und stürzte hinein. Ich rannte ihnen hinterher.

Ash legte Seven sanft auf das Bett, das an der

gegenüberliegenden Wand stand, und zog ihn verzweifelt an den Haaren, während er auf ihn herabblickte.

"Was kann ich tun?", fragte ich und mir liefen die Tränen über das Gesicht, als ich das riesige, zerfetzte Loch in der Mitte seiner Brust sah. Ich konnte sehen, wie sich das Blut unter ihm ausbreitete und er verblutete.

War es das? Würde er einfach sterben?

Ich konnte den Gedanken nicht ertragen.

Ash drehte sich zu mir um, Verzweiflung blutete aus seinem verfolgten Blick. "Bitte. Bitte hilf meinem Bruder."

"Ich ... was soll ich tun?"

"Du musst ihn sich von dir ernähren lassen. Du musst Sex mit ihm haben. Oder so. Bitte!"

Ashs Worte machten nicht wirklich Sinn. Ich wurde abgelenkt, als Seven plötzlich stöhnte und seine Augen öffnete.

"Bemühe dich nicht", krächzte er. "Ich bin es nicht wert."

"Das stimmt nicht", murmelte ich, während meine Finger bereits die Knöpfe an der Vorderseite des schwarzen Seidenkleides öffneten, das ich trug.

Sevens Augen starrten mich hoffnungslos an, seine Blässe hatte jegliche Vitalität verloren. Ich streifte mir das Kleid von den Schultern, und seine Augen weiteten sich, als er mich beobachtete.

"Du bist verdammt perfekt, Prinzessin", murmelte Ash hinter mir, während sein Atem meinen Hals streichelte. "Mein Bruder hat so ein verdammtes Glück." Seine

Hände machten sich daran, mir den BH auszuziehen und mir die Unterwäsche von den Hüften zu schieben. Seine Berührung ließ mir Schauer über die Haut laufen.

"Ich glaube, da wird er dir nicht zustimmen. Das Loch in seiner Brust sagt etwas anderes", antwortete ich, während ich auf das Bett zuging.

"Blake", würgte Seven hervor, als ich mich ungraziös auf das Bett bewegte und auf seine Beine setzte. Meine Finger zitterten, als ich die dicke Lederhose, die er trug, aufknöpfte, und ich hatte ein wenig Mühe, sie langsam herunterzuziehen. Er war so groß und schwer, und er half kein bisschen mit.

"Ich habe dich, Prinzessin", sagte Ash, während er seinem Zwilling die Hose herunterzog und dann Sevens Hemd aufriss, sodass seine gemeißelte, von Narben übersäte Brust zum Vorschein kam.

Das war irgendwie heiß. Ich meine, es wäre noch viel heißer ohne die ganze blutende und klaffende Wunde, aber ja ... immer noch heiß.

Ash bewegte sich vom Bett, aber ich nahm ihn nur am Rande wahr; meine ganze Aufmerksamkeit galt dem Adonis vor mir. Seine Hose war bis zur Mitte des Oberschenkels heruntergezogen, und sein langer, dicker Schwanz war zu sehen.

"Oh fuck. Sieh ihn dir an, er heilt schon etwas, nur weil der Duft deiner Erregung den Raum erfüllt", säuselte Ash. Widerwillig riss ich meine Augen von seinem Schwanz los und sah zu seinem Gesicht auf. Oh. Seine Farbe sah wirklich so aus, als würde sie schon wieder besser werden.

"Berühre dich, Prinzessin", befahl Ash. "Erfülle den Raum mit dem Duft deiner perfekt tropfenden Fotze."

Meine Muschi sprudelte bei seinen Worten.

"Das gefällt dir", knurrte Ash, seine Stimme wurde tief und heiser. "Scheiße, du riechst so gut."

Ashs Stimme mochte ein sexy Soundtrack zu diesem Moment gewesen sein, aber meine ganze Aufmerksamkeit galt Seven, dessen Farbe immer besser wurde.

Ich ließ meine Hände an mir hinuntergleiten und beobachtete seine Reaktion genau, als meine Finger durch meine glitschigen Falten glitten.

Ein leises Stöhnen kam von Sevens Lippen, und ich lächelte. Ich hielt meine feuchten Finger an seine Lippen und verteilte meine Nässe darauf, woraufhin seine Zunge sofort herausrutschte, um jeden Tropfen aufzusaugen. Nachdem er gekostet hatte, ließ ich meine Hände an seinem Körper hinuntergleiten, meine Finger streichelten die Narben auf seiner Brust, wobei ich darauf achtete, nicht in die Nähe der Wunde zu kommen, die vor meinen Augen heilte. Er erstarrte, und in seinem Blick lag etwas Unsicheres, etwas Verletzliches, als ich sanft seine Narben berührte. Ohne den Blickkontakt zu verlieren, bewegte ich mich vorwärts und küsste sie sanft. Sein ganzer Körper bebte in der Sekunde, in der meine Lippen seine Haut berührten, und ein Keuchen entwich seinen Lippen. Ich lächelte bei diesem Geräusch und gab seiner Haut einen weiteren Kuss, bevor ich mich zurückzog.

Seven stöhnte laut auf, als ich meine Hand um seinen dicken Schaft schlang. "Ich liebe das", murmelte ich. Meine ersten paar Stöße waren langsam und gemessen. Wie gebannt starrte ich auf seinen Schwanz, auf den glitzernden Tropfen Sperma, der aus seiner geschwollenen Eichel hervorlugte, auf die köstlichen Adern, die sich auf seiner Länge deutlich abzeichneten.

Sein Schwanz war ein Kunstwerk.

Ich begann, meine Hand schneller zu bewegen, auf und ab, auf und ab, während mein Blick zu seinem Gesicht wanderte, das vor Farbe errötet war. Sevens Augen klebten an meiner Hand auf seinem Schwanz, Ekstase stand auf seinen Zügen.

"Das gefällt ihm, Schätzchen. Du bist so gut für uns", knurrte Ash leise hinter mir, und ich war so feucht, dass ich wahrscheinlich auf Sevens Bein tropfte.

Es schien ihn nicht zu stören.

Ich beugte mich hinunter und leckte den Tropfen Sperma auf, um den Geschmack zu genießen, und sein Atem stieß einen Schluckauf aus, als ich ihn leckte, als wäre er meine Lieblingssüßigkeit.

"Fuck", stöhnte Seven, als ich anfing, an seinem Schlitz zu lecken, verzweifelt, um mehr von ihm zu schmecken.

"Scheiße. Du riechst so gut. Er hat so ein Glück", schnurrte Ash, während meine Hand sich weiterbewegte und ich über seine gesamte Länge leckte und saugte.

Sevens Kopf fiel zurück und sein Körper war steif, während ich seinen Schlitz leckte und züngelte und jeden Tropfen genoss. Seine Atmung begann sich zu beschleunigen und ich beschloss, dass seine Heilung viel besser sein würde, wenn ich ihn noch ein wenig ritt, bevor er kam.

Ich war so großzügig.

Das Loch in seiner Brust hatte sich inzwischen geschlossen, und von seiner Nahtoderfahrung zeugte nur noch eine starre, rote Narbe. Seven schien sich im Moment jedoch keine Sorgen um seine Wunde zu machen. Seine Augen waren verzweifelte Zwillings-flammen, als er mir dabei zusah, wie ich mich vorwärtsbewegte und mich über seiner Länge erhob.

Ich reizte ihn ein wenig, indem ich seine Spitze durch meine Falten zog, und genoss es, wie verzweifelt er aussah.

"Bitte", keuchte er.

"Bitte, was?", stichelte ich.

"Bitte fick mich", bettelte er. Es war eine berau-schende Sache, diese herrliche Kreatur buchstäblich verzweifelt nach mir zu haben.

Ash gluckste dunkel hinter mir, sein Atem pustete gegen meinen Hals. "Sei nicht so gemein, Schätzchen. Immerhin ist er fast gestorben." Seine Hände wanderten zu meinen Hüften, umfassten und massierten sie, während Seven mich anbetend anstarrte.

"Nun, ich denke du hast recht, wenn du es so ausdrückst." Ich ließ mich langsam auf Sevens dicken Schwanz fallen, denn die Dehnung war mehr als inten-siv. Ash lenkte meine Bewegungen.

In meinen Träumen war ich schon mehrmals mit Ash und Seven zusammen gewesen, aber Seven hatte sich immer hinter mir versteckt oder sich zugedeckt.

Ihn so vor mir liegen zu sehen, mit Ash hinter mir ... ich liebte es.

Ash stöhnte hinter mir, als wäre ich gerade auf seinen Schwanz gesprungen.

"Wie gut fühlt sie sich an, Bruder?", schnurrte Ash.

"So gut", stöhnte Seven, und seine Muskeln zitterten unter mir, als er versuchte, sich zurückzuhalten, um die Kontrolle zu behalten.

Ich fühlte mich schon völlig voll ... als sich plötzlich der Druck in mir vervielfachte. Es fühlte sich an, als würde er seine Größe verdoppeln. "Was zum Teufel?", keuchte ich.

Ash gluckste verrucht hinter mir. "Oh, vielleicht hätten wir das erwähnen sollen. Du hast nicht gerade die ganze Schwanz-Erfahrung bei unseren Traumland-Touren gemacht. Seven hier ist ein Winzling."

In der Tat, ein Winzling. Ich fühlte mich so voll, dass ich kaum noch atmen konnte. Er fühlte sich an, als würde er sich in den Eingang meiner Gebärmutter drücken.

"Es fühlt sich besser an, wenn du dich bewegst, Süße", murmelte Ash, als er mich hochhob und mich dann wieder auf den Monsterschwanz seines Bruders fallen ließ.

"Ja. Genauso", stöhnte Seven, als Ash begann, mich auf und ab zubewegen, wobei er den perfekten Rhythmus und Winkel fand, dass meine Augen zurückrollten und mir ein verzweifeltes Stöhnen aus meiner Kehle zu entlockte. Ash drückte sich an meinen Rücken und schlang einen Arm um mich, um meine Bewegungen zu kontrollieren, während seine andere

Hand zu meinen Brüsten wanderte. Er begann, an meinen Brüsten zu zerren und zu kneten, und das Vergnügen, das ich dabei empfand, war so intensiv, dass ich ehrlich gesagt die Geräusche, die aus meinem Mund kamen, nicht wahrnahm.

"Benutze ihn, Schätzchen. Genauso wie er dich zum Füttern benutzt. Würge ihn mit deiner perfekten Fotze", fuhr Ash fort, während Seven sich unter mir wand.

Ash drückte mich nach vorne, sodass meine Klitoris an Sevens Schwanz rieb, und er hörte auf, mit meinen Brüsten zu spielen, was Seven erregt übernahm. Seven griff nach meiner linken Brustwarze und saugte an ihr, bis sie hart wurde.

"Du reitest ihn so gut, Blake. Die süßeste Muschi in der ganzen Welt", knurrte Ash, während sein Arm mich weiter auf und ab bewegte.

Ich starrte in Sevens violette Augen und beobachtete fasziniert die unzähligen Emotionen in ihren Tiefen. Plötzlich ... verhärteten sich seine Augen und sein Gesicht wurde leer.

Ash hielt mich fest und schnupperte an der Luft. "Scheiße. Das Arschloch ist hier. Bist du bereit, ihn zu bändigen?"

Mir wurde klar, dass dies eine der anderen Identitäten von Seven war. Creed hatte mir in der letzten Nacht von ihnen erzählt. Nachdem zu urteilen, was ich in seinen Gesichtszügen sah, war dies derjenige, mit dem ich in diesem Raum zusammen gewesen war.

Seven knurrte bei Ashs Bemerkung unter mir und riss mich abrupt von seinem Schwanz und aus Ashs Griff, drehte mich um, sodass ich ihm nicht mehr gegenüberstand, und ließ mich in einem umgekehrten Cowgirl-Stil wieder auf seinen Schwanz sinken.

Und er wurde irgendwie noch größer.

"Ich kann nicht atmen", keuchte ich, als Sevens sadistische Persönlichkeit begann, mich rücksichtslos auf und abhüpfen zu lassen.

Ash lachte nur. "War ja klar, dass er versucht, sich aufzuspielen. Er ist so unsicher", scherzte Ash.

"Halt die Klappe und fick ihren Mund, du verdammtes Weichei", knurrte Seven von hinten, was Ash nur noch mehr zum Lachen brachte.

"Mit Vergnügen", grinste Ash, bevor er seine Hose herunterließ und seinen herrlich köstlichen Schwanz enthüllte.

Ich hatte nie gedacht, dass Schwänze köstlich sein könnten, bevor diese Biester in meine Träume einge-drungen waren. Ich hatte mich so geirrt.

Du würdest nie denken, dass Ash blind ist, war alles, was ich denken konnte, als sein Schwanz direkt in meinen Mund kam, ohne ihn zu verfehlen oder mir ins Gesicht zu schlagen.

"Mach auf, Schätzchen."

Ich öffnete automatisch meinen Mund, während Seven weiter in mich eindrang. Ash schob einen Teil seines Schwanzes hinein. Es war unmöglich, dass ein menschliches Mädchen etwas von dieser Größe ganz aufnehmen konnte. Er begann, meinen Mund sanft zu ficken, wobei er mich ständig lobte, während ich leckte und saugte und versuchte, mein Bestes zu geben.

Kaum eine Sekunde war vergangen, als sich mein Inneres zusammenzog und zu flattern begann. Ich kam und drückte Sevens Schwanz noch mehr zusammen, als die Lust mich überwältigte.

Er keuchte und fing an, noch härter in mich zu stoßen, sein Rhythmus war total durcheinander, während er seinem Vergnügen nachjagte. Auch Ashs Bewegungen wurden schneller, bis mir Sabber und Sperma buchstäblich das Kinn herunterliefen und meine Augen vor Anstrengung tränten.

"So ein gutes Mädchen. So ein verdammt gutes Mädchen", sagte Ash, als Seven bei seiner Entladung brüllte und mein Inneres mit etwas überflutete, das sich wie ein Eimer Sperma anfühlte.

Ich musste wahrscheinlich sicherstellen, dass die Geburtenkontrolle, die ich in Bright Meadows bekommen hatte, bei den Monstern funktionierte. Denn, wenn nicht ... würde ich diesen Gedanken auf den Tisch bringen.

Der süße Geschmack von Ashs Sperma ließ mich fast ersticken, als er ohne Vorwarnung kam und seine lobenden Worte mich in einen weiteren fantastischen Orgasmus trieben.

Ash ließ sein Glied aus meinem Mund gleiten und streichelte mein Haar, während er mir sagte, wie unglaublich ich war. Mir fielen bereits die Augen zu, als er mich von seinem Bruder löste und in seine Arme nahm.

"Bring sie nirgendwohin", bellte Sevens mürrisches Alter Ego, und Ash schenkte mir ein Grinsen. Er schob mich neben Seven ins Bett und kroch dann auf meiner anderen Seite ins Bett.

"Ich wette, du fühlst dich nicht mehr so, als würdest

du sterben", sagte Ash leichthin, obwohl ich die Erleichterung in seinem Blick sehen konnte, als er über mich hinweg auf die Brust seines Bruders starrte, wo die Wunde völlig verschwunden war.

Seven grunzte, legte seinen Arm um meine Taille und zog mich näher an sich heran, sodass sich sein immer noch harter Schwanz zwischen meine Backen schmiegte.

"Ich nehme dich gleich noch einmal", sagte er müde, während Ash mit den Augen rollte.

Ich kicherte, aber meine Augen fielen bereits zu, als Ash näher an mich heranrückte.

"Nicht, wenn ich sie zuerst nehme", flüsterte Ash, bevor ich ins Traumland glitt.

BLAKE

Zwei Tage später war ich in eine Routine verfallen. Meine Monster waren anscheinend mit dem Königreich und den Problemen von Gazen beschäftigt, also wachte ich auf, frühstückte mit ihnen und verbrachte dann ein paar Stunden allein am See, wo ich unter den Augen der mir zugeteilten Wachen schwamm. Dann aß ich zu Mittag, und den Tag beendete ich entweder auf dem Balkon mit Blick auf die Stadt oder in meinem Zimmer. Meistens war ich allein. In der letzten Nacht schlüpfte Creed zu mir ins Bett, um sich zu nähren ... oder besser gesagt, um mir atemberaubenden Sex zu geben. Danach schlief ich wie ein Stein.

Er sagte, ich bräuchte mehr Zeit, um mich in Wyld zu akklimatisieren. Aber ich wollte unbedingt mehr über diese Stadt herausfinden. Wenn ich schon hier festsaß, sollte ich dann nicht aus erster Hand erfahren, welche anderen Gefahren in den Schatten lauerten?

Meine Gefühle waren verworren, was ich von der

ganzen Tortur hielt, von den Monstern, von allem, was ich bisher erlebt hatte. Und konnte ich hier wirklich leben? Ich war mir da nicht so sicher. Aber für den Moment würde ich so viel wie möglich über Wyld herausfinden.

Nachdem ich diese Entscheidung getroffen hatte, durchquerte ich den Raum und öffnete leise die Tür. Der minotaurisch aussehende Wächter, der mich überall hinbegleiten sollte, war nicht in Sicht.

Perfekt.

Mit leisen Schritten schlüpfte ich in den Flur und dachte, ich könnte selbst ein paar Erkundungen anstellen. Ich hatte eine Gabel vom Mittagessen als Waffe mitgenommen, nur für den Fall. Sie war in meiner Hosentasche.

Die Fenster zeigten eine chaotische Welt da draußen. Ein schmutzig gelber Dunst breitete sich über der Stadt aus, der wahrscheinlich aus der Lavagrube unter uns aufstieg, und erstickte die Stadt. Es verblüffte mich immer noch, dass Wyld über flüssiger Lava erbaut worden war. Das war schon eine verrückte Sache. Und es erinnerte mich daran, niemals von einem Balkon zu fallen. Nicht, dass das von vornherein ein Lebensziel war.

Da der kreisförmige Gang, dem ich folgte, mich zurück in mein Zimmer führte, beschloss ich, den Aufzug zu benutzen.

Ich stand in dem Metallkasten und starrte auf die Tafel ohne Tasten. Wie viele Stockwerke hatte dieser Turm eigentlich? Ich hatte ihn für den Balkon, den Pool und die Rückseite benutzt, und nachdem ich mir den Kopf zerbrochen hatte, rief ich: "Bibliothek".

"Untere Etage", antwortete die raue Aufzugsstimme.

Plötzlich senkte sich der Aufzug, und mir wurde ganz flau im Magen, weil wir so unglaublich schnell fuhren. Ich wollte schreien, während ich mich an den Wänden abstützte.

"Nein, halt an", jammerte ich und drückte mich in die Ecke, um nicht umzufallen. Warum in aller Welt bewegten wir uns so schnell? "Bibliothek", versuchte ich es noch einmal, aber das brachte nichts. Okay, so etwas gab es im Turm nicht, dachte ich mir.

Der Gedanke, näher an die Lavagrube heranzufliegen, versetzte mich in Panik, und ich wollte nicht entdecken, was die Monster in ihrem Keller aufbewahrten.

"Stopp", rief ich diesmal ganz fest.

Der Aufzug kam abrupt zum Stehen, und alles, was ich an diesem Tag gegessen hatte, drehte sich in meinem Magen, und drohte herauszukommen.

Als die Türen aufgingen, stürzte ich praktisch hinaus und schnappte nach Luft. Das war eine verdammte Todesfalle, die nur darauf wartete, zu passieren. Ich brauchte ein Handbuch oder einen Schaltplan dieses Turms, um zu wissen, wie jeder Ort hieß.

Ich hob meinen Blick und nahm meine Umgebung in Augenschein.

Skelettknochen waren in die lehmartigen Wände eingearbeitet. Feurige Fackeln in Wandhalterungen erhellten den Ort, der mich an eine Art archäologische

Ausgrabung erinnerte. Ich machte mich auf den Weg zum Fenster und sah einen tiefer gelegenen Teil der Stadt vor mir. Brücken kreuzten einander, schlängelten sich um die hohen und die niedrigen Türme. Und auf ihren Balkonen tummelten sich allerlei Ungeheuer. Ich sprach von Bestien, die auf allen Vieren liefen, mit acht Füßen oder mehr. Die meisten der niederen Kreaturen schienen Insekten zu ähneln, darunter waren auch diese furchterregenden Spinnenwächter.

Dampf stieg in Wellen um sie herum auf, und ich konnte mir vorstellen, wie glühend heiß es da draußen sein musste.

Eine Hitzewelle überkam mich, während ich nach draußen starrte, also ging ich den breiten Korridor entlang. Ich studierte die monströsen Skelette an den Wänden, die mich erschaudern ließen, weil sie so gruselig waren. Eine Wandtafel bestand nur aus Augen, und ich ging schnell weiter.

Was dieser Ort brauchte, waren kleine Informationsschilder, auf denen stand, was die einzelnen Kreaturen waren.

Es dauerte nicht lange, bis ich vor einem Tor aus verschlungenen Ästen stand. Es stand einen Spalt offen, und ich spähte hindurch.

Ich keuchte sofort laut auf und wünschte, ich wäre nicht auf dieser Ebene gelandet.

Abgetrennte Köpfe, die mit Glas ummantelt waren, hingen im ganzen Raum von der Decke, wie in einer Art morbidem Funhouse.

Was zum Teufel sah ich mir da an?

Die Tür öffnete sich plötzlich von innen so abrupt, dass ich den Halt verlor und in den Raum stolperte.

Mit rasendem Atem fing ich mich gerade noch ab, bevor ich voll auf mein Gesicht fiel. Der Schreck fuhr mir in die Glieder, als ich den Schuldigen fand, der mich halb zu Tode erschreckt hatte.

Ein Monster, das mindestens zwei Meter groß sein musste, schlaksig und in einen schwarzen Anzug gekleidet. Sein weißes Hemd war bis zu seinem langen Hals zugeknöpft, der zu einem langgestreckten Kopf führte. Seine Haut war fast blau, sein fettiges schwarzes Haar klebte ihm an Kopf und Stirn - der Typ erinnerte mich an einen Zombie.

"Hast du einen Termin?", fragte er in einem heiseren Ton, seine dünnen weißen Lippen schälten sich über einer Reihe dolchartiger Zähne.

"Termin?"

"Ich bin mir sicher, dass ich dich nicht in den Notizen hatte." Er schnaufte, die Kiemen an seinem Hals flatterten. Er marschierte mit langen Schritten an mir vorbei, als würde er auf Stelzen gehen. Er ging auf die andere Seite des Raumes und fing an, in einem dicken in Leder eingeschlagenen Buch zu blättern, das ohne weiteres als das Buch der Toten durchgehen könnte.

Meine Aufmerksamkeit war hin- und hergerissen zwischen dem seltsamen Monster und den baumelnden Köpfen in Gläswürfeln, weil es sich so normal verhielt in einem Raum, in dem nichts normal war. Schon gar nicht die perfekt erhaltenen Köpfe, die wie aus dem Leben gegriffen wirkten. Oder die Tatsache, dass ihre Augen offen waren und mich anzu-starren schienen, ganz gleich, wo ich stand.

Kein Wunder, es waren alles monströse Köpfe, von einem, der wie ein Schlangenkopf aussah und eine gespaltene Zunge hatte, bis hin zu einem gehörnten Ungeheuer. Oder einem anderen mit zwei Mündern, und die Liste ließe sich noch lange fortsetzen, so seltsam war es. Das waren nicht die Art von Monstern, zu denen ich mich hingezogen fühlte - ich schien einen bestimmten Typ zu bevorzugen.

Die weißen Wände in dem langen Raum trugen nur noch mehr zum Gruselfaktor bei.

"Nein, ich habe dich nicht auf dem Plan", bellte der Mann, und ich sprang in meinen Schuhen. "Aber vielleicht hat Creed eine Führung arrangiert und vergessen, es mir zu sagen. Das macht er manchmal." Das Monster schwafelte, während es wieder auf mich zukam.

"Ich bin Blake", sagte ich.

"Natürlich bist du das", antwortete er und schmatzte mit den Lippen. "Jeder weiß, wer du bist. Wir haben alle von deiner Energie getrunken." Er neigte leicht den Kopf. "Ich bin Boltaroy." Dann schlug er sich kriegerisch eine Faust auf die Brust. "Ich bin der Hüter aller verstorbenen großen politischen Persönlichkeiten, die einst im Königreich Wyld regierten."

Er wandte sich den Köpfen zu und schlängelte sich zwischen ihnen hindurch. "Wir respektieren unsere Anführer, und wenn sie einmal tot sind, werden ihre Köpfe für immer verewigt, damit man sich an sie erinnert. Nimm Hake hier." Er deutete auf eine Kreatur mit einem Fischkopf, deren Anblick mich blinzeln ließ und ich Mühe hatte, nicht zu lachen. "Hake hat unsere erste Armee in den Krieg geführt, als wir unsere Heimat gegründet haben."

Boltaroy warf mir einen Blick über die Schulter zu und runzelte die Stirn. "Hör lieber zu Ich werde mich auf dieser Tour nicht wiederholen."

"Oh", keuchte ich. Wir waren anscheinend auf einer Tour durch das Museum für verrückte Köpfe. Also eilte ich hinter ihm her und schlängelte mich zwischen den Köpfen hindurch, um etwas über Generäle und Befehlshaber zu erfahren, die alle in irgendeiner Form durch ihre Grausamkeit Größe erlangten.

Dann betraten wir einen anderen Raum, dessen Wände komplett golden waren. Und in der Mitte hing ein gläserner Kopf von der Decke.

Es war eine Frau mit Locken, die ein wunderschönes Gesicht umrahmten. Wenn sie tot so spektakulär war, konnte ich mir nur vorstellen, wie schön sie im wirklichen Leben gewesen war. Rötliche Haut, Augen wie das blaueste Meer, Dornen, die aus ihrem Hals ragten, als trüge sie eine Halskette. Und kleine silberne Hörner, die aus ihren Schläfen ragten. Auf ihrem Kopf saß eine goldene Krone, die mit unzähligen bunten Juwelen besetzt war.

"Die Rote Königin", verkündete er mit Stolz in der Stimme. "Sie regierte Wyld mit aller Macht und vernichtete viele unserer Feinde. Sie nährte unser Volk im Überfluss."

Bei dem Gedanken, dass dieses Königreich einmal eine Königin hatte, blieb mir der Mund offenstehen.

Creed nannte sich selbst König, bedeutete das also, dass sie seine Partnerin war?

"Sie wurde auf grausame Weise ermordet, und seitdem arbeiten Creed und sein Kreis unermüdlich daran, die Bewohner von Wyld zu ernähren."

"Wer würde die Königin töten?"

Boltaroys Gesicht wurde verkniffen, und er sah ernsthaft traumatisiert aus. "Wir wissen es immer noch nicht, aber seit ihrem Tod hat unsere Stadt damit zu kämpfen, einen Ersatz zu finden und sicherzustellen, dass wir genug zu essen haben."

Ich dachte an meine früheren Gespräche mit Creed über die Ernährung seiner Bevölkerung, und je mehr ich darüber nachdachte, dass ich alle ernähren und für immer hierbleiben würde ... Ich keuchte, als mir die Realität in den Sinn kam.

Dachte er, ich könnte den Platz der Königin einnehmen? Ich blinzelte zu ihrem Kopf im Würfel, und ich sah mich selbst darin. Die meisten Dinge in Wyld wollten mir wehtun. Außerdem war ich ein Mensch. Ich gehörte nicht an einen solchen Ort, geschweige denn in irgendeine Herrschaftssituation.

Nein, das musste ein großer Fehler sein, und vielleicht war ich nur ein Ersatz, bis sie jemanden von königlichem Blut gefunden hatten, richtig? Warum zog sich dann etwas in meiner Brust zusammen bei dem Gedanken, dass ich die Aufmerksamkeit der Monster verlieren könnte?

Allein dieser Gedanke erschreckte mich, und ich zupfte nervös an den Haarsträhnen über meiner Schulter. Was war nur los mit mir? Hatte ich meiner Muschi tatsächlich erlaubt, Entscheidungen zu treffen, die auf fleischlicher Lust beruhten?

"Und damit ist unser Rundgang beendet", murmelte Boltaroy plötzlich, während er in den anderen Raum eilte. Ich bemerkte, dass ein weibliches Pendant zu ihm den Raum betreten hatte. Jemand versuchte, einen Termin zu ergattern.

Ich ging um den Kopf der Königin herum, als ich einen weiteren Eingang entdeckte. Die Tür war leicht geöffnet, und ich schlenderte hinüber.

Sofort hatte ich das Gefühl, in ein königliches Gemach teleportiert worden zu sein, und als ich zwei und zwei zusammenzählte, wusste ich, dass dies einst das Schlafzimmer der Königin gewesen war. Vielleicht hatte man ihr Zimmer in ein Museum umgewandelt, oder man hatte alle ihre Möbel hierhergebracht.

Wie auch immer, es war spektakulär.

Ein kunstvolles Bett mit knochigen Klauenfüßen und riesigen schwarzen Fledermausflügeln, die sich von den Bettpfosten an der Wand abheben.

Noch mehr goldene Wände, zusammen mit einer passenden Kommode. An einer Wand hingen alle Arten von Foltergeräten. Da hatte jemand auf perverse Fesselspiele gestanden.

Aus Neugierde ging ich zum Kleiderschrank und öffnete ihn.

Gold-, Silber- und Schwarztöne starrten mich an. Es waren alles aufwändige Kleider, die nach Königtum schrien, und ich konnte mir vorstellen, wie die schöne Königin darin völlig makellos aussah und wie eine Königin wirkte.

Ich fuhr mit den Fingern über den glitzernden Ärmel eines Mantels; die kieseligen Diamantnieten waren scharf und stachen mich in den Finger. "Autsch."

Ich schloss die Türen und machte mich auf den Weg zu einem großen Studientisch, auf dem eine alte Karte lag, die an den gewellten Ecken vergilbt war. Es war eine Karte des Shadowburn-Reiches.

Es handelte sich hauptsächlich um eine gelbe Sandfläche mit einer kreisförmigen Fläche oben links, die als Wyld bezeichnet wurde, während sich auf der rechten Seite der Karte eine weitere größere Stadt befand, die als Forsaken bezeichnet wurde.

Wenn das keine Vorahnung war, dann weiß ich nicht, was es war.

Zwischen den beiden Städten gab es eine Reihe kleinerer Punkte ohne Namen. Das ganze Reich hatte also nur zwei große Städte, was die Frage aufwarf, woher sie ursprünglich kamen, wenn die Städte von Monstern erbaut worden waren?

Jemand räusperte sich hinter mir, und ich fuhr herum, weil ich Boltaroy erwartete ... aber er war es nicht.

Ich erstarrte.

"Was tust du hier?" Tempest knurrte in seiner monströsen Gestalt und hob angriffslustig die Schultern. Sein abgebrochenes Horn war größtenteils wieder nachgewachsen, also konnte er mir nicht übelnehmen, dass Creed es abgebrochen hatte. "Niemand sollte hier drin sein." Seine Stimme hob sich.

Ich zitterte, denn er machte mich immer nervös, besonders wenn er schlecht gelaunt war.

"Ich war auf einer Besichtigungstour", antwortete ich und räusperte mich dann.

Tempest schluckte den Raum zwischen uns in drei langen Schritten. "Jedes Mal, wenn du gegen unsere Regeln verstößt, sollte ich dich bestrafen. Das wäre nur angemessen." Ein verschlagenes Grinsen umspielte seine schönen Lippen, aber kein Lächeln konnte darüber hinwegtäuschen, dass er gefährlich war.

Aber ich würde auch nicht zulassen, dass er mit mir spielte, denn ich hatte Creeds Drohung gehört, falls er mich wieder verletzen würde. Das gab mir den Mut zu antworten: "Ich schlage vor, du sparst dir deinen Vortrag für den Fall, dass eine Regel gebrochen wird. Wie gesagt, ich war auf einem Rundgang, und dazu gehörte auch dieser Raum, da die Tür offen war. Und nicht ein einziges Mal wurde ich darauf hingewiesen, dass dieser Raum nicht betreten werden darf."

Ein scharfes Einatmen folgte mir, und als ich mich umdrehte, war Tempest direkt vor mir und ließ weniger als einen Zentimeter Abstand zwischen uns.

Eis füllte meine Adern, und ich hatte jede Chance, ihm unversehrt zu entkommen, beinahe mit meinem großen, fetten Mundwerk zunichtegemacht, aber aus Verärgerung sagte ich: "Hast du schon mal was von Freiraum gehört?"

"Du sprichst so unverschämt zu mir, dass ich dich ausziehen, an die Wand fesseln und dir die wahre Strafe zeigen sollte." Seine Stimme war kalt, und plötzlich packte er meinen Arm, lange Finger schnappten um mein Handgelenk.

Mein Bein zitterte, als sein Griff fester wurde. Ich zerrte an ihm. "Lass mich los."

"Du bist neugierig auf unsere Königin, das verstehe ich, aber sei vorsichtig, welche Grenzen du zu überschreiten bereit bist, denn das wird Konsequenzen haben", zischte er. Ein Funke der Dunkelheit blitzte hinter seinen Augen auf, verdunkelte seine grünen Pupillen und seine Gestalt schien zwischen seiner menschlichen und seiner monströsen Form hin und her zu flackern.

"Was ist falsch daran, etwas über deine Königin herausfinden zu wollen? Ich hatte nicht vor, irgendetwas in ihrem Zimmer anzufassen."

Er lehnte sich näher und flüsterte: "Du hast heute deine Krallen ausgefahren. Behalte sie, du wirst sie brauchen, denn ich mag es, wenn du dich wehrst."

Ich klappte meinen Kiefer fest zusammen und zitterte nicht nur wegen seiner Drohung, sondern auch wegen der Erregung, die über meinen Kitzler glitt. Tempest hatte mir immer Angst gemacht, aber ich in meinen Träumen hatte ich auch Sex mit ihm gehabt. So hatten wir eine seltsame Hassliebe entwickelt. Und jetzt erinnerte eine einzige Berührung von ihm meinen Körper an das endlose Vergnügen, das er mir bereitet hatte.

"Du kannst mich gehen lassen", sagte ich mit Überzeugung hinter meinen Worten.

Er schwankte nicht, sondern starrte in die Tiefe meiner Seele, wobei seine gespaltene Zunge über seine Unterlippe fuhr. "Dieser Raum ist tabu", befahl er mir ins Gesicht und zitterte vor offensichtlicher Wut. "Unterschätze mich nicht, Blake."

Ich biss mir auf die Zunge, um jede Reaktion zu unterdrücken. Ich weigerte mich, ihm die Freude zu bereiten, mich gequält zu haben.

"Ich weiß, dass du mich willst, aber es ist bewundernswert, dass du versuchst, dich zurückzuhalten."

Mit aller Kraft riss ich meinen Arm aus seinem Griff.

Er lachte hämisch. "Eine Warnung ist alles, was du bekommst", knurrte er. "Wenn du das nächste Mal dort herumstocherst, wo du nichts zu suchen hast, beuge ich dich und ficke dich, bis du ohnmächtig wirst. Und dann ficke ich dich so lange, bis du aufwachst und dir eine Woche lang alles weh tun wird."

Ein leises Keuchen entrang sich meinen Lippen, und ich wich von seiner Seite zurück. "Ich sollte gehen. Boltaroy wird nach mir suchen, um unsere Tour fortzusetzen."

"Sie war nicht immer die netteste Person", sagte Tempest, während ich den Raum durchquerte, und ließ mich innehalten.

"Wer?", fragte ich und drehte mich zu ihm um, der jetzt neben dem Bett stand und in seiner menschlichen Gestalt auf die seidigen Bettlaken hinunterstarrte. In dieser lächerlich gutaussehenden Gestalt, die er trug und die jeden, der sie sah, täuschte. Auf den ersten Blick würde sich jeder Hals über Kopf in ihn verlieben, bis er entdeckte, dass in seinem Inneren ein Teufel steckte.

Er blickte mit diesen stechenden smaragdgrünen

Augen auf, und seine Mundwinkel verzogen sich unbeholfen zu einem halben Grinsen. Es stand ihm nicht. "Sie bedeutete die Welt für uns, weißt du. Sie war unsere Welt." Sein Blick fiel zurück auf ihr Bett.

Wie oft war er schon mit der Königin ins Bett gegangen? War ich überhaupt vergleichbar mit ihr? Oder war ich der arme Ersatz?

"Ihr Tod hat zum Untergang unseres Königreichs geführt, aber er hat uns auch alle unterschiedlich getroffen. Wir alle trauern noch immer um das, was wir einst hatten. Und was uns gestohlen wurde."

Ich glaubte fast, dass Kummer in seiner Stimme lag. Mein Atem beschleunigte sich bei dem Gedanken, dass ich Tempest missverstanden hatte. Hatten sein Temperament und seine Aggressivität etwas mit dem Schmerz über den Verlust seiner Königin zu tun? Hatte er sie so sehr geliebt?

Als er sich wieder dem Bett zuwandte und die Schultern nach vorne beugte, verließ ich hastig das Zimmer, verwirrter denn je.

Gerade als ich dachte, ich hätte eines der Monster verstanden, hatten sie alles durcheinandergebracht.

Sobald ich das Zimmer verlassen hatte, machte ich auf dem Absatz kehrt und rannte los, ohne anzuhalten, bis ich mein Zimmer erreicht hatte. Die ganze Zeit über hatte ich das Gefühl, dass die Dinge mit Tempest nur noch schlimmer werden würden, bevor sie besser wurden.

13

BLAKE

Ich war über ein Bett gebeugt und wurde von hinten gefickt, Steeles riesiger Schwanz stieß so schnell in mich hinein und wieder heraus, dass sich der Raum mit mir drehte.

Nach Luft schnappend stöhnte ich auf und hob meinen Arsch bei jedem Stoß höher. Gott ... der Mann konnte hart ficken. Und er tat es, als würde ich ihm gehören. Nicht auf die besitzergreifende Art, sondern so, als ob ich ihm buchstäblich gehörte.

Wollüstiges, rasendes Verlangen flammte in mir auf, je härter er in mich stieß. "Steele, hör nicht auf, bitte hör niemals auf", flehte ich verzweifelt, weil ich so viel mehr wollte.

Meine Brustwarzen spannten sich an, und ich sog jeden Atemzug ein, meine Welt wurde weiß, als er mich beanspruchte, wieder und wieder. Er hatte einen Rhythmus gefunden - einen unerbittlichen Fickrhythmus, in dem ich ertrank.

Ich konnte nicht vergessen, welche Gefühle er in mir geweckt hatte und wie sehr ich nach mehr geschrien hatte.

Hände - oder waren es Krallen? - bohrten sich in meine Hüften und hielten mich fest in Position.

„Mehr" keuchte ich.

Er hielt in seinen Angriff inne, und ich stöhnte aus purer sexueller Frustration auf. "Ich war so nah dran", hauchte ich. "Bitte. Mach weiter."

"Gib mir einen Moment. Ich habe noch etwas geplant, um das Gefühl zu steigern", murmelte er mit dieser sexy Stimme, die mich wild machte.

Langsam richtete ich mich auf, meine Nässe tropfte von meiner durchnässten Muschi an den Innenseiten meiner Schenkel herunter, weil er mich so unglaublich erregt hatte. Ich war wie eine Zündschnur, und wenn er mich jetzt anzündete, würde ich explodieren.

Steele stand vor mir, herrlich nackt, sein dicker, schwerer Schwanz glitzerte von meinen Säften. Aber meine Aufmerksamkeit fiel auf das rote Band, das von seinen Fingern baumelte. In der anderen Hand hielt er zwei kleine Metallklammern, die miteinander verbunden waren, und sein Grinsen war völlig verschlagen.

Ich schluckte schwer und drückte meine Schenkel zusammen bei dem Anblick dessen, was er für mich auf Lager hatte. "Wie funktioniert das?"

"Du wirst schon sehen", neckte er mich, und seine Augen brannten vor Lust. Aber irgendetwas war seltsam an ihm. Er schien zu zucken, so als würde er vor meinen Augen verschwinden. Zwischen seiner spektakulären Nacktheit und etwas Dunklem und Schattigem blinzelte ich mit den

Augen, unsicher, ob es nur an mir lag oder ob es tatsächlich geschah.

Er lächelte mich weiter an, als wäre alles normal.

"Steele, bist du okay?"

"Alles ist so, wie es sein soll", wies er mich an und hob seine Hand mit dem Band. "Jetzt sei ein gutes Mädchen für mich und tu, was ich dir sage. Das wird sich so gut anfühlen, Baby, und es wird nicht lange dauern, bis ich dich rette."

Verwirrung flammte in meinen Gedanken auf, Unbehagen machte sich in meinen Muskeln breit.

Nichts schien Steele zu stören, der mich ansah, als wäre ich seine Welt, und dieses Lächeln ließ mich alle Sorgen vergessen. Er beugte sich vor, legte das breite Band sanft über meine Augen und band es an meinem Hinterkopf fest.

Er drückte sich an mich, seine Fingerspitzen glitten über meine Arme. Sein Atem tanzte auf meinem Gesicht, die Muskeln unter seiner Haut bewegten sich gegen mich, und ein tiefes Knurren rollte in seiner Kehle.

"Deine Schönheit ist unglaublich", flüsterte er, gefolgt von Küssen auf mein Schlüsselbein.

Finger mit Spitzen, die sich wie Krallen anfühlten, drückten sanft in meine Brüste, als er sie umfasste. Er nahm eine Brustwarze in den Mund und saugte kräftig daran, wobei die scharfen Eckzähne leicht über das zarte Fleisch streiften.

Zuerst zuckte ich zusammen, weil ich nicht mit den Zähnen gerechnet hatte, dann widmete er die gleiche Aufmerksamkeit meiner anderen Brust, und das Vergnügen wuchs ziemlich schnell in mir.

"Das wird ein bisschen kalt werden. Vertraust du mir?", fragte er.

„Natürlich" antwortete ich sofort und ohne zu zögern. Ich wusste, dass ich Steele instinktiv vertraute.

"Gut. Ich liebe es, dich so zu sehen, Blake. Mein Schwanz ist so hart, dass ich es kaum aushalten kann. Ich verliere den Verstand, weil sich dieses Bild von dir für immer in meinem Kopf festsetzt."

Das kalte Metall, von dem ich annahm, dass es sich die Klammern handelte, wurde über einen Nippel gelegt und leicht angezogen.

Ich stöhnte auf, als ich merkte, wie sehr mich schon der geringe Druck erregte. Meine Muschi pulsierte, und als er den zweiten anzog, keuchte ich und presste meine Schenkel zusammen.

"Verdammt spektakulär. Du hast keine Ahnung, wie sehr ich es liebe, dich nach mehr schreien zu hören, wie sehr es mich anmacht, zu wissen, dass ich das mit dir gemacht habe." Seine Hände fielen auf meine Hüften. Das Nächste, was ich wusste, war, dass ich statt auf den Knien plötzlich auf dem Rücken lag.

Das leichte Zusammendrücken der Klammern an meinen Brustwarzen war ein quälender Schmerz, an den ich nicht gewöhnt war - das Blut pochte dort und brachte ein ganz anderes Gefühl mit sich als das, was sein Mund in mir auslöste.

Seine Hände glitten an meinen Beinen hinunter bis zu meinen Knien, und jede Berührung, jedes Flattern seiner scharfen Fingernägel, verstärkte das lustvolle Gefühl, das mich höherbrachte. Nicht in der Lage zu sein, seine nächste Bewegung zu sehen, ließ meinen Puls bei jeder Berührung in meine Kehle steigen, meine Muschi kribbelte für seine nächste Tat.

"Und jetzt?", fragte ich, halb schelmisch.

"Ich werde dich ficken, wie ich es noch nie getan habe", sagte er und ließ mich leicht verwirrt zurück. "Aber zuerst ..." Er zog meine Knie auseinander, breiter und breiter, bis ich ganz ausgestreckt für ihn auf dem Bett lag und mein Körper überall kribbelte. "Ich liebe es, dich so zu sehen, wie du mich alles machen lässt, was ich mit dir machen will. Und sieh dir diese rosafarbene, köstliche Muschi an, die vor mir trieft."

Seine Worte versetzten mich in einen erheiternden Rausch.

"Bitte, Steele", bettelte ich, während ich auf dem Rücken lag, völlig im Dunkeln, mit dem Band über meinen Augen. Die Klammern zwickten meine Brustwarzen gerade genug, um mich am Schwirren zu halten, und ich liebte offensichtlich die perverse Seite des Sex. Etwas, in das mich die Monster eingeführt hatten.

Es gab keine Angst, nur adrenalingeladenes Verlangen.

"Du wirst mich fertig machen", säuselte Steele, als er seinen Körper zwischen meine Beine presste. Ein seltsames Gefühl von Wärme und Kälte kroch bei seiner Berührung meine Beine hinauf. Meine Haut kräuselte sich vor Gänsehaut, doch ich schob meine Hüften nach oben, um ihm entgegenzukommen, begierig darauf, ihn wieder in mir zu haben.

Das Blut pochte in meinen Ohren, pochte in meinen Adern, seine Neckereien ließen mich heiß und unruhig werden.

Seine Hände wanderten zu meiner Taille, und er zog mich näher an sich heran; augenblicklich rieb sich die Wölbung seines Schwanzes an meinem Eingang.

"Ich werde dich zuerst auf dem Bett ficken, und dann

werde ich dich an der Wand nehmen, aus dem Fenster ragend ... an jeder verdammten Stelle, damit es hier keine Stelle gibt, an der ich dich nicht gefickt habe."

"Dann tu es endlich", forderte ich. "Denn im Moment ist es nicht fair, dass ich dich nicht sehen kann."

Er lachte, und ich betete das Geräusch an, das er machte. "Nichts ist fair, mein Schatz. Alles, was zählt, ist, wie sehr ich dich liebe. Du bist mein Ein und Alles", flüsterte er mit einem besitzergreifenden Knurren, dann stürzte er sich in mich.

Das kam ohne Vorwarnung, und ich schrie auf, mein Rücken krümmte sich, weil er sich so fest in mir vergraben hatte. Er dehnte mich irgendwie weiter als beim letzten Mal, als wir gefickt hatten, so, dass er jeden Zentimeter von mir ausfüllte und mich bis zu jenem glückseligen Punkt dehnte, an dem sich Schmerz und Lust zu einem unglaublichen Gefühl vermischten.

Ich schnappte nach Luft, als er mich auseinanderzog, aber auch er war nicht zu bremsen. Dieser wunderschöne, muskulöse Mann nahm mich härter, jede Berührung, jede Reibung, die durch unsere Körper verursacht wurde, sprühte wie Funken über meine Haut. Die Rauheit seines Körpers hielt mich an ihn gefesselt, ich gab ihm, was er wollte, ohne Unterlass.

Ich weiß nicht mehr, wie lange er mich gefickt hat, aber ich hatte mich ihm völlig hingegeben.

"Ich gehöre ganz dir, Steele", schrie ich, während er mich mit seiner Wildheit überfiel. Ich sehnte mich danach, die Augenbinde abzunehmen und in sein Gesicht zu starren, während ich vor Lust pochte.

Dann spürte ich etwas Seltsames tief in mir, als würde

sein riesiger Schwanz vibrieren. Aber das konnte nicht richtig sein. Tausend Fragen schwirrten in meinem Kopf herum, die so schnell gestohlen wurden, wie sie kamen, weil er mich so schnell fickte - wenn das überhaupt möglich war. Das ganze Bett schaukelte hin und her, mein Atem raste.

Ich schrie vor wahnsinnigem Vergnügen auf, als er jeden Zentimeter von mir einnahm und mich so nahe an den Rand des Abgrunds brachte, dass ich wusste, der Höhepunkt würde mich umhauen.

Meine Brustwarzen schmerzten in den Klammern, weil sie so hart kribbelten, und das Gefühl, ihn nicht zu sehen, spielte mit meinen Gedanken.

"Blake, ich werde nie damit aufhören. Ich kann es nicht. Alles, woran ich Tag und Nacht denke, ist, dich zu vögeln, deine Fotze mit so viel Sperma zu füllen, dass du dich für mich fortpflanzt. Ich brauche das, fuck", knurrte er, und ich spürte einen zusätzlichen Druck, als sein Schwanz irgendwie wuchs und erneut wild in mir vibrierte.

Meine Zähne klapperten. Und gerade als ich dachte, ich könnte nicht mehr, durchfuhr mich ein Lustschock so heftig, dass ich schrie.

"Das ist es", stöhnte Steele, stieß noch einmal tief zu und hielt inne, während er pulsierend kam. Die Hitze seines Spermas durchflutete mich.

Die ganze Zeit über schrie ich, mein Körper zitterte, fiel in sich zusammen, und ich konnte es nicht mehr aushalten. Ich riss mir das Band von den Augen, ich musste ihn sehen.

Und meine Lustschreie verwandelten sich in Angstschreie.

Denn statt Steele wurde ich von einem riesigen Monster beansprucht, das von schwarzem Nebel umgeben war, mit *glühenden Augen und einem Mund voller messerartiger Zähne.*

Und er sah mich an, als ob er mich fressen wollte.

Mit einem Schrei schreckte ich aus dem Schlaf hoch und fand mich völlig allein in meinem Bett wieder. Schweiß rann mir den Nacken hinunter, Haare klebten an den Seiten meines Gesichts. Ich war es langsam leid, ständig in diesem verrückten Zustand aufzuwachen.

Auf der Erde hatte ich von Monstern geträumt, die mich fickten. Jetzt, in ihrem Reich, hatte ich angefangen, mir vorzustellen, dass Menschen Monster waren.

Ich hatte eindeutig zu viel Sex gehabt, denn er war in jeden Zentimeter meines Lebens eingedrungen.

***

Der größte Teil des Tages verging wie im Fluge. Ich drehte meine letzte Runde durch den See, denn ich hatte mir vorgenommen, jeden Tag etwas mehr zu schwimmen. Plötzlich stellte ich im Augenwinkel fest, dass ich nicht allein war.

Als ich im kühlen Wasser innehielt, und mich umdrehte, sah ich Ash und Seven am Ufer stehen, die Zwillinge, die sich weder in ihrer Monster- noch in ihrer Menschengestalt ähnlich sahen. In diesem Moment waren sie in ihrer Monsterform. Hinter ihnen stand Freddy an einem langen Tisch, der mich an die Liegen in den Massagesalons erinnerte.

"Was ist hier los?", fragte ich.

"Wir haben eine Überraschung für dich", sagte

Seven, und seine Augen wurden weicher, und ich hatte den Eindruck, dass er heute besser gelaunt war.

"Was er damit sagen will", mischte sich Ash ein, "ist, dass er versucht, wiedergutzumachen, dass er neulich ein Arschloch war."

"Oh", sagte ich und trat auf der Stelle.

Seven wurde vielleicht rot, aber mit der Maske, die er über der unteren Gesichtshälfte trug, und der Kapuze war das unmöglich zu sehen. Eines Tages würde ich ihn fragen müssen, warum er sich verhüllte. "Es war Ashs Vorschlag. Ich habe es einfach organisiert", sagte er schließlich.

"Und was ist es?" Ich beäugte Freddy weiterhin misstrauisch.

"Komm raus", sagte Ash. "Und finde es heraus."

Ich schwamm an den Rand und kletterte in meinem Ersatz-Badeanzug - schwarzer Unterwäsche und Tanktop - heraus.

Sie gingen beide zu Freddy hinüber, der mit seiner ganzen Aufgeblasenheit besonders unbeholfen aussah.

"Freddy wird dir den Rücken massieren", verkündete Ash und klang dabei ziemlich zufrieden mit sich selbst. "Die Menschen lieben das."

Ein seltsamer Laut muss mir über die Lippen gekommen sein, denn alle starrten mich seltsam an.

"Sie mag es nicht", platzte Seven heraus.

"Nein, das ist es nicht, ich liebe Massagen", sagte ich etwas zu schnell. Es sollte meine Ausrede sein, dass ich Massagen hasste, aber ich war in Panik geraten, als ich ihre bedrückten Gesichter sah. "Ich bin nur ein bisschen überrascht."

"Sie klingt nicht überzeugt", sagte Freddy.

"Oh, sie will es", sagte Ash, packte mich am Arm, hob mich sanft hoch und legte mich auf den Bauch auf die Liege.

"Das ist der perfekte Ort", fügte Seven hinzu. "Eine kühle Brise, der Schatten der Bäume und niemand, der dich anstarrt."

Mein Herz klopfte lächerlich, weil ich mir nicht sicher war, was ich davon halten sollte. Aber bevor ich auch nur protestieren konnte, riss Ash mir mit einer seiner Krallen die Kleidung vom Leib.

Ich quietschte vor Schreck und klammerte mich an die Holzliege.

Im nächsten Moment landete etwas Eiskaltes und Gelatineartiges auf meinem Rücken. Diesmal schrie ich ein wenig, weil mein Körper vor der Kälte zurückschreckte.

"Scheiße, Freddy", knurrte Seven. "Ich habe dir gesagt, du sollst zärtlich sein."

"Natürlich, Meister. Ich habe noch nie einen Menschen massiert."

"Vielleicht sollte einer von euch, ahhh ...", stöhnte ich, als Freddy, der eindeutig krakenartige Arme unter seiner glitschigen Gestalt hatte, plötzlich Saugnäpfe an meinem Rücken anbrachte.

Ich hielt mich immer noch an der Liege fest und wusste nicht, was ich von dem geleeartigen Zeug halten sollte, das über meinen Rücken lief, obwohl der Druck der Saugnäpfe auf meine Schulterblätter nach einer Weile etwas Angenehmes an sich hatte. Ich hielt den Stress dort aus.

Ash und Seven standen an der Seite und sahen mich an, während ich meine Wange auf den Tisch legte und mein Körper von der seltsamen Massage auf und ab hüpfte.

"Danke", sagte ich. "Das ist sehr aufmerksam von euch."

"Wir haben regelmäßig Nachrichten erhalten. Ich habe es vorgezogen, dass man auf mir herumtrampelt und mir den Rücken bricht", erklärte Ash. "Ach, das waren noch Zeiten, bevor alles den Bach runterging."

Seven sprach nicht, starrte mich aber intensiv an, und es war immer schwer zu sagen, was er dachte oder wie er reagieren würde. Bei Tempest war wenigstens klar, dass er immer ein Arsch sein würde, also konnte ich damit umgehen. Aber Seven war unberechenbar.

Im selben Moment kreisten meine Gedanken um das, was Ash gesagt hatte, und damit erinnerte ich mich an das, was ich bei meinem jüngsten Rundgang durch den Raum mit den Köpfen über die Königin erfahren hatte.

"Ich hoffe, es ist nicht unhöflich, wenn ich das frage, aber haben sie überhaupt herausgefunden, wer sie getötet hat?"

Freddys Bewegung auf meinem Rücken hielt inne, bevor er wieder anfing, mich fester zu kneten. Ich rutschte auf dem Tisch hin und her und hoffte, er würde die Botschaft verstehen und sich zurückziehen.

Ash zuckte mit den Schultern, als wäre die Nachricht schon alt, doch ich bemerkte, wie sich sein Atem beschleunigte. Seven blieb der Inbegriff einer Statue, und so überraschte es mich, als er antwortete: "Der

Verräter war in unseren Reihen, einer aus unseren Reihen. Ein fünftes Monster, das zu Creeds Kreis gehörte. Er war derjenige, der Creed am nächsten stand, deshalb war es besonders verheerend. Er war als Letzter bei ihr, in der Nacht, als die Königin abgeschlachtet wurde. Und wie es der Zufall will, ist er danach weggelaufen und wurde seitdem nicht mehr gesehen."

"Er ist schuldig", fügte Ash hinzu. "Warum zum Teufel sollte er weglaufen, wenn er nichts zu verbergen hat?"

"Und ihr habt nicht nach ihm gesucht?"

"Steele war schon immer ein schlüpfriges Arschloch, und er hat sich versteckt."

Mir wurde augenblicklich schwindelig, und mein pulsierender Herzschlag in meinen Ohren verdrängte den Rest seiner Worte. Hatte ich richtig gehört? Könnte es dieselbe Person sein?

Das Unbehagen erschütterte mich und versetzte mich in einen Schockzustand.

"Warte, sag das noch mal." Ich richtete mich auf, schob Freddy zur Seite und setzte mich auf die Holzkante. "Wie, sagtest du, war sein Name?"

"Steele", wiederholte Ash. "Ein verdammter Verräter, und wenn wir ihn erwischen, wird er sich wünschen, er wäre anstelle der Königin gestorben." Er legte den Kopf schief und merkte, dass ich mich seltsam verhielt. "Hast du den Namen schon mal gehört?"

Die Welt um mich herum schien zu rauschen, und ich hörte für einen Moment auf zu atmen. Mit ihm kam der Traum von heute Morgen und die Verwandlung von Steele in ein Monster. Ich wollte es nicht glauben, denn andere Leute hießen doch auch Steele, oder?

Meine Erinnerungen schossen mir durch den Kopf, und mein Herz stotterte, dass es sich dabei um denselben Mann handeln könnte, in den ich mich damals in der Anstalt verliebt hatte. Der Mann, der mich in meinen Träumen besucht hatte, so wie es die Monster auf der Erde getan hatten.

Seine Worte gingen mir immer wieder durch den Kopf.

Ich komme zu dir, mein Schatz.

Plötzlich fühlte sich alles zu viel an ... viel zu viel.

Ich war kurz davor, mich zu übergeben, also sprang ich vom Tisch herunter und schnappte mir ein Handtuch vom Boden, um mich zu bedecken. Ich flüsterte leise: "Ich möchte bitte wieder in mein Zimmer gehen. Ich fühle mich nicht gut."

Wie ich in mein Zimmer zurückkam, ist mir schleierhaft. Mein Inneres war eiskalt ... Ich wollte nicht glauben, dass es mein Steele war. Es musste ein schrecklicher Irrtum sein.

Ich versuchte, meine eigenen Gefühle zu spüren, aber mein Herz zog sich zusammen, je länger ich darüber nachdachte. Ich hatte Gefühle für Steele, aber war er ein Killer, der sich auf der Erde versteckte?

Ich ließ mich auf mein Bett gleiten und zog die Knie an die Brust, um mir einzureden, dass es ein schrecklicher Zufall sein musste. Ein Fehler.

Weil ich den echten Steele kannte.

Oder etwa nicht?

Als ich am nächsten Morgen zum Frühstück kam, war die Stimmung düster, und ich sah alle besorgt an. Was war geschehen?

Ich ließ mich in meinen Stuhl gleiten und bedankte mich bei Freddy, als er mir etwas hinstellte, das wie Haferflocken aussah, und einen Haufen dieser Schokoladenblätter auf einem kleinen Teller neben die Schüssel stellte. Mir lief das Wasser im Mund zusammen, als ich sie nur ansah. Mit ihnen würde alles gut schmecken. Ich wollte einen Bissen nehmen, legte dann aber den Löffel weg, als ich sah, dass sogar Ash verärgert aussah. Und Ash sah fast nie verärgert aus.

"Was ist hier los?", fragte ich misstrauisch.

Creeds Lippen schürzten sich, als ob er darüber nachdachte, ob er es mir sagen sollte, aber ich konnte mich immer auf Tempest verlassen, wenn es um schlechte Nachrichten ging.

"Wir produzieren nicht genug für Wyld", schnauzte er.

"Genug produzieren wovon?"

"Essen ... Energie ... Sex", warf Creed ein und warf Tempest einen bösen Blick zu.

Nun, das war beunruhigend. Zwischen meinen Beinen pochte es gerade, weil Ash mich an diesem Morgen hart rangenommen hatte.

"Ähm, was glaubst du, wie viel Sex es braucht?"

Es fiel mir schwer, sie nicht zu fragen, wie oft sie ihre Königin gefickt hatten, damit sie die ganze Stadt ernähren konnte. Ich wollte die Antwort darauf definitiv nicht wissen, aber es war verlockend.

"Es geht nicht um die Stärke der Lust, die du produzierst, sondern nur darum, wie weit sie sich ausbreitet. Es ist, als gäbe es in Teilen der Stadt eine unsichtbare Mauer, die verhindert, dass ganz Wyld gefüttert wird", erklärte Ash und versuchte offensichtlich, mich zu beruhigen.

Obwohl ich nicht wusste, warum ich mich überhaupt schlecht fühlte. Es war fast so, als würde ich anfangen, mich für die Monster von Wyld zu interessieren.

"Ich habe eine Idee", verkündete Tempest und lenkte unsere Aufmerksamkeit auf die Stelle, an der er plötzlich vom Stuhl aufgestanden war. Alle sahen ihn erwartungsvoll an.

"Pariah".

"Nein, auf keinen Fall", knurrten Seven und Ash fast gleichzeitig. Ihre Blicke richteten sich auf Creed.

"Creed. Das kann doch nicht dein Ernst sein", sagte Ash.

Als ich mich umdrehte und Creed ansah, kribbelte

es in meinem Bauch. Er saß in seinem Stuhl und tippte mit einer seiner langen, spitzen Krallen nachdenklich auf sein Kinn.

"Erkläre es", befahl er Tempest.

"Pariah befindet sich im Epizentrum von Wyld. Dort wurde schon immer Energie gesammelt, sogar als die Rote Königin noch lebte. Wir alle wissen, dass etwas an diesen Koordinaten anders ist. Wenn wir sie dort ficken, könnte es verstärkt werden."

"Was ist Pariah?", fragte ich und fummelte an der Serviette auf meinem Schoß herum.

"Es kommt dem am nächsten, was die Menschen einen ...", begann Creed.

"Sexclub nennen", beendete Ash den Satz mit wütendem Blick.

"Du willst mit mir in einen Sexclub gehen?"

Tempest sah selbstgefällig aus, als er mir antwortete. "Das wäre wohl kaum das Verrückteste, was wir mit deinem Körper gemacht haben, Blake."

Ich öffnete den Mund, um ihm zu widersprechen, aber er hatte wahrscheinlich recht.

Aber es gab definitiv einen Unterschied zwischen verrücktem Gruppensex ... und verrücktem Sex in der Öffentlichkeit.

"Rachidra ist schwanger", sagte Creed abrupt.

Alle Männer schnappten nach Luft.

"Drakon hat mir heute Morgen eine Nachricht geschickt."

"Wann ist sie fällig?", fragte Ash und sah ... erschrocken aus.

"In einem Monat. Drakon wollte es niemandem sagen. Er war ganz außer sich."

"Warum seht ihr alle so entsetzt darüber aus?", fragte ich.

"Kein einziges weibliches Wesen in Wyld hat ein Kind bekommen können, seit ...", antwortete Creed mit einem Hauch von Melancholie in der Stimme.

"Seit ihrem Tod", beendete Tempest und sah mich mit brennendem Blick an.

"Aber ich dachte, ihr würdet euch von der Angst ernähren und dann ... von meinen Träumen", fragte ich.

"Aus irgendeinem Grund war es nicht stark genug. Wir waren in der Lage, alle zu ernähren, indem wir dich jahrelang gefickt haben, aber die Wyld-Frauen waren immer noch nicht in der Lage, ein Baby auszutragen", erklärte Seven.

"Oh", murmelte ich, und ein Hauch von Traurigkeit durchzog mein Inneres, als ich an all diese armen Frauen dachte. "Es tut mir so leid."

"Wir müssen es mit Pariah versuchen", drängte Tempest.

Ich biss mir auf die Lippe und dachte darüber nach. Es war ja nicht so, dass die Bewohner von Wyld nicht wussten, dass ich hier war und von ihren Anführern durchgefickt wurde. Wäre es für sie so anders, wenn sie das Ficken tatsächlich sehen würden?

Ja. Ja, das wäre es.

In diesem Moment flackerte in meinem Kopf ein Bild von mir selbst auf ... kugelrund, mit Kind. Ich verdrängte es, aber der Schaden war schon angerichtet.

"Ich werde es tun", verkündete ich leise. Ash sah

aus, als wollte er mich packen und weglaufen, und Seven starrte mich verständnislos an.

Aber Creeds Gesicht war völlig ausdruckslos. Abrupt stand er von seinem Stuhl auf und verließ mit schweren Schritten den Raum. "Sei in einer Stunde bereit", knurrte er, bevor er verschwand.

Ich schaute zu den drei verbliebenen Monstern am Tisch. "Wie genau bereitet man sich auf einen Monster-Sexclub vor?"

Offensichtlich durch das Tragen von Leder.

Monster-Sexclubs mussten ähnlich sein wie Fetischclubs in der menschlichen Welt. Ich war mir nicht sicher, ob die Lederfetzen, die ich gerade trug, als Kleidung galten. Meine Brustwarzen waren bedeckt, gerade so. Und meine Vagina war mit Leder überzogen, aber der Rest meines Outfits bestand im Grunde nur aus Lederriemen.

Ehrlich gesagt, ich hätte genauso gut nackt sein können.

Die Jungs trugen eine Art ledernen Lendenschurz, der kaum ihre baumelnden Teile und ihre Arschbacken bedeckte, und waren in ihrer vollen Monsterform. Ich musste zugeben, dass sie pervers sexy aussahen. Warum ich mich so sehr zu ihnen hingezogen fühlte, während mir der Rest der Monster Bauchschmerzen bereitete, war mir schleierhaft, aber es war die Wahrheit.

Wir hatten uns über gefühlt eine Million Brücken

geschlängelt, und ich dachte wirklich, dass sie in eine andere Art von Transportmittel investieren sollten, als zu Fuß zu gehen. Gerade als ich den Mund öffnete, um zu fragen, wie weit wir noch gehen mussten, bogen wir um eine Ecke, und vor uns stand etwas, das Pariah sein musste.

Das Gebäude bestand aus einem ähnlichen schwarzen, aschfahlen Stein wie der Rest der Stadt, aber die Architektur dieses Gebäudes ähnelte einer gotisch griechischen Kathedrale, mit Säulen und einer Kuppel. Allerdings konnte man zwischen den Säulen nicht in das Innere des Gebäudes sehen. In den Zwischenräumen hing ein roter, unheimlicher Schimmer, der den Blick ins Innere versperrte. Der Boden pulsierte leicht, als wir über die staubgraue, schmutzbedeckte Straße gingen, und aus dem Gebäude vor uns ertönte ein gespenstischer Beat.

Ich hatte das Gefühl, ich musste mich übergeben.

Ash hielt meine Hand mit einem Todesgriff fest und warf mir alle paar Sekunden besorgte Blicke zu. Seven hatte mich überhaupt nicht angeschaut. Creed sah aus, als würde er jemanden umbringen wollen. Und Tempest ... nun, er sah aufgeregt aus.

Bastard.

Als wir uns dem Gebäude näherten, erschien eine dunkle Öffnung in den Wänden und einer der gruseligen Spinnenwächter kam herausgekrabbelt und beugte seine Beine tief herunter, um sich vor Creed zu verbeugen.

"Das ist eine Überraschung, Sir. Wir haben Sie nicht erwartet", sagte er mit einer zischenden, kratzigen

Stimme, die mir wie Nägel auf einer Kreidetafel Schauer über den Rücken schickten.

"Wie ist das Publikum heute Abend?", schnauzte Creed als Antwort. Die Spinnenkreatur wich ein paar Schritte zurück und blieb mit gesenktem Kopf stehen, offensichtlich überrumpelt von dem Gift in Creeds Stimme. Der Monsterkönig war im Moment nicht gerade glücklich.

"Voll, wie immer, Sir. Der letzte Angriff hat dazu geführt, dass jeder etwas Dampf ablassen will."

Creed schnaubte als Antwort und schritt dann ohne ein weiteres Wort zu dem ... Spinnen-Türsteher und auf die schwarze Öffnung zu.

Tempest folgte Creed, und Ash führte mich hinter ihnen her, wobei Seven uns den Rücken freihielt.

Man konnte nichts sehen, außer dem schwarzen Nichts, das in der Wand erschienen war, und kalte Ranken streichelten meine Haut, als wir hindurchgingen. Ich war kurz davor, in Panik zu geraten, auch wenn Ash mich festhielt, und dann verschwand die Dunkelheit abrupt ... und wir tauchten in einen wirbelnden, sexuellen Albtraum ein.

Wir befanden uns in einem riesigen Raum, der viel größer zu sein schien, als das Gebäude von außen den Anschein erweckt hatte. Alles war in ein dunkelrotes Licht gehüllt, und aus den Wänden wurde roter Rauch in den Raum gepumpt.

Und es gab Monster ... überall.

Drachenähnliche Monster, klebrig aussehende Monster, ein Monster, das den Kopf eines Ebers hatte, nur mit violetten Stoßzähnen, die aus seinem Gesicht ragten. Von der Decke hingen durchsichtige Röhren, die mit rotem Licht pulsierten und in einem gewundenen Muster zum Boden führten. Männliche und weibliche Monster schwangen nackt von den Röhren und bewegten sich mit Leichtigkeit im Kreis an der dreißig Fuß hohen Decke auf und ab. Ich sah eine Menge Schwänze ... und Brüste.

Ich hatte das seltsame Verlangen, meine Hände über die Gesichter der Jungs zu legen, damit sie es nicht sehen konnten. Denn viele dieser Monstermädchen waren wunderschön.

Ich war von den Stangentanzmonstern abgelenkt worden und hatte deshalb all die anderen Dinge, die am Rande des Raumes passierten, irgendwie übersehen.

Der ganze Sexkram.

Mir lief das Wasser im Munde zusammen, als ich sah, wie ein weibliches Monster mit einem Umschnalldildo ein anderes Weibchen zur Hölle fickte und ihr mit ihren riesigen lila Fledermausflügeln auf die Seiten ihres Körpers schlug. Es gab mindestens fünf männliche Monster, die in einer Raupenformation synchron fickten. Zwei Monster mit drei Köpfen teilten sich ein hübsches rosa Monster mit durchsichtiger Haut.

Es war eine Menge zu verarbeiten, und ich spürte, wie mir die Schamesröte in die Wangen stieg, weil ich so viel Sex sah.

Auch ich war im Moment sehr erregt. Ich könnte nur hoffen, dass das Leder vor meiner Vagina wasserdicht war und nicht dem ganzen Raum verriet, wie klatschnass ich war. Es war schon schlimm genug, dass ich wusste, dass sie mich wahrscheinlich alle riechen konnten.

Ash knurrte ganz untypisch ein Monster an, das ein paar Meter entfernt einer Gottesanbeterin ähnelte, und das Monster huschte davon. "Wofür war das?", murmelte ich.

"Er hat dich angeschaut", sagte er mit zusammengebissenen Zähnen.

Ein Glucksen entschlüpfte Seven von hinten. "Woher wusstest du das überhaupt?", fragte ich ... da er ja blind war.

"Ich habe es gespürt", sagte Ash einfach, als ob das eine ausreichende Erklärung wäre.

"Okay, also wo machen wir das?", fragte ich nervös und versuchte, meine Augen von, nun ja ... allem abzuwenden. Und eigentlich wollte ich es nur hinter mich bringen.

"Dort oben", sagte Tempest mit aufgeregtem Blick, während er auf eine große Plattform zeigte, die ich noch nicht bemerkt hatte und die über den Tänzern hing ... mitten im Raum.

Bevor jemand auf seine Idee eingehen konnte, kamen drei spärlich bekleidete Monstermädchen auf uns zugerannt.

"Eure Majestät", hauchte eine von ihnen, ihre Haut hatte eine schöne hellblaue Farbe, kleine Kiemen befanden sich an den Seiten ihres Halses. Abgesehen davon sah sie fast menschlich aus.

Creed schaute auf die Bar, als hätte sie ihn nicht angesprochen. "Ich glaube, Blake könnte einen Drink gebrauchen", sagte er, während er auf die Bar zuging.

"Lasst sie nicht aus den Augen", bellte er den anderen zu.

Seven knurrte, als wäre er persönlich von Creeds Anweisung beleidigt, aber Ash lachte nur verärgert.

Nachdem Creed gegangen war, rückten die Mädchen näher zusammen, obwohl das blaue Mädchen ihm hungrig hinterherstarrte.

Etwas, das sich furchtbar nach Eifersucht anfühlte, entfaltete sich in meiner Brust. Ich wandte mich von ihnen ab und sah mir den Raum genauer an, um mich abzulenken ...

Ich meinte, sie würden sich doch nicht für diese Mädchen interessieren, oder? Die Unsicherheit, die ich plötzlich verspürte, war zum Verrücktwerden.

Ein Paar Arme schlang sich um mich, und ich sank gegen die harte Brust, wobei ich Ashs Berührung sofort erkannte. Eines der Mädchen hinter uns lachte, und ich versteifte mich.

"Was ist los, Schätzchen?", säuselte Ash in mein Ohr, der sanfte Hauch seines Atems erinnerte mich an die letzte Nacht und ließ mir einen Schauer über den Rücken laufen.

"Nichts", sagte ich, viel zu schnell.

"Lass sie in Ruhe", schnauzte Seven hinter uns, und ich entspannte mich, als Seven in meinem Blickfeld erschien.

Ash gluckste wissend hinter mir. "Da ist jemand eifersüchtig, Bruder."

"Eifersüchtig?", fragte Seven und klang dabei völlig verwirrt.

"Ich weiß nicht, wovon du sprichst", antwortete ich hochmütig.

Ash zog mich noch näher zu sich heran. "Sei nicht eifersüchtig, Kleines. Wir sehen nur dich", flüsterte er.

Der Funke der Eifersucht verwandelte sich in Schmetterlinge, die sanft gegen mein Inneres schlugen, denn verdammt ... warum hatte sich das so toll angehört?

Tempest seufzte laut hinter uns, und ich löste mich aus Ashs tröstender Umarmung und sah ihn an. Die Mädchen waren weg, und Tempest starrte verzweifelt auf die Bar, wo Creed mit dem Barkeeper sprach und mit einer kleinen Gruppe von Monstern, die sich um ihn herum versammelt hatten. Direkt vor ihm stand ein Tablett mit Getränken, vermutlich für uns. "Warum um alles in der Welt dachte Creed, dass es schnell gehen würde, wenn er die Getränke holt?"

Ash schnaubte und klopfte Tempest auf die Schulter. "Lass mich wenigstens die Getränke holen gehen. Du weißt doch, dass Creed nirgendwo hingehen kann, ohne dass ihm alle ihre Probleme erzählen wollen, die er lösen soll."

Ash schlenderte zur Bar hinüber, und ich starrte wohl etwas zu lange auf seinen Hintern, denn als ich es endlich schaffte, meinen Blick abzuwenden, starrten mich Tempest und Seven amüsiert an. Ash kam ein paar Minuten später mit unserem Getränketablett zurück, Creed stand immer noch an der Bar und sah aus, als würde er gleich Leute verprügeln, wenn es noch länger dauerte.

Die Getränke auf dem Tablett leuchteten in einer

Vielzahl von Neonfarben. Eines der Getränke in einem hohen, dünnen Glas wechselte tatsächlich die Farbe. Erst lila, dann gelb, dann blau. "Für meine Dame", sagte Ash und reichte mir ein leuchtend rosa Glas, bevor er ein leuchtend grünes an Tempest, ein blaues und ein oranges an Seven weiterreichte und das farbwechselnde Getränk für sich behielt.

"Hoch die Tassen", sagte Tempest und beobachtete mich, während er seinen Drink hinunterstürzte, wobei sein Blick Funken schlug.

"Seid ihr sicher, dass das nicht radioaktiv ist?", fragte ich und starrte zweifelnd auf mein Glas.

Alle drei sahen mich verwirrt an. "Okay, das ist wohl ein Wort, das ihr nicht kennt, wenn ihr Menschen erschreckt und ihnen beim Sex zuseht", stichelte ich, während ich tief durchatmete und einen Schluck von meinem Getränk nahm.

Ein Geschmack, der eine Mischung aus Erdbeeren und Bananen war, traf auf meine Zunge, und ich stöhnte entzückt auf, als ich schluckte, und zuckte zusammen, als ein Schock meine Wirbelsäule hinunterrutschte. Mein Körper fühlte sich sofort leicht und glücklich an, und das grelle rote Licht wirkte nicht annähernd so einschüchternd.

"Ähm, Ash, was für ein Getränk hast du ihr gegeben?", fragte Seven und legte den Kopf schief, während er mich alarmiert anstarrte. Ich lächelte ihn albern an. Ich liebte ihn einfach so sehr.

"Du liebst ihn, was?", fragte Ash heiser und seine Augen begannen zu leuchten. "Was ist mit mir?"

Seufz. Ich liebte ihn auch.

"Creed, was zum Teufel hast du bestellt?", schnauzte Tempest, als Creed endlich von der Bar zurückkam. Warum wirkte er so verzweifelt?

"Creed, du bist wieder da, Schatz", säuselte ich, beugte mich vor und versuchte, meine Arme um Creeds Hals zu legen. Nur ... er war so verdammt groß. Vielleicht sollte ich auf ihn klettern?

"Ich dachte, rosa wäre nur Ethernium. Sie hätte es gar nicht spüren dürfen", kommentierte Ash, aber ich verstand nicht mehr, worüber sie redeten - ich wollte einfach nur, dass Creed mich festhielt.

"Schatz. Das gefällt mir", murmelte Creed, als er mir endlich gab, was ich wollte, und mich auf den Arm nahm. Ich kuschelte mich an seine Wange. Er war so gutaussehend. Mein hübsches Monster. Meines. Meins. Meins.

Ich hörte, wie die anderen kicherten, und runzelte die Stirn, als ich versuchte, mir vorzustellen, wie ich sie alle auf einmal umarmen könnte.

Seven riss mir mein Getränk aus der Hand, als ich gerade einen weiteren Schluck nehmen wollte, und ich sah ihn stirnrunzelnd an und fragte mich, warum ihm lila Funken auf dem Kopf herumtanzten. Er schnupperte an dem Getränk. "Riecht wie Ethernium", murmelte er, bevor er einen Schluck nahm. "Fuck", sagte er, als er schluckte, sein Blick wurde verträumt, als er uns alle anstarrte und einen weiteren großen Schluck nahm.

"Ich liebe euch", sagte er nach einem Moment mit der süßesten und sanftesten Stimme, die ich mir vorstellen konnte.

"Du willst mich wohl verarschen", schnauzte Tempest, riss Seven den Drink aus der Hand und warf ihn zu Boden. Er pirschte sich an die Bar heran.

"Wo geht er hin?" Ich seufzte und begann, Creeds Gesicht mit Küssen zu bedecken, wobei ich es genoss, wie sich seine Brust vor Lachen an mich schmiegte.

Ich spürte einen warmen Körper hinter mir und seufzte, als Seven begann, meinen Hals zu kraulen. Ich liebte es, diese Art von Aufmerksamkeit von ihm zu bekommen. Ich stöhnte auf und Creed versteifte sich gegen mich. Sanft löste er meine Arme von seinem Hals und drückte mich in Sevens Arme. "Was ist los?", fragte ich Creed, während Seven und ich anfingen zu kuscheln und Küsse auszutauschen.

"Ich habe eine Menge Selbstdisziplin, Liebling. Aber wenn du diese Geräusche machst und dich an mir reibst, ist das ein Weg, diese Disziplin schnell zu brechen", erklärte er. Ich schnaufte und hörte Ash schnauben.

Seven leckte mir über die Wange, und ich kicherte. "Ich wünschte, du könntest immer so sein", sagte ich seufzend, während ich mit meinen Händen durch sein Haar fuhr. "Ich liebe dich ... so."

"Ich bin verrückt nach dir, mein Schatz", säuselte Seven.

"Die Etherniumflasche war gedopt", sagte Tempest verärgert, als er zu mir stapfte, mein Kinn anhob und mir in die Augen sah.

"Gedopt?", fragte Creed mit einem Stirnrunzeln.

"Jemand hat Fenderroot hineingetan. Es gab Rückstände auf der Innenseite der Flasche, die sich nicht aufgelöst hatten."

"Nun, das erklärt alles", sagte Ash amüsiert. "Wir können genauso gut gehen. Fenderroot braucht Stunden, bis es nachlässt. Wir können von Glück reden, dass Seven nicht gerade versucht, sie auf dem Boden zu ficken."

"Das klingt wunderbar", seufzte ich, während Seven an meinem Hals knabberte.

Creeds Lachen umspielte mich und umhüllte mich mit seiner Wärme.

"Wir brauchen nicht zu gehen. Sie wird sich dann einfach wohler fühlen", hörte ich Tempest sagen, während Seven einen Finger unter die kleine Abdeckung über meiner Brustwarze schob und meine Knospe sanft rieb.

„Mehr" beharrte ich und rieb mich an seinem harten Schwanz, den ich unter seiner Hülle spüren konnte.

"Also gut, ihr zwei", sagte Ash und riss mich aus Sevens Armen. Seven knurrte und versuchte, mich zurückzuziehen. "Das wird heute Abend nicht passieren, Tempest. Zieh deinen Kopf aus deinem Arsch."

Ash schlenderte auf den Eingang zu, während ich mit seinem Haar spielte und über seine Schulter zu den anderen blickte. Seven folgte uns, sein Blick war auf mich gerichtet, als wäre ich das Zentrum seines Universums. Es war ein berauschendes Gefühl. Ich streckte meine Hand nach ihm aus und wollte, dass er mir näherkam. Ich wollte sie alle näher bei mir haben.

Tempest stritt sich mit Creed über irgendetwas, aber mir wurde langsam heiß ... und es schmerzte.

Ich begann, mich noch mehr an Ash zu reiben und versuchte, Druck auf meine Klitoris auszuüben. "Es tut mir weh", wimmerte ich in Ashs Ohr.

„Scheiße" fluchte er, als er sich wieder zu den anderen umdrehte. "Beeilt euch verdammt noch mal. Es wird immer schlimmer."

Tempest knurrte, während Creed und Seven uns verfolgten.

Ich begann zu weinen, als Ash mich fest an sich drückte. "Warum tust du mir das an? Warum willst du mich nicht?", schluchzte ich. Irgendetwas in meinem Hinterkopf sagte mir, wie lächerlich ich mich benahm, aber ich konnte es nicht verhindern.

"Sie weint. Fick mich", stöhnte Ash zu den anderen. "Süße, natürlich will ich dich. Ich will dich immer", sagte er beruhigend und rieb meinen Hintern auf eine Weise, die mich nur noch geiler machte.

"Ich werde sterben, wenn ich sie nicht sofort ficke", knurrte Seven und stürzte sich auf mich. Creed packte ihn an der Taille und hielt ihn nur wenige Zentimeter von mir entfernt auf.

"Also gut, Loverboy ... bringen wir euch beide nach Hause. Niemand fickt irgendjemanden", sagte Creed verärgert. Tempest spöttelte neben ihm, und ich bemerkte, dass er ein blaues Auge hatte. Wann war das denn passiert?

Wir schafften es nach draußen, aber die Flucht vor dem sexuellen, eindringlichen Beat des Clubs half nicht, den überwältigenden Wahnsinn zu lindern, den ich fühlte. Ich musste gefickt werden. Hart. Überall.

"Bitte helft mir", stöhnte ich, und meine Hände krallten sich in Ashs Schultern, weil ich so verzweifelt war.

Seven wehrte sich gegen Creed und versuchte, zu mir zu gelangen, und ich sah wie betäubt zu, wie Creed etwas auf Sevens Nacken drückte, sodass er umkippte und fast zu Boden fiel.

"Jetzt müssen wir den Bastard nach Hause tragen", sagte Tempest kopfschüttelnd.

"Ich halte es nicht mehr aus. Ich muss ihr helfen", sagte Ash hilflos, während ich weiter schluchzte.

"Wir werden das Schloss nie wieder verlassen", knurrte Creed, während er sich die Gebäude um uns herum ansah. "Da drüben." Er wies auf eine Gasse.

"Warum bringen wir sie nicht einfach zurück in den Club?", sagte Tempest. "Was macht das für einen Unterschied?"

"Weil die anderen sie sehen würden", schnauzte Ash vehement, seine Stimme war voller Feuer. Tempest und Creed schauten verblüfft wegen des harten Tons in seiner Stimme, und ich konnte sogar kurz aufhören, zu weinen, als ich sein wunderschönes Gesicht anstarrte.

"Niemand außer uns sieht sie so", knurrte Ash und forderte die anderen auf, ihm zu widersprechen. Seven hing über Creeds Schulter, also hatte er offensichtlich nichts zu sagen ... aber die anderen auch nicht.

"Jedem Monster, das sieht, wie sie außerhalb unseres Kreises gefickt wird, werden die Augen herausgerissen. Habe ich mich klar ausgedrückt?"

Daraufhin stöhnte ich auf, und ein Schnauben entglitt Ash, dessen Gesicht sich von der grimmigen Maske, die er bisher trug, erweichte. "Gefällt dir meine verrückte Seite, Süße?", fragte er und strich mir sanft die Haare aus dem Gesicht.

Ein weiterer Anfall von Lust wählte diesen Moment, um zu erscheinen. Ich war so feucht, dass ich Tropfen meiner Lust auf seiner nackten Brust spüren konnte, da ich wie ein Koala um ihn gewickelt war, meine Muschi bündig auf seiner Haut.

Ash lief fast im Laufschritt die Gasse hinunter, drückte mich gegen die Wand, sobald wir nicht mehr zu sehen waren, und verschlang meine Lippen. "Du riechst so verdammt gut. Ich wette, du schmeckst auch so gut. Also werde ich mir einen kleinen Leckerbissen gönnen, um mir die Zeit zu vertreiben, bis wir dich nach Hause bringen können ... klingt das gut?"

"Bitte!", flehte ich.

Ohne mich auch nur eine Sekunde länger warten zu lassen, ging Ash auf die Knie, riss das blöde Stück Leder aus meiner schmerzenden Fotze und begann mich zu verschlingen. Saugend und leckend drang seine Zunge in meine Falten ein, während er einen dicken Finger in mich schob.

"Ja, ja, ja", rief ich, wobei ich schwach wahrnahm, dass Creed und Tempest mich mit hungrigen Augen beobachteten.

Ash schob einen weiteren Finger hinein, und schon war ich weg, ritt auf seinem Gesicht, sehnte mich nach mehr von seiner Zunge und seinen Berührungen. Ashs freie Hand drückte meine Arschbacken und drängte mich vorwärts.

Ich fand es toll, wie Ash mich oral nahm. Als ob es seine Lieblingsbeschäftigung wäre. Als könnte er es den ganzen Tag tun, jeden Tag.

Ja, bitte.

"Du schmeckst so verdammt gut", sagte Ash gegen meine Haut, während er meine Falten noch einmal lange leckte und gleichzeitig einen dritten Finger einführte. Ich keuchte und schloss die Augen, als ich merkte, wie voll ich mich fühlte, obwohl ich wusste, dass er nicht annähernd so groß war wie einer von ihnen.

"Reite sein Gesicht, Liebling. Nimm dir, was du brauchst", knurrte Creed, und offensichtlich war seine ernste, raue Stimme alles, was ich brauchte, denn eine Sekunde später kam ich so hart, dass ich Sterne sah.

Ash zog seine Finger aus meinem Inneren, leckte und saugte aber weiterhin fieberhaft an meiner Muschi, offensichtlich, um jeden Tropfen zu bekommen. Seine Bemühungen machten sich bezahlt, denn dem ersten Orgasmus folgte schnell ein weiterer, weniger intensiv, aber immer noch so verdammt gut.

Er leckte mich noch einmal lange, bevor er aufstand und mich wieder in seine Arme zog.

Ich schloss die Augen und schmiegte mich an seine Schulter. Die rasende Hitze wurde durch einen ange-nehmen Schmerz ersetzt, der mir sagte, dass ich auf jeden Fall noch eine Runde drehen konnte. Am liebsten auf seinem Schwanz, aber ich würde nicht in Flammen aufgehen, wenn ich ihn nicht sofort bekam.

"Ihr Geruch ist überall. Wir müssen verdammt noch mal nach Hause, bevor die Monster von Wyld auftauchen und versuchen, mit uns zu spielen", grummelte Creed, als wir uns wieder in Bewegung setzten.

"Ich danke euch allen für die Erlösung, die ich auf dem Rückweg genießen darf", knurrte Tempest.

Creed spottete. "Als ob du der Einzige wärst." Ich öffnete müde die Augen und sah, wie er einen immer noch schlaffen Seven auf seiner Schulter hin und her schob. "Wenigstens musst du den hier nicht tragen."

"Danke, Ash", sagte ich leise, kuschelte mich an seinen Hals und atmete seinen köstlichen Geruch tief ein.

"Immer, mein Schatz. Immer", sagte er.

Ich entspannte mich und genoss den Weg nach Hause in seinen Armen.

Scheiße. Ich fing wirklich an, es als Zuhause zu betrachten.

"*Baby*", *murmelte Steeles Stimme, während er mir sanft über die Wange strich. Ich stöhnte auf und öffnete die Augen, nur um zu sehen, dass er sich über mich beugte. Sein eisblauer Blick war voller Liebe.*

"*Du bist hier*", *sagte ich leise und fühlte mich schmerzerfüllt und fiebrig.*

"*Was ist mit dir passiert?*", *fragte er mit besorgter Stimme.*

Ich rutschte in meinem Bett hin und her und biss mir

auf die Lippe, um den Drang zu unterdrücken, ihn zu bespringen. "Wir waren in einem Club, und es gab einen Drink, glaube ich." Meine Stimme war heiser und lustvoll, fast nicht wiederzuerkennen. "Ich bin mir wirklich nicht sicher."

"Scheiße. Sie kümmern sich überhaupt nicht um dich", knurrte er, sein Blick folgte meinen Händen, die meinen Körper hinunter zu meinem schmerzenden Kern wanderten.

"Haben sie dir etwas gegeben, was dir hilft, Baby?"

Ich wimmerte. "Nichts. Ich brauche mehr, Steele", bettelte ich.

Er seufzte und schloss kurz die Augen, bevor er sie wieder öffnete. Seine Hand kämmte durch mein Haar und ich schnurrte bei diesem Gefühl.

"Du brauchst mich. Sie sind im Moment zu sehr abgelenkt. Du brauchst jemanden, der sich nur um dich kümmert."

"Mmmh. Das hört sich gut an", sagte ich verträumt, bevor mich ein weiterer Stich der Lust hart traf. Ich schrie auf und sah flehend zu ihm auf.

"Ist schon gut, Süße, ich kümmere mich um dich", murmelte er, während seine Hände von meinen Haaren nach unten wanderten und meine Haut streichelten, während er sich auf den Weg zu meinem ...

Am nächsten Morgen fühlte ich mich, als wäre ich von einem Holzbalken getroffen worden. Die letzte Nacht war eine Scheiß-Show. Obwohl ich den Rest des Heimweges ohne die *Hilfe* der anderen überstanden hatte, musste ich erst von Ash, Creed und Tempest durchgefickt werden, bevor ich wieder einschlafen konnte. Ich erinnerte mich deutlich daran, von Steele geträumt zu haben und von ihm *Hilfe* bekommen zu haben. Und dann hatte ich von Freddy eine Art Gebräu bekommen, nachdem ich in den frühen Morgenstunden aufgewacht war und man mich dabei erwischt hatte, wie ich versuchte, mich an der Wand zu vergehen - das würde ich so schnell nicht vergessen.

Es fühlte sich an, als hätte ich einen Kater - oder zumindest so, wie ich mir vorstellte, dass sich ein Kater anfühlte. Ich war in meinen jungen Lebensjahren in einer Anstalt gefangen gewesen und wurde davor von meinen Eltern streng überwacht. Ich hatte also nie die Gelegenheit gehabt, mich so zu betrinken wie meine Altersgenossen.

Mein Kopf hämmerte, und mir war zum Kotzen zumute, als ich den Flur zum Speisesaal hinunterging. Mir war ziemlich schnell klar geworden, dass das Früh-stück für Creed eine Art Morgenritual war. Seine Artgenossen aßen, während sie sich unterhielten, aber das brachte offensichtlich nicht viel, denn sie brauchten andere Arten von Energie, um sich tatsäch-lich zu ernähren. Aber Creed mochte es offensichtlich, morgens alle zusammenzuhaben, bevor der Tag begann.

Es war irgendwie süß.

Oder - es war normalerweise süß, wenn mein Kopf nicht das Gefühl hatte, zu explodieren.

Creed, Tempest und Ash saßen bereits an dem

riesigen schwarzen Tisch und aßen etwas, das wie ein Stück rohes Fleisch aussah. Ich hatte definitiv nicht vor, es mir näher anzusehen.

"Hallo, Partygirl", rief Ash, sobald er mich sah. Ich zuckte zusammen, als ich hörte, wie laut seine Stimme in diesem Moment klang. Allein der Anblick seines selbstgefälligen, schönen Gesichts ließ meine Wangen in tausend Schattierungen von Rot erröten. So verwirrt ich gestern Abend auch gewesen war, ich konnte mich an alles, was ich getan hatte, genau erinnern. Es fühlte sich an, als würde ich einem Fremden zusehen, als würde ich ein anderes Mädchen sehen, das um einen Orgasmus bettelte und flehte ... aber ich war es definitiv gewesen.

Ich winkte schüchtern und huschte zu meinem Stuhl hinüber. Doch bevor ich dort ankam, streckte Creed seine Hand aus, zog mich auf seinen Schoß und rieb seine Wange an meiner.

"Guten Morgen, mein Schatz", sagte er heiser, und siehe da, die Lust hatte mich offenbar genauso genährt wie die Monster, denn ich fühlte mich auf einmal nicht mehr ganz so krank.

"Hi", murmelte ich, immer noch errötend, aber froh, all die Zuneigung des Monsterkönigs in mich aufzusaugen. Ich spürte, wie Tempest und Ash uns aufmerksam beobachteten, selbst als Freddie herumrutschte und das Geschirr auf den Tisch stellte.

"Es tut mir leid wegen gestern Abend. Offensichtlich gab es eine Lieferung dieses Getränks, die mit einem Schuss versetzt war. Es wird sich darum gekümmert."

Ich bewegte mich in Creeds Schoß, und er stöhnte leise und wurde unter mir hart. Ich beschloss, es zu ignorieren ..., weil ich Klasse hatte.

Zumindest redete ich mir das nach dem Debakel von gestern Abend ein.

"Was genau war in diesem Getränk?", fragte ich.

"Ethernium. Es ist so etwas wie ... diese Pille, die die Menschen in euren Tanzclubs so gerne mögen. Aber mit Monsterkräften."

"Ecstasy? Ich wurde letzte Nacht mit Monster-Ecstasy betäubt? Ist es in Ordnung, dass ich das genommen habe?", stürzte ich hervor.

Monster Ecstasy machte sehr viel Sinn, da ich mich schon nach einem kleinen Schluck dieses Getränks stundenlang fickbereit fühlte.

Seven erschien in der Tür, sein Haar war durcheinander, er hatte dunkle Ringe unter seinen violetten Augen.

"Hey, Sonnenschein", zwitscherte Ash.

"Verpiss dich", knurrte Seven und taumelte zu seinem Sitz, als würde er jeden Moment ohnmächtig werden ... oder sich übergeben. Es war schwer zu sagen.

"Hier, Sir", murmelte Freddie und bot ihm ein dunkelbraunes Getränk an, das ein wenig wie Schokoladenmilch aussah.

Seven kippte ihn, ohne zu fragen hinter, und seine Farbe begann sofort besser zu werden.

"Ähm, kann ich etwas davon haben?", fragte ich und beobachtete, dass es offensichtlich ein wahnsinnig gutes Katerheilmittel war.

"Mir wäre es lieber, du würdest das nicht tun",

antwortete Creed mit einer Entschuldigung in seinen Augen angesichts meiner offensichtlichen Enttäuschung. "Ich habe keine Ahnung, was das bei einem Menschen anrichten würde, und ich möchte das, was du jetzt fühlst, nicht noch schlimmer machen."

Leider machte das sehr viel Sinn, wenn man bedachte, was das Monster-Viagra letzte Nacht mit mir gemacht hatte. Mit dem Experimentieren aufzuhören, klang ziemlich gut.

"Gib ihr deine verdammte Überraschung", knurrte Seven und seine Wangen erröteten leicht, während er mich aufmerksam beobachtete. Ich fragte mich, an welche Erinnerung an die letzte Nacht er dachte. Er war so verdammt süß gewesen. So ganz un-seven-mäßig.

Ash wurde munter. "Oh, das sollte dir helfen, dich ein bisschen besser zu fühlen!" Er sprang von seinem Platz auf und rannte praktisch aus dem Zimmer. Es war immer noch erstaunlich, wie gut er alles wahrnahm. Ich war ständig gegen Wände gelaufen, und ich konnte sehen.

"Was hast du mit meinen Monstern gemacht, Kleines?", fragte Creed und seine Brust knurrte köstlich, als er über Ashs Eifer lachte.

Ich zuckte mit den Schultern.

"Was machst du mit mir?", murmelte er leise, und mein ganzes Inneres fühlte sich geschmolzen und matschig an.

Ash erschien einen Moment später mit einem Krug einer vertraut aussehenden orangefarbenen Flüssigkeit. Sofort wurde ich in Creeds Schoß munter. War das ...

"Wir haben dir Orangensaft besorgt", verkündete Ash stolz. "Nun, eigentlich hat Seven geholfen, aber da er heute Morgen so ein kleines Arschloch ist, werde ich den ganzen Ruhm ernten."

Seven spottete und rollte mit den Augen, aber in seinem Blick lag ein amüsiertes Glitzern, als er seinen Bruder liebevoll beobachtete, wie er zu mir hinüberging.

Creed nahm ein schickes Glas in die Hand, das ich noch nie gesehen hatte, und Ash goss den Orangensaft ein.

Gerade als er mit dem Einschenken begann, ging der Alarm in der Stadt los, so laut und plötzlich, dass Ash beim Aufspringen das Glas verfehlte und den Saft über den Boden verschüttete.

„Scheiße" fluchte er.

Freddy kam herein und sah panisch aus, so panisch wie ein gallertartiger Klumpen aussehen konnte.

"Man hat ihn gesehen, Sirs", kreischte er. "Steele wurde vor den Toren gesehen!"

Alle waren im Nu auf den Beinen, Dringlichkeit und Hass lagen in der Luft.

Mein Magen drehte sich bei dieser Nachricht um. Steele war hier? War es mein Steele oder ein Monster mit demselben Namen?

„Endlich" schnurrte Tempest. Seven und Ash sahen wütend aus, während Creed ... er sah einfach nur erschüttert über die Nachricht aus.

"Freddy, bring Blake in ihr Zimmer und schließ die

Tür ab. Keiner geht rein oder raus. Habt ihr verstanden?", bellte Creed.

"Ja. Ich werde dafür sorgen, dass sie in Sicherheit ist", antwortete er schnell. "Ich werde einige der Wachen alarmieren, damit sie ebenfalls hochkommen."

Creed nickte, aber er war offensichtlich bereits in Gedanken versunken und plante, was er tun würde.

"Freddy, sofort!", schnappte Seven, und dann fand ich mich auf dem Boden wieder, und Freddy drängte mich aus dem Zimmer, wobei das Funkeln seiner Zähne ausreichte, um mich in Bewegung zu halten. Niemand sagte etwas zu mir, als ich den Raum verließ; sie schritten bereits aus dem anderen Ausgang des Raumes.

Ich wurde den Flur hinunter in mein Zimmer geschoben, und Freddy schloss die Tür ohne ein Wort hinter mir.

Ich lief zum Fenster und schaute auf die Stadt hinaus, während ich innerlich zitterte und mich fragte, ob mein Steele in diesem Moment da draußen war.

Und ich fürchtete mich davor, was passieren würde, wenn er es wäre.

15

BLAKE

Ich war auf und ab gegangen, völlig außer mir, als jemand seine Stimme aus meinem Zimmer ertönen ließ.

Ich erstarrte, denn ich hatte den Eindruck, dass ich allein war, nachdem Freddy mich in mein Zimmer geführt und dort eingesperrt hatte.

Offenbar hatte ich mich geirrt.

Mir lief ein Schauer über den Rücken, und ich drehte mich in die Richtung, aus der das Geräusch kam, gerade als jemand aus dem Schatten meines begehbaren Kleiderschranks trat.

Seine eisblauen Augen waren das Erste, was ich sah, gefolgt von der Haarsträhne, die ihm immer ins schöne Gesicht fiel.

"Steele", murmelte ich und zitterte bis ins Mark. Ich hatte das Gefühl, dass ich ohnmächtig werden würde, als ich ihn in meinem Zimmer sah. Mein Arzt aus der Anstalt, der Mann, in den ich mich Hals über Kopf verliebt hatte, stand vor mir im Reich der Monster.

Mein Magen krampfte sich zusammen, und mein Herz bebte.

"Mein schöner Engel", sagte er mit einem Lächeln, seine Stimme war rau und köstlich, genau wie ich sie in Erinnerung hatte. Mein Herz flatterte in meiner Brust bei seinem Anblick, bei der Erinnerung daran, wie leicht ich mich ihm hingegeben hatte. Wie verzweifelt ich mich damals auf der Erde und in meinen Träumen nach ihm gesehnt hatte.

"Ich habe dich vermisst", sagte er und zwinkerte mir zu, woraufhin mir die Knie weich wurden. Ich konnte immer noch nicht glauben, wie gut Steele aussah. Von seinem unordentlichen Haar, das mich dazu brachte, mit den Fingern hindurchzufahren, bis zu der Art und Weise, wie er mich studierte, wie ein Raubtier auf der Pirsch nach seiner Beute. "Ich habe dir gesagt, dass ich dich holen werde."

Bevor ich mir über irgendetwas klar werden konnte, hatte mein Körper mich bereits verraten. Ich rannte in seine Arme, und er hob mich von den Füßen, unsere Münder trafen aufeinander. Dieser sexy, moschusartige Duft, den ich vermisst hatte, erfüllte meine Lungen.

"Bist du es wirklich?" Ich studierte sein Gesicht.

Die Intensität, mit der Steele bei mir war, traf mich hart, und er lächelte so anbetungswürdig, saugte die Luft ein, als würde er mich in sich einatmen.

Eine Hand an meinem Hintern, die andere auf meinem Rücken, drückte er mich fester an sich. "Das ist echt, Engel."

Dann küssten wir uns ... heftig. Die Art von Kuss, bei dem alle Sterne des Universums über meinem Kopf zusammenstießen. Seine Zunge drang in meinen Mund ein und ich öffnete mich und gab ihm alles, was er verlangte.

Ich stöhnte in seinen Armen, denn ich hatte ihn schrecklich vermisst, aber seine Anwesenheit brachte mir so viel mehr. Ein Stück Menschlichkeit, eine Verbindung zurück zur Erde an einem Ort, von dem ich dachte, ich hätte ihn verloren.

Er schmeckte mich, leckte mir den Mund und knurrte vor Hunger. Euphorische Wellen der Erregung loderten in mir auf.

Als er sich zurückzog, begann sich der Nebel in meinem Kopf zu lichten, und plötzlich überkam mich eine Kälte, als mir die Realität seiner Anwesenheit bewusstwurde.

Alles, was ich über Steele und die Königin gelernt hatte, kam mir wieder in den Sinn. Wie Seven und Ash darauf bestanden, dass Steele einst zu ihrem Kreis gehörte, Creed nahestand und, was das Schlimmste war, für den Mord an ihrer Königin verantwortlich war.

Die Gedanken ließen mich vor Verwirrung schwindelig werden. Ich hatte keine Ahnung, wie ich mich fühlen sollte, außer überwältigt.

"Was ..." Ich konnte zuerst keine Worte bilden und wälzte mich aus seinen Armen, bis meine Füße den Boden küssten. "Wie bist du hierhergekommen?" Ich musste die Wahrheit von ihm hören und ihm nicht meine eigenen Worte in den Mund legen. Nach all diesen Jahren hatte ich die Wahrheit von ihm verdient. Dass er in Wyld war, war offensichtlich kein Zufall.

"Ich werde dir alles erzählen. Die Wahrheit

darüber, wer ich bin und warum ich Wyld verlassen habe, und du wirst sehen, dass es nicht so ist wie die Lügen, mit denen man dich sicher gefüttert hat."

Ich blinzelte ihn an, zu viele Fragen wirbelten in meinem Kopf herum. Als ich meinen Mund öffnete, stahl er mir die Worte mit einem Kuss und flüsterte dann: "Aber nicht jetzt. Wir müssen gehen, bevor es zu spät ist."

In meinem Kopf läuteten die Alarmglocken ... irgendetwas stimmte einfach nicht. Ich wich ein paar Schritte zurück. "Nein. Du musst es mir jetzt sagen. Ich bin offensichtlich verwirrt, denn ich dachte, du wärst ein Mensch wie ich, aber das ist nicht der Fall ... oder doch?", fragte ich sarkastisch. Ich schloss die Augen und holte tief Luft, um sie dann wieder zu öffnen und Steeles schmerzverzerrtes Gesicht zu sehen. "Es heißt, du hättest die Wyld-Königin getötet. Wer ..." Ich sog hastig die Luft ein. "Wer bist du, Steele?"

Verletzte Resignation überzog sein Gesicht, und einen Moment lang war ich in seinem Blick gefangen, wobei sich die Enge in meiner Brust noch verstärkte. Ich hatte mir erlaubt, Gefühle für Steele zu haben, und selbst jetzt, wo so viel Misstrauen zwischen uns stand, sehnte ich mich immer noch nach seinem Lächeln. Ich wollte unbedingt hören, wie er sagte, dass es ein großes Missverständnis war.

Ich wollte nicht glauben, dass ich mein Herz an einen Mörder verschenkt hatte, an jemanden, der der Feind der Monster war, die sich langsam auch in mein Herz geschlichen hatten.

Meine Gedanken rasten, und alles in mir tat weh,

denn irgendetwas sagte mir, dass ich gerade dabei war, gebrochen zu werden. Ich versuchte, mich zu beruhigen, weil ich wusste, dass ich erst die Fakten kennen musste, bevor ich etwas Unüberlegtes tat.

"Blake. Es gibt so vieles, was du nicht verstehst. Aber ich werde dir alles erklären. Das werde ich. Aber wenn wir hierbleiben, sind wir beide in Gefahr. Ich habe die Königin nicht getötet, das schwöre ich. Aber derjenige, der es getan hat, ist noch hier in Wyld." Er griff nach meiner Hand, während ich fassungslos dastand und nicht wusste, was ich nun glauben oder tun sollte.

Seven

Ich sah rot.

Wut durchströmte mich, und ich stürmte mit pochendem Herzen durch die Stadt, ohne mich darum zu kümmern, wohin die anderen Monster rannten.

Blake. Das war alles, woran ich dachte. Sie zu erreichen und für ihre Sicherheit zu sorgen.

Ich traute Steele nicht ... nicht, nachdem er unser Königreich zerstört und unserer Königin den Kopf abgeschlagen hatte. Es war ein zu großer Zufall, dass er jetzt auftauchte, wo wir eine potenzielle neue Thronfolgerin gefunden hatten.

Was wollte er jetzt? Wollte er auch Blake eliminieren?

Wem wollte ich was vormachen ... Blake war so viel mehr, als unsere Königin je gewesen war.

Und Steeles Tod war längst überfällig.

Wutentbrannt rannte ich über die miteinander verbundenen Brücken, ohne auf die erschrockenen Blicke der Monster zu achten, die ich passierte. Wütend sprang ich von einer Brücke zur nächsten, um unseren Turm zu erreichen.

Je näher ich ihm kam, desto überzeugter war ich, dass ich das Arschloch dort finden würde.

Alles um mich herum verschwamm, und als ich auf das Geländer einer Brücke sprang, um mich auf die nächste zu katapultieren, erregte rosa Haar aus der Ferne meine Aufmerksamkeit.

Mein Herz hörte für einen Moment auf, zu schlagen, als der Schrecken mich durchbohrte.

Ich drehte meinen Kopf zu der breiten Brücke, die nach rechts zu den Eingangstoren führte. Lava tropfte zu beiden Seiten der Brücke und von den Steinwänden in den Abgrund. Es war ein morbides architektonisches Design, auf das die Königin bestanden hatte. Sie wollte, dass jeder, der in unsere Stadt kam, sofort Angst bekam.

Meine Aufmerksamkeit konzentrierte sich auf Blake.

Sie war nicht allein.

Ein Mann in Menschengestalt hielt sie am Arm und eilte mit ihr vom Turm weg und über die Lavabrücke. Das musste Steele sein. Andere Monster außerhalb unseres Kreises nahmen selten menschliche Züge an.

Natürlich war er es.

Verdammte Fotze. Ich brüllte und sprintete am Geländer entlang und fühlte nichts als Wut. Dann stürzte ich mich auf ihre Brücke. Ich landete auf gebeugten Knien und sog scharf Luft ein.

Wut stieg in mir auf.

Steele drehte sich bei meinen donnernden Schritten um. Unsere Blicke trafen aufeinander.

Zuerst blinzelte ich, leicht verwirrt, weil der Mann nicht der Steele war, den ich in menschlicher Gestalt in Erinnerung hatte. Das verwirrte mich, bis ich mich daran erinnerte, dass Steele ein Chamäleon war, genauso mächtig wie Creed, und dass er verschiedene Fähigkeiten besaß.

Während der Rest von uns nur eine menschliche Form annehmen konnte, hatte Steele die Macht, sich in verschiedene menschliche Gestalten zu verwandeln.

Ich brauchte einen Moment, aber ich erkannte seine Gestalt. Wir hatten es in Blakes Träumen gesehen, bevor wir ihn rausgeschmissen und sie übernommen hatten. Er war der Psychologe, den sie so begehrt hatte. Die ganze Zeit über war er in ihrer Nähe gewesen.

So war er an unserer Verteidigung vorbeigeschlüpft, nicht wahr? So war er in Blakes Nähe, ohne dass wir Verdacht schöpften. Wir hätten ihn so nie erkannt.

Verdammter Mistkerl.

Sein menschliches Gesicht verzog sich zu Hass und

verwandelte sich in Sekundenschnelle in seine Monsterform - ein dunkles, hässliches Gesicht, ein großer Kopf und die Schatten, die seinen Körper umgaben.

Er stieß Blake mit einem krallenbewehrten Arm zur Seite. Sie stolperte und fiel neben dem Geländer auf den Hintern, dann sah sie mich und ihre Augen weiteten sich vor Schreck.

Es tat mir im Herzen weh, sie so zu sehen.

"Bruder", knurrte Steele und umarmte seine monströse Gestalt. Sein Grinsen irritierte mich zutiefst. Wir hatten so lange nach ihm gesucht, und natürlich hatte er seine Krallen in unsere Blake geschlagen.

Schwarzer Nebel wirbelte seinen Körper herum, seine monströse Gestalt wuchs mit dicken Muskeln. Seine Krallen und Reißzähne waren entblößt.

Ich grinste und war bereit, ihm den Kopf abzureißen. Ich brauchte einen verdammt guten Kampf.

"Du bist ein Narr", knurrte ich. "Du hättest nie wieder einen Fuß nach Wyld setzen dürfen."

"Du hast keine Ahnung, wovon du redest", schnauzte er. "Sei ein guter Hund und verpiss dich von hier." Er warf den Kopf zurück und stieß einen grässlichen Kriegsschrei aus, der seine Drohung unterstrich.

Die anderen würden noch früh genug hier sein. Aber nicht, bevor ich ihn getötet hatte.

Ich warf Blake einen kurzen Blick zu, die am Rande der Brücke kauerte, ihr Gesicht blass vor Angst. Es wäre mir lieber, wenn sie nicht bei uns wäre, aber wenigstens hatte der Bastard sie uns noch nicht weggenommen. Ein paar Augenblicke mehr, und er hätte sie gestohlen.

Dieser Gedanke machte mich wütend, und mein Blut kochte.

"Ich bringe dich jetzt um", sagte ich ruhig, dann stürzte ich mich auf ihn und bewegte mich so schnell, dass er keine Zeit hatte zu reagieren.

Ich stürzte mich auf ihn, meine Faust donnerte in die Seite seines Gesichts. Er verlor den Boden unter den Füßen, taumelte nach hinten, und ich war auf ihm, ohne mit meinen Schlägen nachzulassen.

Sein Knurren vertiefte sich, und meine Schläge wurden schneller.

Schwarze Schatten aus Steeles Körper sprangen auf mich zu, umschwärmten mich sofort, umhüllten mich und blendeten mich.

Das war gerade genug Ablenkung, um mich für eine Sekunde zu überrumpeln.

Das war alles, was ich brauchte, um einen kräftigen und starken Tritt in den Bauch zu bekommen. Als Nächstes traf mich ein Schlag auf die Brust, der mich über die Brücke schleuderte. Ich knallte direkt durch das Geländer, der Stein bröckelte hinter mir, während ich nur Zentimeter davon entfernt war, in meinen Tod zu stürzen.

"Du Arschloch", schrie ich und stemmte mich auf die Beine, während Steele sich die Zähne leckte und mich anglotzte. "Du machst einen großen Fehler, aber wenn du weiterspielen willst, bin ich dabei." Er winkte mich mit einem krallenbewehrten Finger heran. "Blake gehört mir, und ich bin hier, um sie zu holen. Ich habe sie zuerst gefunden."

Wut durchflutete mich, und ich stürzte mich erneut

auf ihn, wobei ich diesmal meinen Körper in die Luft hob und direkt auf ihn zusteuerte.

Ich krachte in ihn hinein, seine Beine brachen unter ihm zusammen, als ich den riesigen Bastard an der Kehle packte und ihn gegen das Geländer schleuderte. Er hielt sich an der Kante fest und hüpfte zurück wie eine verdammte Spinne.

Blake schrie, wie am Spieß, weil sie Angst hatte, dass ich mich verletzen konnte, vermutete ich. Sie war so ein Schatz, und ich würde ihr in wenigen Augenblicken zeigen, dass es mir gut ging.

Steele flog auf mich zu, die Krallen ausgefahren. Der Wichser bewegte sich schnell … zu schnell, weil ich ihm nicht schnell genug aus dem Weg ging.

Er warf mich um, und mein Kopf schlug auf dem harten Boden auf. Meine Welt tanzte gerade so lange, bis sein Schwanz seine Krallen in mein Gesicht schlug. Schärfe stach über meinen Schädel, und ich knurrte, mein Magen krampfte sich bei der Welle des Schmerzes zusammen.

Ich bockte und schlug mit den Fäusten auf ihn ein. Steele war schon immer ein starkes Tier gewesen, und bevor ich die Chance hatte, ihn abzuwerfen, öffnete sich sein Mund, und die Reißzähne wurden länger.

Er biss mir in die Schulter und zerriss das Fleisch.

Ich schrie, und die Dunkelheit nahm überhand, als *er* nach vorne stürmte.

Blake

. . .

*I*ch schrie.

Ich versteifte mich und zog die Knie an meine Brust, unfähig, dem wilden Kampf zu entkommen.

Grunzen. Donnernde Schläge. Brechende Knochen.

Steele hatte mir so viel vorenthalten.

Was ich in meinem Traum gesehen hatte - ihn in seiner monströsen Gestalt - war real. Er *hatte mich* in meinen Träumen besucht und sich auch von mir ernährt ... so wie es die Monster auf der Erde getan hatten.

Die ganze Zeit über hatte er in der Anstalt gearbeitet und sich vor den Monstern versteckt, die Jagd auf ihn machten.

Steele flog plötzlich von Sevens Körper und riss mich aus meinen Gedanken. In Sekundenschnelle waren beide Monster auf den Beinen, irgendwie größer, furchterregender - vor allem Seven. Sogar die Art, wie er aufrecht stand, den Kopf leicht zur Seite geneigt, erinnerte mich an das Monster, das mich in meinem Zimmer gefangen hielt und mich an die Fensterscheibe drückte, um mich zum Orgasmus zu zwingen.

Steele und Seven stürmten aufeinander zu, und ich hörte üble Schläge.

Mir liefen die Tränen über die Wangen, als ich sah, wie wild sie kämpften.

Ihr Blut spritzte überall hin, die Haut war mit Zähnen und Krallen aufgeschlitzt. Sie waren dabei, sich gegenseitig zu töten. Ich wusste tief in meinem schmerzenden Herzen, dass einer von ihnen heute sterben würde, wenn sie nicht aufhörten.

Sie stürzten auf die Brücke, durchlöcherten sie und zerstörten sie.

Und ich wollte nicht, dass einer von uns in die Lavagrube fiel.

Ich sprang auf und musste sie aufhalten - auf jede erdenkliche Weise.

In diesem Moment rutschte Seven auf dem Rücken über die Brücke, nachdem Steele ihn weggeworfen hatte. Er kam wenige Zentimeter vor meinen Füßen zum Stehen. Blut bedeckte sein Gesicht und seinen Körper, und er stand auch nicht gerade auf.

Mein Herz schnürte mir die Luft ab, und ich fiel auf die Knie, Tränen trübten meine Augen. "Seven", schrie ich, bevor ein gewaltiges Gebrüll mich zusammenzucken ließ.

Ich hob meinen Kopf und begegnete Steeles finsterem Blick.

Er rang nach Atem, sein Brustkorb hob und senkte sich schnell, seine Krallen waren mit Blut beschmiert ... Sevens Blut.

"Was hast du getan?"

Ich bezweifelte, dass er mich hörte. Nicht, als er wie ein Wolf knurrte.

In diesem Moment raste Ash in seiner Monsterform wie ein Geschoss an mir vorbei, die Luft prallte gegen mich und ließ mich gegen die Brückenwand krachen. Er stürzte sich auf Steele, seine Klauen und die riesigen Hörner waren alles, was ich sah.

Um uns herum ertönte Knurren, ihr Kampf war bösartig. Es gab keine anderen Monster auf den Brücken oder Balkonen, die uns beobachteten. Es schien, als hätten sie zu viel Angst, um überhaupt gesehen zu werden.

Plötzlich landete jemand einen Meter neben Sevens Körper, als wäre er gerade vom Himmel gefallen, und ich schrie und bäumte mich auf.

Es war Creed. Er war riesig, geäderte Muskeln pulsierten über seinen monströsen Körper, und ein Knurren riss aus seiner Kehle. Sein Gesicht verzog sich vor Abscheu über den Kampf, aber er wandte sich zuerst mir zu, und eine Sanftheit wischte die Wut weg. In diesem Moment bemerkte ich Tempest, der Ash zu Hilfe eilte.

"Bist du verletzt?", fragte mich Creed und lenkte meine Aufmerksamkeit auf sich.

Ich schüttelte den Kopf. "Ich habe Angst und weiß nicht, was los ist."

"Bleib bei Seven. Ich muss das zu Ende bringen. Steele wird dafür bezahlen, dass er dich angefasst hat, Blake. Ich verspreche dir, dass er dich nie wieder anfassen wird." Dann stürzte er sich in den Kampf, wobei die Brücke bei jedem seiner kräftigen Schritte erzitterte.

Aber was, wenn ich wollte, dass Steele mich wieder berührte?

Der Kampf ging zu schnell, als dass ich ihm hätte folgen können. Steeles Worte gingen mir immer wieder durch den Kopf.

Die Lügen, mit denen man dich sicher gefüttert hat.

Meine Finger griffen nach Sevens Schulter und schüttelten ihn. "Steh auf, bitte."

Er stöhnte, und seine Augen öffneten sich träge. Sie richteten sich auf mich, und er lächelte. "Hallo, meine Schöne", stöhnte er.

Ein ohrenbetäubendes Knurren ließ uns beide auf das Trio am Ende der Brücke zugehen. Seven stemmte sich auf die Beine und wankte zunächst.

Ich streckte die Hand nach ihm aus. "Vielleicht solltest du dich ausruhen."

Er schien mich nicht zu hören, denn er schoss trotzdem auf das Chaos zu.

Als ich meinen Kopf zum Kampf neigte, konnte ich nicht erkennen, wo jemand anfing oder aufhörte, aber Tempest war zur Seite geschleudert worden und hatte sich die Seite gehalten. Ich konnte kein Blut sehen, also könnte es eine innere Verletzung sein.

Scheiße, wie stark war Steele? Er war immer sanft zu mir gewesen, und hier stand er nun vier Monstern gegenüber und war immer noch nicht gefallen.

Es dauerte nicht lange, bis Ash so hart gegen die Seite der Brücke geschleudert wurde, dass er direkt gegen die tropfende Lavawand schleuderte.

Ein Schrei entrang sich meiner Kehle, und ich rappelte mich vor Schreck auf. Lava tropfte auf eines seiner Hörner, sodass er zurückwich, den Kopf schüttelte und dann versuchte, die Feuerflüssigkeit mit einer Handbewegung abzukratzen. Er heulte vor Schmerz.

Ich stürzte zu ihm hinüber und riss mir die dünne Jacke vom Leib. "Nimm das", rief ich und warf meine Kleidung weg.

Er riss es aus der Luft und wischte sich hektisch das Horn ab, das Entsetzen stand ihm ins Gesicht geschrieben.

Das laute Knacken von Knochen ließ mich erschaudern, und ich sah, wie Creed Steele mit einer solchen Grausamkeit zu Boden schlug, dass ich zusammenzuckte.

Als Nächstes sprangen Seven und Ash auf, um Steele zu packen, während Creed ihn an der Kehle auf die Beine zerrte.

Ich wimmerte, als ich Steele so sah. Ich musste Creed sagen, dass er ihn nicht töten sollte, denn die Dinge passten nicht zusammen. An der Geschichte musste mehr dran sein ... Der Steele, den ich kennengelernt hatte, war kein Killer. Das konnte er gar nicht sein.

In einem chaotischen Hinterhalt hielten sie Steele fest umklammert, während er wie ein wildes Tier brüllend gegen sie stieß.

Sie alle schlugen auf Steele ein und taten alles, um ihn dort zu halten.

Ich schrie auf. "Hör auf. Creed, bitte hör auf."

Ich stolperte auf meine Füße und musste ihnen hinterherlaufen. Sie bewegten sich schnell, als sie Steele aufhoben und begannen, ihn wegzutragen.

Sein Kopf drehte sich in meine Richtung, und für einen kurzen Moment trafen sich unsere Blicke.

Qualen. Grauen. Wut. Sie alle bluteten hinter seinen Augen. Zusammen mit dem Herzschmerz, als wüsste er, dass dies sein Ende sein könnte.

Ich schrie auf, jagte ihnen hinterher und hielt

seinen Blick fest, bis mich etwas Scharfes direkt am Hinterkopf traf.

Meine Knie gaben augenblicklich nach, und die Dunkelheit holte mich ein.

Das Letzte, was ich hörte, war Steeles erschrockenes Brüllen, als er mich fallen sah. Dann holte mich die Dunkelheit ein.

16

BLAKE

Ich wachte mit tödlichen Kopfschmerzen auf - und etwas kitzelte mich im Gesicht. Verärgert wollte ich mir über die Haut wischen, doch dann spürte ich etwas ... Schuppen? Schreiend öffnete ich die Augen, setzte mich auf und schrie noch lauter, als mir etwas Festes und Schweres in den Schoß fiel. Ich schaute nach unten und sah etwas, das wie eine riesige Kröte aussah, die mindestens drei Größen größer war als die auf der Erde, in meinem Schoß sitzen. Statt schleimiger Haut war sie jedoch mit Schuppen bedeckt, und als sie mich mit ihren beiden vorgewölbten Augen ansah, schien sie zu lächeln und enthüllte zwei Reihen rasiermesserscharfer Zähne, aus denen etwas tropfte, das wie grüner Schleim aussah.

In meinem Kopf drehte sich alles, als ich auf die Füße kletterte. Das Froschmonster fiel von meinem Schoß in den Sand und vergrub sich unter der Erde, bevor ich blinzeln konnte.

Warten Sie eine Sekunde ...

Sand?

Was sollte der Scheiß?

Ich begann zu zittern, als ich meine Umgebung betrachtete. Alles, was ich vor mir sehen konnte, war Wüstensand, soweit das Auge reichte, der sich unter dem roten Himmel ausbreitete, und die Nacht rückte schnell näher.

Wie konnte das passieren?

Ich drehte mich um und erschrak, als ich die riesigen Mauern sah, die Wyld mindestens eine halbe Meile vor mir umgaben und sich weit höher in den Himmel reckten, als ich jemals hinaufklettern konnte.

Ich ging einen Schritt auf die Mauer zu, um zu sehen, ob ich dorthin gehen und versuchen konnte, die Aufmerksamkeit von jemandem zu erregen, damit ich wieder hineingelassen wurde.

Und dann begann der Boden unter meinen Füßen zu beben.

Ich hörte das Geräusch von sich bewegendem Sand hinter mir und drehte mich um, wobei sich Angst in meiner Brust breitmachte.

Als ich mich umdrehte, wünschte ich mir fast, ich hätte es nicht getan, denn als sich der Sand bewegte, erhob sich etwas Riesiges und Schreckliches unter dem Sand.

Ich war so am Arsch …

MONSTER'S OBSESSION

Mein Körper gehört den Monstern bereits ... aber sie wollen auch mein Herz ...

Zum Sterben zurückgelassen in einem monströsen Land, werde ich von dem Monster gerettet, von dem ich es am wenigsten erwarte.

Er hasst mich. Aber er liebt, was mein Körper für ihn tun kann.

Ich sollte ihn nicht behalten wollen.

Ich sollte nicht alle von ihnen behalten wollen.

Ich bin schließlich nur ihr Spielzeug.

Aber einer nach dem anderen finden sie den Weg in mein Herz.

Und selbst, als die Welt um mich herum zusammenbricht ...

Ich merke, dass ich genauso besessen von meinen Monstern bin wie sie von mir.

ÜBER MILA YOUNG

Mila Young geht alles mit dem Eifer und der Tapferkeit ihrer Märchenhelden an, deren Geschichten sie beim Heranwachsen begleiten haben. Sie erlegt Monster, real und imaginär, als gäbe es kein Morgen. Tagsüber herrscht sie über eine Tastatur als Marketing Koryphäe. Nachts kämpft sie mit ihrem mächtigen Stift-Schwert, erschafft Märchen Neuerzählungen und sexy Geschichten mit einem Happy End. In ihrer Freizeit liebt sie es, eine mächtige Kriegerin vorzugeben, spaziert mit ihren Hunden am Strand, kuschelt mit ihren Katzen und verschlingt jedes Fantasymärchen, das sie in die Finger bekommen kann.

Für weitere Informationen...
mila@milayoungbooks.com

www.milayoungbooks.com/german

ÜBER C.R. JANE

Ich komme aus Texas und lebe jetzt in Utah. Ich bin Ehefrau, Mutter, Anwältin und jetzt Autorin. Meine Geschichten schwirren schon seit Jahren in meinem Kopf herum, und es war eine Erleichterung, sie endlich zu Papier zu bringen. Ich bin ein großer Fan der Dallas Cowboys und höre vor allem Beyonce und Taylor Swift ... lüge nicht und sage, Du würdest das nicht auch tun.

Meine Liebe zum Lesen begann wahrscheinlich, als ich drei Jahre alt war. Da ich überdurchschnittlich schnell lesen kann, habe ich in meinem Leben hunderte von Büchern verschlungen. Es war nur logisch, dass ich anfing, meine eigenen Welten zu erschaffen, da ich mich immer in den Welten anderer verlor.

Ich mag Heldinnen, die sich weiterentwickeln müssen, um knallhart zu werden, Happy Ends und männliche Charaktere, die in Ohnmacht fallen, sich hingebungsvoll um sie kümmern (und heiß sind). Wenn das nach dir klingt, bin ich mir ziemlich sicher, dass wir Freunde werden.

Ich bin so froh, dich in meinem Team zu haben ...

Schau dir die Links unten an, um dich mit mir auszutauschen und mehr von meinen Büchern zu lesen!

www.crjanebooks.com